杨争光 文集

杨争光文集 卷·拾

回 答 卷

深圳出版发行集团
海天出版社

图书在版编目（CIP）数据

杨争光文集. 回答卷 / 杨争光著. — 深圳：海天
出版社, 2013.1
ISBN 978-7-5507-0563-0

Ⅰ. ①杨… Ⅱ. ①杨… Ⅲ. ①杨争光－文集 Ⅳ.
①I217.2

中国版本图书馆CIP数据核字(2012)第238415号

杨争光文集. 回答卷
Yangzhengguang Wenji. Huidajuan

出 品 人：尹昌龙
责任编辑：涂　俏
责任校对：罗亚杰
责任技编：蔡梅琴　梁立新
排版制作：花季雨季
封面篆刻：李松璋
装帧设计：李松璋书籍设计工作室

出版发行：海天出版社
地　　址：深圳市彩田南路海天综合大厦(518033)
网　　址：www.htph.com.cn
订购电话：0755-83460137(批发)　83460397(邮购)
排版制作：深圳市花季雨季杂志社有限公司　Tel：0755-83526403
印　　刷：深圳市新联美术印刷有限公司
开　　本：787mm×1092mm　1/16
印　　张：18.5
字　　数：240千
版　　次：2013年1月第1版
印　　次：2013年1月第1次
定　　价：68.00元

目·录

第五辑 其 他

第一辑

关于《驴队来到奉先畤》

当人性面对武力的胁迫……

——和钟红明①的对话

    2011年第6期《收获》杂志，刊登了杨争光的小说《驴队来到奉先畤》。1984年，杨争光以长诗《我站在北京的街道上了》步入文坛；1990年，写了最后一组诗歌后，杨争光开始小说写作，创作了《黑风景》《赌徒》《老旦是一棵树》《棺材铺》《流放》《公羊串门》和长篇小说《从两个蛋开始》《少年张冲六章》等作品，但大众最熟悉的，是作为影视剧编剧的杨争光。他出手编剧的第一部电影，就是《双旗镇刀客》，获得1992年第三届日本夕张国际惊险与幻想电影节最佳影片大奖，1993年第四十三届柏林电影节国际影评奖。杨争光也是电视剧《水浒传》的编剧。他描述中国农民的小说《老旦是一棵树》，被塞尔维亚裔的法国导演拍成了一部外国农民的电影。作为小说家，他始终不是评论家的热门观察对象，却在口口相传中，拥有真心喜欢他的读者。

    《驴队来到奉先畤》，讲述蝗虫咯喳喳啃嚼完了所有田禾，吴思成他们老中青十二个人，不愿意逃荒和讨要，

————————————

① 钟红明为《收获》杂志社副主编。

组成了一支驴队，半年后，打兔的带着一杆土枪加入了驴队。真成了队伍了。他们劫财不劫色，瓦罐画下了他们走过的地方。这一天，他们来到了肥沃的土地奉先畤，土枪手误把任老四当成黄羊打死了，他们把尸体搭在驴背上，进入了正在庆祝丰收的村子。驴队决定住下不走了。试图礼送他们出境的村长赵天乐被打死，抓阄选出了鞋匠周正良做村长，周正良为驴队筹粮，造大院，百姓唾骂他，却谁都不敢反抗。送粮食返乡的瓦罐回来了，他们的媳妇和孩子都跟人走了。土匪决定筹女人。芽子为了救情郎包子，毅然走进了土匪的大院，而包子和村里的男人终于奋起反抗，将驴队全部擒下。可是那份悲伤的爱情，也幻灭了。小说将人性的卑弱、国民性的深刻剖析，蕴含在传奇的故事中。

虽然杨争光说过："我想说的一切，都在我的小说里。如果是一个故事，它就在故事的过程中；如果是几个人物，它就在人物的行为里。小说只能是小说。小说之外的话，只能在小说之外去说。"但在几番电话和网络的往返之后，对这部小说，杨争光还是说了一些小说之外的话。

钟红明：小说是虚构的，但虚构的小说背后，往往有着作家故乡的背影。这种密切的联系，在有的小说里是明确指明的，但在有的小说里，却是隐含在小说背后的那样一种灵魂和情感的依托。你曾经被称为乡村地理学和地域文化小说的代表，你认可这样一种"分类"吗？故乡对你意味着什么？再具体到你的这部《驴队来到奉先畤》，又有着怎样的联系？就是你以往写的"符驮村"吗？

杨争光：给小说分类，有局限和误导的危险，但在批评家，也许是必需的。分类便于明晰。各种各样的分类都各有各的理由，小说家的认可与否是不重要的。

每一个作家都不是空降到这个世界上的，都有他的故乡。即使终生流浪的人，如果他是作家，他的写作，也会有一个"故乡"在他的背后若隐若现。地理上的故乡，可能会影响到作家的话语方式和写作原型。但比这更重要的，可能是与精神血脉和文化基因有关的那个"故乡"。作为写作的我，两个故乡都是我的"根"，我的"地气"，但并不是我依托精神的温柔之乡，而是我执意要纠缠和搏斗的对手。我不希望我的故乡总是我知道的这个样子，包括过去，也包括现在——纠结啊。

《驴队来到奉先畤》当然和我的"故乡"有关。也可以说，"奉先畤"就是我的"符驮"，但你不觉得，它和你的上海、和你的巨鹿路发生过的人事，也有着某种如丝如缕的关联吗？如果没有一点关联，我的"故乡"也就太小太小了。

钟红明：这部小说没有明确的年代，时间被隐没了，地理也是隐现的，你以往的中篇小说也有多部这样的。是有意为之吗？

杨争光：有时候是出于无奈，有时候是没有必要，有时候是有意为之。原则是，不损伤我要表达的东西就行。

钟红明：小说开场的蝗虫飞临，拉着唢哨，咯喳喳咯喳喳啃着地里的田禾，给我留下深刻印象。我觉得最有意思的是人们猝不及防遇到蝗灾，抱头就回了自己的屋子，而你嘲讽地写道：人那是自作多情了。蝗虫对人的屋子根本没有兴趣。人的安全感原来在这样的时刻，如此脆弱。中国历史上确实发生过大范围的蝗灾，但我还没有注意到，蝗虫们聚集到一起，是后腿给碰了一下？你是怎样做这一番功课的？似乎你的每次写作，无论电影剧本还是小说，都有这样做功课的过程。

杨争光：我在写作之前，确实有做功课的习惯。一是因为实用，二是因为好奇。做这样的功课，对自己有乐趣也有营养。这次对蝗虫的功课，也是这样。我还读到澳大利亚科学家的蝗虫研究成果。蝗虫聚集之谜，与它们的后腿被触碰有关，不是我的奇思异想，是科学家说的，我也被"意外"了一把。我到现在依然还觉得挺神奇的，都快要不相信了。

不行，仅仅有这么一个意外是不够的，我还得再用一下蝗虫。于是，我把蝗虫和人与匪拉到了一起。蝗虫和人面对死亡的不同态度，就给了驴队敢坐地为匪的启示——蝗虫不只是制造灾难的虫虫了，也是能益智启慧的。

至于人的安全感与屋子的几句闲话，那可实在不是嘲讽，而是实话。我以为，我们不情愿也不习惯睁着眼睛看自己看世界，是我们经常把实话读成嘲讽的一个原因。你觉得呢？还有，这里的几句闲话，也不全是随意之笔。屋子、村子、镇子，扩而大之，到城市，甚至大都市，是有很多相似之处的。我不以为，用水泥箍成的屋子比土坯砌成的屋子，更能给人带来安全感。

这一回写了蝗虫，下一回可能会写蟑螂的——可别小看它，和恐龙同时代的生命！恐龙早成了化石，它依然健在，并进入了我们的生活，比蝗虫还要神奇呢。

钟红明：当蝗虫啃嚼了人们生存的希望，当村子里的人扶老携幼逃荒走了，十二个老中青，聚集起来，用喝下一罐子的水来推选首领。他们离开土地，扔掉农具，拿起铁器，骑上清一色的驴，后来又有了火枪手加入，有了铁器和火器，真成了队伍了。驴队劫财不劫色，他们把自己的面貌摆得很狰狞，于是避免了反抗，他们是一般人眼中的土匪。流氓无产者，但在你的小说里，军师吴思成说的是：他们要做有"作为"的人。你颠覆了通常的道德、权力和善恶的观念。是因为活着才是最大的理由吗？

杨争光：狼吃小羊也能说出吃的理由，这是老早老早的一个寓言或者童话故事，洋人的。但我实在没有把它当成一个寓言或者童话。我老觉得狼和小羊这个寓言或者童话故事，不仅是写给小孩看的，更是写给大人看的。它实在既不童话也不寓言，更像过去和现在每天都在发生的事实。狼吃小羊能振振有词，土匪就不能把他的恶行说成作为吗？所以，不是我颠覆了"通常的道德、权力和善恶的观念"，我没有那么大的力量。只要稍微留心一下我们的来路，也包括我们的现在，不难看出，正与邪、善与恶、君与臣、主与仆等等，在很多时候，都是处于被颠覆的状态。

"活着"不是理由，"赖活着"才是理由。我们不是有一句"好死不如赖活着"的民间古训吗？有这样的古训发挥效力，我们的道德力始终在强者一边，也就有其自然性了。我们不是还有一句"成者王侯败者贼"的道德判断吗？

钟红明：在中国这样的农耕社会，大灾难来临后，往往就是大批流民诞生。流民失去了家园，也失去了身份，但驴队撇下了家人，却是有理想的队伍，他们让最年轻的瓦罐在牛皮纸上画下了走过的路，也就记下了回家的路。他们是要把媳妇孩子接出来的，他们不劫色也有自律的原因吧。可是他们朝东走了半年多，他们家的妇女儿童和老人，怎么可能捱过这么长的时间？为什么迟迟没有派人返乡呢？还是他们上路的时候，原本就是要找一个土地肥美的地方作为他们另一个安居地？这是一次迁徙，而不单是找寻足够的粮食？其中折射出中国农民对土地怎样的情感？

杨争光：走了半年多，大概只解决了他们自己的温饱，还无力解决家人的，只能继续走。到了奉先時，在看到老天不公的同时，也看到了安居乐业的希望，流匪就要当坐匪了，应该是符合逻辑的，更合于"老天不公，人就要出手"的驴队逻辑。我们几乎没有怀疑过中国农民对土地的情感，但我现在要怀疑一下。长期的农耕社会，当然能培养起对土地的情感，但除了情感之外，也有一种对土地的习惯和依赖。习惯和依赖很可能掩盖着一种惰性，惰性会折杀开辟另一种生活方式的创造力。情感不是虚空的，像精神一样，也需要肉体的支持。当土地不能让他们活着的时候，他们对土地的情感是会发生改变的。看看现在，每年有多少中国的农民离开土地，去大城市，证明中国的农民是会移情别恋的。所以，情感也有它的"硬道理"。移情别恋不但不可怕，甚至也不是问题，问题在于移情别恋之后是不是还在"赖活着"。

钟红明：唢呐，高跷，街上都是欢庆丰收的奉先時人，但是，一头驴，驮着屁股和脸被火枪打得稀烂的任老四的尸体，进村了。村口肃立着十三头驴，十二把护胆夺命刀，一把火枪……这场景真是很震慑人。整部小说其实都很有画面感，是这部小说和影视有着某种联系，还是在创作了那些出色的影视剧作品后，你的写作更增强了戏剧性？

杨争光：我开始写小说没多久，被认为有画面感，就拉我去写电影。写电影没多久，又有好心的人劝我不要写电影，说写剧本会把手写坏的。我在一拉一扯中，既写小说又写剧本。我有过把小说改成剧本的时候，也有过把剧本写成小说的时候。我觉得，写剧本好像不但没有损伤到写小说的手，反而给了它一些意想不到的能耐。但我没有故意增强小说的戏剧性，我更在乎它是否有趣。如果戏剧性能使小说更有趣，我也是不拒绝戏剧性的。

钟红明：土匪进村了，老驴驮着任老四的尸体认门去了，村人呼啦一下全消失得无影无踪，但是奉先時的村长赵天乐孤零零地留在了街上。说起来，他是一个有担当的人，也是一个富有智慧的人，他要招呼土匪吃饭喝酒，注意引导他们说人话，不说匪话，让他们好吃好喝，礼貌地送出境。他也恐惧，更感觉到背叛，那瞬间抛下他的还包括他儿子包子。赵天乐和驴队的交涉，全部使用对话，玄机四伏，是故意为之吗？

杨争光：狼要吃羊了，不但要吃，还要吃得有理有据，没有智慧是不行的。羊要保护自己，更需要智慧，因为它们不比狼有力。要吃的和即将被吃的都显得有礼有节，是礼仪之邦的狼和羊啊！在这一段，我采用了以对话来完成情节的方式，从赵天乐接待土匪，到赵天乐死，几乎都是在对话中完成的。我喜欢写对话，更想扩展对话的表现力。我在这里又试了一回，感觉还好。我可能还会写一本完全用对话构成的小说。

钟红明：当上匪透露了他们要在奉先時住下来，"先"筹粮，以后还要像一棵移栽的树，做别的。赵天乐认为他们说的是匪话不是人话，他原本是有底气的，所以他敢于不合作，但这份底气瞬间就被一支塞进他嘴里的枪打爆了，他以为村长得让奉先時人选，没有人可以替代他，可枪杆子让权力发生更迭。抓阄产生了新的村长——鞋匠周正良。新村长给土匪筹粮了，村民把仇恨和唾弃给了周正良而不是土匪……这里暴露的人性很黑暗，又很荒诞，并非我们以往所知，最广大的农民代表美好道德人性。而周正良也觉得委屈。这些国民性根上的东西，在你以往的小说里也呈现出来，给人很悲凉的感觉。虽然你往往用冷静的角度来讲述。这部小说里，你真正要探讨和表达的是什么？

杨争光： 难道只有"美好道德人性"的东西在代表我们的根吗？难道我们的根上没有黑暗和荒诞的东西吗？我以为，它们都在代表着我们根上的东西。他们只能"把仇恨和唾弃给了周正良而不是土匪"，要把仇恨和唾弃给了土匪的话，不是找死吗？他们不要死，是要活的，赖活着也行。

"勇者愤怒，抽刃向更强者；怯者愤怒，却抽刃向更弱者。"[1]这是鲁迅说的话，我信。

"他们是羊，同时也是凶兽；但遇见比他更凶的凶兽时便现羊样，遇见比他更弱的羊时便现凶兽样……"[2]这也是鲁迅的话，我也信。

难道这都不是我们根性上的东西吗？

在小说的结尾，得胜的包子扛着那把土枪走了，离开了奉先畤。但我实在不知道他的那把土枪会对着谁开火，是比他更强的，还是弱者？

钟红明： 土匪先筹集粮草，再建舍得大院，此后筹女人了，步步进逼，包子打死了土匪，这事又被其他村民报料给驴队，面对生命胁迫，挺身而出的是美丽的芽子，她在包子面前穿上嫁衣，倾诉爱恋，然后毅然走进驴队的舍得大院，这如同献祭的场景美丽感人，甚至带着一种凛然之气。当失去了女人的村民终于起来反抗，

①鲁迅：《华盖集·杂感》，《鲁迅全集》第三卷第49页，人民文学出版社，1982年。
②鲁迅：《华盖集·忽然想到》，《鲁迅全集》第三卷第60页，人民文学出版社，1982年。

驴队其实不堪一击。最终是暴力结束了暴力。

但是，包子和芽子的爱情，却彻底被埋葬了。为什么，芽子的牺牲，那种灵魂的纯洁之美，让位于贞操？这种爱情的道理，就不可逾越？

杨争光：在我个人的词典里，牺牲是和神圣的祭坛联系在一起的。牺牲在通俗的意义上就是死亡，但芽子没有死亡。牺牲在另一种意义上，是上祭台，通往一种超越俗世的存在，赋有神性的品质和意义。芽子上的不是祭台，是土匪的土炕，她没有超越俗世，所以，她的归结点应该依然还在贞操。对她自己、对包子、对她父亲、对村民、对土匪，也似乎只能仅止于贞操的意义。俗世的爱情，尤其是我们的俗世的爱情，是很难超越于贞操的。如果超越了，奉先時就不是奉先時了。驴队、包子、周正良等等，小说中所叙述的一切，也许就会失去"这一个叙述"的所有意义。我很难想象，如果芽子真以为她就是牺牲，并且知道她以牺牲为代价换来的是什么样的东西，她会有什么样的表情——对不起，我是不是说得太残酷了？但我无意消解芽子应有的美感。大难临头，挺身而出的竟是芽子！一个美丽善良的弱女子！这样的奉先時！我敢说，这样的奉先時，在脱离了危险之后，第一个被鄙夷的可能就是芽子！

我们确实有一种让灵魂让位于贞操的能耐，这还不算最坏的呢。"把鲜花插在牛粪上"还有某种调侃的味道，经常的情形是把鲜花和牛粪揉捏在一起，土话把这叫"糟蹋"。

钟红明：一个有关知识分子对人民看法的最常见的说法是："哀其不幸"和"怒其不争"。你怎么看？

杨争光：我不知道这样的知识分子在说这些话的时候把自己放

在了什么位置，是在人民之中，还是人民之外。我是"哀我不幸，憎我不争"。算是借用吧。

钟红明：朱大可在他关于流氓的精神分析中，把你的小说人物作为很重要的分析对象，流氓从词义上讲，原指无业游民，后指不务正业、为非作歹的人。在鲁迅的笔下，流氓源自儒侠，却是盗侠的末流。他说："流氓等于无赖子加壮士，加三百代言。流氓的造成，大约有两种东西：一种是孔子之徒，就是儒；一是墨子之徒，就是侠。这两种东西本来也很好，可是后来他们的思想一堕落，就慢慢地演成了所谓流氓。"（鲁迅《流氓与文学》①），他进而说："为盗要被官兵所打，捕盗也要被强盗所打，要十分安全的侠客，是觉得都不妥当的，于是有流氓。"（鲁迅《流氓的变迁》②），看起来，中国的流氓源远流长。把对流氓的分解，升华为对中国民族或一性格侧面的精神分析，是从鲁迅到朱大可几代知识分子的共同意向。

你对此怎么看？

杨争光：《流氓与文学》没看过，让学生在网上帮我查了一下，不在《鲁迅全集》里，刚看过了。《流氓的变迁》倒是很熟悉的，也是很让我信服的一篇文章。

鲁迅曾有几句小杂感，是这么说的："人往往憎和尚，憎尼姑，憎回教徒，憎耶教徒，而不憎道士。懂得此理者，懂得中国大半。"③

鹦鹉学一回舌吧：人往往骂流氓，恨流氓，躲避流氓，其实，

①《鲁迅佚文全集》篇791页，刘运峰编，群言出版社，2001年9月。
②鲁迅：《三闲集》，《鲁迅全集》第四卷，第156页，人民文学出版社，1982年。
③鲁迅：《而已集·小杂感》，《鲁迅全集》第三卷，第532页，人民文学出版社，1982年。

自己也不妨做流氓。知此者，知中国大半。

所以，关于流氓的一切，是大可以好好梳理和分析一下的，也许还得两下三下。

钟红明：你的小说，往往从农村社会内部，一个非常具体又少有人写到的角度突破，比如《公羊串门》，从公羊对邻居母羊的"强奸"开始，一场荒谬的戏剧性冲突就此呈现。经过一场利益的疯狂可笑的争斗，动用了法律条文，这场荒诞的喜剧最终竟然以谋杀告终。这个精致的短篇，却又非常有概括性。你怎样控制这两者的关系？

杨争光：如果没有你所说的那一种概括，事件、情节，甚至对话等，就会缺少扩张、延伸和它的辐射力。小说中的人和事，都是具体的，是"这一个"，但不能仅仅是"这一个"，如果我要写一篇小说，却找不到"这一个"和"许多个"、"无数个"之间的勾连，我就会放弃这篇小说的写作。这很费心思，但我常常乐此不疲。没有绝对孤立的东西，那就费点心思联想吧，"联"得越远越好。有时候你会发现，"联"得越远反而越接近你所要的精确。

钟红明：在分析一部小说的时候，往往会遇到"真实"两个字。你怎么看小说世界的真实？卡夫卡，我们说它是极其真实的；马尔克斯，我们也说它是极其真实的，但真实一定是分有层次的。从前文艺理论也说现实主义最大的核心就是真实，但恰恰我们在那些原则创作出的作品里，感觉到了虚假。

杨争光：小说是虚构的艺术，小说呈现的景观不是自然景观，是人造的。"事实"、"真实"这两个很老旧的词，对小说艺术来说却有着常新的意味。如果比"离奇"、比"惊悚"、比"怪相"，小说家的笔很可能比不过事实的。"世间万象，无奇不有"，这是要让小说家绝望的。但并不绝望，因为小说家知道"事实"恰恰是小说艺术的误区和歧途。小说艺术的智慧和力量就在于呈现被"事实"遮蔽和隐蔽的"真相"，这就是我以为的"真实"。"事实"只和当事人有关，而"真实"几乎和每一个人有关。

《阿Q正传》写的不是事实，却写出了真实的辛亥革命；阿Q不是现实中的人，却成了国民根性的标本。在现当代文学史上，这本书的辐射力和穿透力至今无人超越，阿Q至今也还是中国现当代文学中最具生命力的文学形象。

钟红明：你小说中的故事和人性，让人感觉悲哀。换作别人，也许写得煽情，但你却总有所化解。会换一个角度来看问题，也很冷静，有时候嘲讽。你觉得小说要给人疼痛感吗？

杨争光：小说可以含情，但不可以煽情，煽出来的情是虚情。

我实在没有故意使用嘲讽，更无意用嘲讽化解什么。如果有嘲讽的话，也是揭开被"事实"隐蔽和遮蔽的那一层或几层后，真相本身所具有的嘲讽。但想要给读者一种疼痛感，这倒是真的——哪怕有一点也行。

2011年12月

第二辑

关于《少年张冲六章》

一个"问题少年"成长土壤的结构分析

——和钟红明的对话

一、六遍叙写 挖掘纠缠的苍老根系

钟红明：是在2004年还是2005年？我到茂名参加笔会，然后到深圳见到你。当时谈到了许多作品构思，你就说到要写一个年轻人的长篇，写到摇滚对他们的意味和感动，写到网络，写到他们的爱情。但当时我觉得你和他们的生活还有一段距离。2009年10月，当我读到长篇小说《少年张冲六章》的时候，我才清晰地感受到，那个构想，从主题到表达的形式，都已经发生了巨大变化。过程是怎样的？

杨争光：是2004年。那时候，我想写的是一个乡村少年的爱情故事，在我的想象里，少年的爱情比成年的爱情更像爱情，乡村少年的爱情比城市少年的爱情更具浪漫的气质，主人公已经有了，他叫张冲。

2009年5月，我开始动笔写这本书的时候，一切都发生了改变。经过五年点点滴滴的积累和准备，包括采访笔录，我的笔记本上写满了关于这本书的文字。我发现还有比爱情更严重的东西。我想象中的那个少年张冲青涩的形象里，纠缠和埋伏着苍老的根系，盘根错节，复杂纷纭。我要写的，已不仅是那个少年张冲，我甚至认为，那些纠缠和埋伏在他青涩少年里的许多东西，比他更加重要，我有了许多的胡思乱想——我干脆把这本书后记里边的几段文字放在这里，算做给你的交待吧：

……在我们的文化里，少年张冲和我们一样首先不属于他自己，或者，干脆就不属于自己。他属于父母，属于家庭，属于亲人，属于集体，最终，属于祖国和人民。

人民从来都是一个抽象的名词。

祖国也是。我甚至在《辞海》里也查不到它。

我们从来都相信："天将降大任于斯人也，必先苦其心志，劳其筋骨，饿其体肤，空乏其身……"

我们要"修身，齐家，治国，平天下"。

我们要做闪光的螺丝钉，做精英，做"人中龙"。尽管我们知道，精英和"人中龙"永远是少数，但历史和现实永远也扑不灭我们的幻想：我们也许可以挤进去，甚至，我们必须挤进去，成为其中的一员。

我们认为这一切都是理所当然的。

也就理所当然地掉了进去，无法脱逃，也不愿脱逃。

我们做困兽斗，愈斗愈烈，愈斗愈惨，最终还要拉进我们的孩子。因为，我们的孩子是我们生命的延续，最终的希望。

我记得，鲁迅曾写过这样的话：我们只会对孩子瞪眼。

现在，我们又学会了给孩子献媚。这也许和我们的人口政策有关。我们敢对孩子瞪眼的时候，是我们可以随意生育的时候。当我们只准生一个的时候，我们就不敢瞪了。"瞪我就死给你看！"只这一句，就可以让我们立刻崩溃，就地瘫软。

所以用"献媚"。

"瞪眼"和"献媚"都是奴才的脾性。

但我们是以爱的名义。

也许，我们首先做了自己的奴才，然后才是别人的，公众的，秩序的。

还要"惠及"我们的孩子。

奴才的脾性真是我们与生俱来的，要和我们生死相依么？

凿壁偷光，囊萤夜读，悬梁刺股……

病态的努力加固着我们病态的文化。从幼儿园到中学，我们的孩子首先要对付的竟是他们难以对付的，不断加重的书包！

我们是父母，是亲人，是教师，是国家公务员，是操持着各种职业的芸芸众生，人民的分子。

我们是我们孩子生长的土壤，

我们的孩子是他们的孩子生长的土壤。

我们真要万劫不复了么？

……

也许，就因为这样的许多胡思乱想作怪，我把这本小书写成了现在的样子。

钟红明：你的上一部长篇《从两个蛋开始》，展示了符驮村自土改以来各时期的变化。以一个中国最基层的政权构成，来解剖和呈现中国社会的变迁，是一部独具目光的个人编年史。在我看来，你的《少年张冲六章》，也是以一个少年的成长，展示和剖析了家庭伦理、教育、环境情感的种种问题，对少年张冲成长的土壤的结构进行了全面分析，透露的是你对中国当下社会的看法，对中国文化的看法。对吗？

杨争光：这本书很容易被看成是一本写当下中国教育问题的小说。没错，小说直接面对和切入的是我们和我们的孩子，我们的教育。但我已经说过了：少年张冲青涩的形象里，纠缠和埋伏着苍老的根系，盘根错节，复杂纷纭。我也说过：那些纠缠和埋伏在他青涩生命里的许多东西，比他更为重要。我说的就是他成长的土壤。除了土壤，还有空气。有分析，但未必全面；有看法，也许偏激。我能做到的是尽最大的努力做得更好一些。

钟红明：这部长篇分为六章，"他爸他妈"、"两个老师"、"几个同学"、"姨夫一家"、"课文"、"他"，把少年张冲写了六遍，六个视角，六个层面。在叙述上为什么作这样的选择？

杨争光：确定了要写的是什么之后，我要面对的就是寻找合适的结构和表现方式。我有过多种设计，比如从张冲的出生写起，一直跟着他，想变花样的话，就来点倒叙、插叙、跳跃之类的，直到他"犯事"。这样写可能便于阅读，也能省去写作过程中的许多技术上的麻烦，但也容易写成一本账簿式的纪事。这不是我想要的。更何况，我已确认，纠缠和埋伏在张冲青涩生命里的许多东西，包括我说的"苍老的根系"，也许比他更重要。那我就不能一直跟着他，对着他聚焦。打个比方吧：箭箭不离老虎屁股，固然可以证明你射得准，但也乏味。中箭的部位不同，老虎的反应是不一样的。我要的，或者说我想让读者看到的，是一只反应丰富的老虎。有几箭射不中也好，只要老虎有反应，甚至没反应，也是我想要的。这就是我在结构和表现方式上放弃了"一直跟着张冲"的理由。

我不直接面对张冲了。我让他爸他妈，让老师，让同学，让亲戚去对付他。他们都是张冲无法躲开的。他们携带着我们的历史，也携带着我们的当下，直接参与了对张冲青涩生命的塑造。青涩生命里纠缠和埋伏着的那些东西，正是他们通过遗传，影响，强制，有意无意地注进去的，就像土壤和空气之于植物，甚至比土壤和空气还要有力。当我完成了他们和张冲的"遭遇"之后，张冲已经成长了五次，到我面对他的时候，他自己反而变得简单了。这就是这本书的第六章。

第六章里的每一个部分，都能在前五章里找到应和，或者说，前五章的每一个部分，都能跳过来，在第六章里和张冲重新"遭遇"。还有，我想让这一章像几枚钉子一样，把前边的几个相对独立的板块钉成一个有机的整体。更想让它具有一种功能，使这个有机的整体成为可以让读者随意翻转组合的魔方。

二、都在井里

钟红明：你首先写了张冲的家庭。对他爸张红旗来说，张冲的降生曾经如同蜜一样温暖，张冲就是他的将来。儿女有没有出息，许多眼睛看着呢。他天天念叨的是让张冲好好读书考大学，他还带一年级的张冲到成功范例陈大家里去感受人家儿子的出息。可是张冲偏偏不断偏离他期望的轨道，戴耳环、抽烟、上网吧，不好好学习。他把儿子吊在门框上，他把儿子拴在牛槽里，他踏过儿子……最后，当儿子成了少年犯之后，放电影的张红旗经常会陷入沉思，问他想啥呢？他就会说："谁想整谁了就给他当儿子去。"问他这话是啥意思？他说："无期徒刑么，你想去。"你用过一个小标题——"井"里的张红旗。尤论城市还是乡村，中国父母都希望孩子有出息，父母的期待和爱，为什么就变成了"井"？

杨争光：我们常说，父母是孩子人生的第一个老师，那就当然应该先从他爸他妈写起了。我没想很顺溜地完成这一章，我在其中拐了好几个弯。对叙述来说，我以为是必要的。我想给读者增加一点阅读上的障碍，但穿越障碍的难度应该控制在不把读者挡回去。我一直对顺溜的写作持有怀疑态度，也怀疑顺溜的阅读。过于顺溜的阅读很可能造成什么也留不下的后果。

你传给我的一篇博文里有一句话："我们活着似乎是为了证明父母、老师活着的意义。"是一位署名"范世子弟"的同学（我觉得他好像是一个正在上学的孩子）看了《少年张冲六章》以后写的。就顺着他的话说吧。如果父母要以孩子来证明自己活着的意义和价值，就有可能像张红旗一样掉进"井里"，因为孩子实在不是你的生命的一部分，他是另一个独立的生命。你可以影响他，甚至也可以指点他，以你的经验和价值观"教育"他，但不能以你的意志"强制"他，迫使他成为你希望中的那种人。家庭和学校不是监狱，父母和老师不是狱卒。强制有可能遇到奋力的反抗，因为孩子也不是犯人。作为父母的我们，似乎少有这样的意识。我们把对孩子的强制误以为是"爱"，是为了孩子好。强制以至于施暴，也就成了爱的另一种方式。在我们这里，"打是亲，骂是爱"具有普适性。家庭专制是国家专制的民间基础。但家庭的强制又实在不能和国家的强制相提并论，不但不能相提并论，还会受到国家权力的强制干预，因为孩子对家庭专制的反抗是合法的，受国家法律保护。咋办？死抱着"让孩子来证明我们活着的意义"不放，一旦期待落空，希望破灭，张红旗就掉进一口上不来的"井"里了，除了自虐还是自虐。自虐也是一种暴力，自己对自己施暴，直到生命终结。张红旗把这就叫做"无期徒刑"。

钟红明：父与子的冲突，代沟，可以说是永恒的。在这部小说里，这种冲突终于演变成了势不两立。那块槌布石头做的桌子，成为强烈冲突的"纠结点"。在张红旗眼中，那石桌是儿子通向未来的起跑线。女儿梅梅看到那张为弟弟才设立的石桌，放弃了读书，她觉得自己不在父母的期待中。但张冲却仇恨那张石桌。你把它作为一个象征物吗？

杨争光：是生命过程中和生命发生过碰撞的一样东西。这一样东西对生命的塑造起过作用。张冲和槌布石头一开始并不是势不两立的，他们的关系是在变化中完成。槌布石头的遭遇和张冲有些近似。当张冲举起榔头砸断它的时候，张冲很像他爸张红旗，石头像张冲，甚至不如张冲。面对张冲的施暴，它没有足够的反抗力，所以，就永远呈V字形折断在四个砖头腿子之间了。它更像一个生命的记忆，是张红旗的，也是张冲的，也是张冲他妈文兰和他姐姐梅梅的。但它实在又只是一块普通的槌布石头。是象征物吗？我没想过。

钟红明：我读这部小说，常常会惊叹你的概括之精准，将一些言辞赋予了出人意料的意义，比如 "储蓄"，饿肚子的年代人们往胃里装东西，养成了储蓄的习惯，张红旗超越了他的父亲，把"储蓄"发扬光大，全方位地储蓄，储蓄钱财、情绪、精力、名声……每一种储蓄都在他的人生节坎上显现威力。这样的言辞还有不少，它们是怎样来到的？

杨争光：就语言来说，我把准确表达放在第一位，然后才考虑所谓的生动。事实上，准确的表达，也往往是生动的表达，更有弹性和辐射力，尤其是汉语。
"储蓄"是从"养精蓄锐"来的，和计划生育有关。张红旗一定要文兰给他生下一个男孩，因为计划生育的限制，他不能着急，必须憋着。他采用了"养精蓄锐"的战略战术。"养精蓄锐"是一个痛苦又激动的复杂过程：忍受当下的难受，为将来的结果激动。生孩子要养精蓄锐，养孩子需要积攒钱财，这就联想到了"储蓄"。这也是中国人经历生命的模式之一，是中国文化的构成部分。它蹦出来了。我逮住它没放，并拉进了张红旗他爸，或者说，"储蓄"这个词也辐射到了张红旗他爸，他爸的胃。就这么，现代商业和经济行为中的语词和我们经历生命的模式发生了默契，异曲同工。

三、青涩的反抗往往是盲目的

钟红明：学校，是孩子接触的第一个社会。在孩子心目中，家庭里获得再多的肯定，都不及学校老师的一句肯定。张冲小学时代的两个老师，对他后来的人生走向，至关重要。张冲和男老师上官英文的对抗，可以说是惨烈的，被赶出教室，被抽，被嘴里塞上四五支烟坐在国旗下同时抽下去直到醉烟恶心……暴力体罚这样一种现象，在我看来，已经超越了学校教育的范畴，成为"权力"的一种演化。而张冲也从这位男老师这里清楚地下了决心，反抗一次是一次。是吗？

杨争光：在我的生活经验里，一个看护自行车棚的人，也有"权力欲望"。我们更习惯以控制和施"暴"于他人来证明自己的存在，哪怕是在培育和传播文明的学校。想起来真有些不寒而栗。我们通向现代和文明的路遥远得让人绝望。知识化并不能解决人的现代化，掌握更多的知识，也不一定就是文明程度的提高。噢，我好像走题了。对张冲来说，反抗首先是当下情绪的释放。自觉的理性的反抗是没有的，青涩的生命也不可能有理性的反抗。青涩生命的反抗往往是即时的、盲目的、扭曲的。

钟红明：你给女老师李勤勤安排的是完全不同的面目。说起来，李勤勤和民办老师转公办的上官英文不同，她毕业于名牌大学，清高，对张冲开始的时候充满好感，做过很多尝试来将张冲拉回"正确"的轨道。李勤勤和张冲之间发生的一切，你用了一个词——"遭遇"。张冲屡屡让李勤勤感到崩溃。相对于男老师的暴力，这一个女老师，对张冲的决定性影响在哪里？

杨争光：对张冲来说，李勤勤和张冲的父母，和体制，甚至和上官英文在本质上是异曲同工的。李勤勤是一个尽职尽责，且为自己的职业付出真情感的好老师，很善良，很愿意对学生好。但这个好老师也在一个"怪圈"之中。她对张冲的好，对张冲的付出显得很乏力。不是她不尽力，和张冲遇到的各种"力"相比，她的力在其中不成比例。她无法对张冲形成决定性的影响。反而，张冲对她的影响似乎更具冲击力。我已注意到，有人很喜欢看李勤勤和张冲的这一节。我不觉得奇怪，他们的"遭遇"中混杂着美好和无奈，希望和绝望，感动和疼痛，残酷的放弃和挣扎着的救赎，要比张冲和上官英文的"遭遇"复杂得多。

钟红明：当李勤勤找到张冲父亲，希望他留级免得影响升学率，张冲的激烈反应，他的"威胁"，和老师对话的口吻，为什么是以男性、成熟的面目出现？

杨争光：张冲早就想长成大人了，他恨不得一夜之间就长成大人。他以为，他长成大人就会改变他和父母、和老师之间的力量对比，获得平等和尊严。只要有机会，他就会以成人的姿态表现自己，让对方感到：我是成人了！李勤勤给了他表现的机会，他的尊严受到了冒犯，学可以不上，但尊严必须捍卫，所以他很激烈。初中三年级的他也接近成熟了，大半个男人了。在写这本书之前，我和许多中学生有过接触和交谈，他们比我想象的要成熟得多。张冲对李勤勤的这一次激烈的反应，是他们的最后一次对峙。他其实是喜欢这个女老师的，这也许是他要显得成熟的一个潜在原因。

四、有知识没文化

钟红明：每个老师其实或多或少，都把自己的人生问题，带进了学校，带进了和学生的关系中。李勤勤父亲，一个老教师自杀留下的遗书，写到了"有知识没文化"，可以说是一种深刻而充满疼痛感的概括。你觉得这样的看法，会在多大范围中被认同？

杨争光：这不是我非想不可的问题，也没法预测。能有多少认同算多少认同吧。不认同也没关系，不认同也是一种交流和碰撞。希望有交流和碰撞也是我要把小说发表出去的原因。不是有一种"对话"理论吗？对话一定要获得认同吗？在很多情形中，不认同也许比认同更有价值和意义。

钟红明：对那些成绩不好的学生，"从家庭到学校，到老师，到社会，给他们的是什么？不是爱，是爱的名义。是鄙视，鄙弃。他们不服，不服就会对抗。"为什么你在小说中直接写要善待学生？你的写作一向冷静，你不觉得此时作家的意图已经超过了小说的需要？

杨争光：忍不住了嘛。守不住那个冷静了嘛。狗急了会跳墙，人急了也会喊叫的。我以为，小说艺术的精神应该是自由的，为什么要刻意地把自己"埋"起来呢？埋得太深捂死了咋办？在合适的时候伸脖子舒口气，叫几声，不见得一定会违背小说艺术的精神，让我叫几声行呀不？我记得惠特曼有一句诗，大意是，音乐在需要的时候停止，在需要的时候上升。我喜欢这句诗表达的意思。

事实上，你摘录的这些话，也不尽是我的"直写"，是李勤勤的父亲，一位退休老教师，瘫痪在床几年的痛思。他把他的痛思，说给了同样是教师的女儿：要善待每一个学生，尤其是那些学习不好的学生。他们都是鲜活的生命。学习好的和学习不好的，都应该有健康快乐的生活。我在我的笔记本上曾写过一段话，大意是：如果我们的孩子都真的成了龙，许多年以后，满中国天上飞的、地上跑的都是龙的话，那该有多么恐怖。我们的教育不应该只习惯于培养人中龙嘛。我们的父母为什么非要望子成龙呢？"望子成人"不行吗？我们在"龙崇拜"的路上走了几千年，走得很辛苦，依然心力不减，还是奴才嘛，好像从来都没想过拐个弯，往人行道上走。

钟红明：在"几个同学"一章中，你写到了张冲的同学和朋友，看到你写张冲把所有课本装入蛇皮袋每天在校园背来背去让人忍俊不禁，你写到男孩子的打架和义气，他们萌动的情感，好学生和坏学生之间的关系。在写作之前，你是怎样来走近那些年轻孩子的心灵的？

杨争光：我是从孩子过来的。我跟我的孩子也发生过对峙。但仅凭我的经验，是不能完成这部小说的。我做了很多准备工作。我在这本书的后记里也写到了，给你抄几段吧：

我和一位叫甘毛的中学生有过一次随机性的交谈。他是我朋友的孩子，现在已是一所名牌大学的学生了。他的聪慧和犀利给我留下了深刻的印象。他给我讲述他的几位喜欢摇滚音乐的同学。我从他的话语里"截"下了一些词句，把它们留在了我的笔记本里：英伦气质。无法躲藏的激动。想哭。不知为什么就哭了。愤怒的土壤。冲击力。重金属。生理作用。摇头晃脑完全兴奋起来。一个人关着灯，听得热泪盈眶抱头痛哭。

……

随后，我读了一本关于中国摇滚音乐的书。

我有意识地引诱我的朋友们讲述他们的孩子。

一位叫洛获的中学生的故事让我感慨唏嘘。她很善良，有含而不露的个性锋芒。她离开了中国的学校，在加拿大完成了她剩余的中学学业，现在英国读书。她和她曾经的故事变相地隐藏在了我的这本小书里。

……

我约请我的弟弟杨卫国讲了许多我需要的故事。他很会讲。

还有袁富民老师。

我无法忘记我在乾县晨光中学学生宿舍里和学生们交谈时的情景。张晨是这所中学的校长，他领我去的，在晚上熄灯以后。我把他"赶"了出去。我希望我能和已经躺进被窝里的学生们交谈得自由一些。他们给我讲他们的抽烟，他们的恋爱……

就是这么一尺一寸地走近他们的吧！我不敢说我"走进"了他们，是否走进了，要让他们来评判。我希望他们能看到这本书。

钟红明：你的这部长篇采用的结构，每一章有不同的侧重，有不同的人物，他们各自的生活也很丰富。但重心又都要围绕着张冲，表达构成他成长的各种要素和土壤。你如何来控制这种展开？这样的分寸其实很难把握。

杨争光：父母，老师，同学，亲戚，甚至邻居，每一个人都可以写成一部小说，但在这一部里，我要做的是尽可能地把他们控制在和张冲的遭遇里，既对张冲产生影响，同时也是自我呈现。他们是张冲成长的土壤和空气。土壤和空气是既定的，不可能有利于所有的植物健康成长。在我们这样的土壤和空气里，张冲这样的植物就长成了张冲的样子。有些植物能适应，有耐力，就长成了人中龙。这也正是土壤和空气不放弃希望和坚持的理由，循环往复，张冲这样的植物生存的环境就变得更为恶劣。跳楼，自缢，以各种方式自杀的学生，在中学和大学都有，且越来越多，还会更多的。我总觉得，他们的自我解决不仅是对自己的绝望，也是对土壤和空气的抛弃。张冲没有，他选择了做"坏孩子"。

土壤和空气也有自己的处境和苦衷。张红旗不是在"井"里了吗？李勤勤不是要在无奈中坚持吗？张冲的姨夫不是要为儿子付出六百块钱的打胎费而心疼吗？公安局副局长不是被剜掉了一只眼睛吗？我以为，作为土壤和空气的我们，在与我们的孩子"遭遇"中，是可以感受到我们当下的生存处境和精神的焦虑，也能清晰地回望到我们之所以有这样的生存处境和精神焦虑的历史原因。我希望，我们在听到有孩子自我解决的消息，在为他们痛惜的同时，也能感到他们对我们的抛弃，有一点疼痛感。

五、语文课本，全新的阅读体验

钟红明："课文"这一章，我是非常喜欢的，我觉得提供了一种新鲜的阅读体验。一篇课文加一篇后面的现实性叙写，从小学一年级写到初中，怎样想到用这个方式来写的？

杨争光：课文和父母，和老师一样，也是我们的孩子成长的土壤和空气，甚至比父母、老师更具作用力，尤其是语文。还有所谓的思想品德，老师和学生简称为"思品"。都是直接参与学生的精神塑造的食粮。而且，它们是国家选定的各路专家集体智慧的结晶，是国家意志和精英的教育理念以及价值判断的集合体。这就是我把课文专列一章进入小说结构的原因。我选择了语文，没有选择"思品"，语文的"教化"因素少一些，更具说服力。

我认真阅读了现在通行的小学和初高中的语文课本，无一遗漏。我还去过乾县逸夫小学，邀请一年级到六年级的语文老师座谈过，清一色都是女老师。我选出了一些课文，让她们给我讲是怎么教的，学生有什么样的反应。这些，都对我写作这一章产生了我事先无法预料的作用。

现在的语文课本比过去的好多了。我选择了三十多篇课文，把它们挪移在了小说里。我想让读者和我们的孩子们一起读一读它们。我以为不多余。但仅仅挪移课文是不够的，我还想写出这些课文在教与学的过程中，发生延伸和扩张的可能性。这种延伸和扩张，也许是编课本的专家和教课文的老师始料不及的。

钟红明：在看到你的小说之前，我只是觉得其实语文课本虽然在新的教改原则下不断修订，但仍然存在许多的问题，那些对经典文本的擅自改写，让孩子背诵的那些摞了许多华丽形容词的课文，还有一些不知道谁写的诗歌，都很没有意思。但我只是把语文课本看作孩子学习中国语言文字的途径。读了你的小说，我才意识到，原来语文课本，是一种人生的读本，是文化的读本。语文课本居然这样富有实践性，非常让我感慨。

杨争光：你是在表扬我吗？我很担心我写不好这一章。你的阅读感受给我增加了自信。如果真是表扬，那就谢谢谢谢。

钟红明：你从张冲一年级的语文课本写起，当老师借助某篇课文阐述的道理，让孩子去问父母或者在家里实践一下的时候，得出的结论却往往和课本大相径庭。这样同时表现了教育、成长和父母等构成的社会等几个方面，不同的价值观，非常有意思。比如三年级的课文"妈妈的账单"，那张母亲开给小彼得的账单所列各项都是"0芬尼"，老师布置张冲和同学请父母开列账单，他们却无法完成作业，他含着泪，听父母算那算不清的账，到考上大学才能一笔勾销的账。父母的爱，成了无法还清的债务……课文选择的原则是什么？

杨争光：阅读中小学的课本，对我有诸多触动，是一次非常特别的阅读体验。在写作的过程中，有克服困境的煎熬，也有克服之后的小得意。比如李勤勤要回答什么是"嶙峋"和张冲揾出的"灿烂的牛粪"那一段，是很煎熬我的。我说不清楚，李勤勤就说不清楚，煎熬了好几天，我觉得我还是说清楚了。写完那一段后，我就有些小得意了。写作确实是一件愉悦的事情，首先是愉悦自己。

选择哪些课文呢？选那些能把学生、老师和家长勾连在一起的，和流行的观念和意识有可能发生碰撞的，具有延伸和扩张的可能性的吧。这算不算选择的原则呢？我没想过。如果有原则的话，那就是，从一年级到初中三年级，每个年级都要有。

钟红明：从张冲四年级开始，中间的几课，你使用了课文和张冲日记的对照来写，比如"幸福是什么"这篇课文之后写道，张红旗说课文里说"我劳动我幸福"是哄傻子的。"古往今来最可怜的就是农民，最让人瞧不起的也是农民。我爸说幸福不在村上，幸福在外边，在大城市。"张冲的结论是"我没幸福"。五年级开始，你采用了张冲的习作和日记来和课文对照，习作是按照学校要求来写的，日记是真实内心，父母和老师都在教学生如何虚伪地生存，答题必须按照规定，作文可以陈述虚假的但符合老师要求的想法。张冲写的应用文非常有意思，尤其是写了一张迁户口到北京的申请，透视了户籍带来的生活和教育的不平等。最后是张冲的自我总结……为什么会有这样的变化？

杨争光：课文一章和其他各章一样，也几乎是少年张冲年轻生命经历的一次全记录。张冲是和课文一起成长的。现在的小学生从三年级就要求写日记了。按照要求，写日记和写作文都要写出真情实感，但私密的日记和写给老师看的作文，往往是不一样的。我们的孩子在小学时期就已经学会了做多面人。他们凭生存本能和有限的经验就已经知道，真实的自我在现实中每走一步，都有可能吃亏碰钉子，不讨好。戴上假面就顺畅多了。课文没有传达这样的信息，课堂上的老师也不会。课文和课堂的力量太有限了。我们孩子的教育和成长实在不仅是学校和课文就能左右的。孩子的嗅觉比大人更灵敏。八面玲珑的我们，也包括课堂外的老师，其真实的生存形象，可以消解所有的课文和课堂上的堂皇的"布道"。

当逆反逐渐积累成反抗的欲望和冲动，并具有了反抗的能力时，张冲就有了那几篇恶作剧的应用文。其中的那一篇"自我总结"，几乎是他从小学到初中毕业，体验和感悟生命成长的自白，也是他要抛弃学校教育的告别书。写完这一节的时候，我真有些五味杂陈了，借用现在孩子们常说的一个词，就是："无语"。

钟红明：第六章，"他"，是对张冲的正面表达，之前的叙写，有些不清楚的东西，在这里揭示了源头。第一节用了诗体，为什么？

杨争光：这不是事先的设计，是即兴的随笔。刚刚出生的孩子，还只是一个自然的生命，纯粹、透明。我把他的成长和看月亮连在一起，我觉得这么写挺好，有点像诗，像就像吧，就这么写了。

六、写作的现实关怀

钟红明：就像张红旗觉得自己在井里一样，张冲觉得自己在圈圈里。老师和同学，他们看他的目光连接成一个圆圈圈，让他浑身不舒服。"佛顶上是光圈，我头上是绳圈。"他的叛逆和反抗，是必然的，是盲目的，也是悲哀的。他最终伤害了自己。在张冲心目中有一块干净的地方，苗苗。为什么他们之间不是萌生了爱情？为什么张冲自己选择了反抗做一个坏孩子，却希望苗苗读大学？

杨争光：我要说到"性和爱"了。在我们的文化里，"性"几乎是个贬义词，至今好像还是不干净的人类行为，尽管少有人拒绝。公开提到"性"，我们的大多数立刻就会显出道学家的面孔。私下里呢，那可就说得津津有味了，当然，是说别人。做呢，不说谁都知道的，反正我觉得男盗女娼的很多。爱则是好的。很古的时候，有"兼爱"，有"仁者爱人"；现在则有"爱祖国，爱人民，爱父母"，"爱猫爱狗"，等等等等，听起来是很有爱心的。爱得怎么样呢？什么是"爱"我们可能还没搞清楚呢。我以为我说得并不武断。我们对孩子是怎么爱的，就可以为我作证据。两性的爱呢？也是一本糊涂账。问一问正在爱着的恋人和已经爱成功了的夫妻们，我相信也能证明我说的大致不差。在这样的土壤和空气里，张冲和苗苗能萌生真正称之为"爱情"的爱情吗？有，也是朦朦胧胧的。

中学生是不许谈恋爱的，性更是禁区中的禁区。就性和爱来说，张冲的叛逆和反抗仅限于挂个女朋友，但不是苗苗。就是挂女朋友，也是一个反抗的姿态，并未像他的表弟文昭那样实做。他可以对抗秩序，对抗父母和老师，但没想伤害女孩子。对苗苗就不仅是不伤害了，还要保护。苗苗确实是他青涩生命里的一块净土。他选择了做坏学生，但不愿殃及苗苗。他从骨子里还是认可现行的"好学生"和"坏学生"的标准的，所以他认自己是"坏"的，苗苗应该走上大学的正路。张冲就是这样的叛逆者和反抗者。

钟红明：有人说这是你距离现实最近的一部小说。其实你在这之前的中篇《对一个符驮村人的追忆》也是对当下生活的表达。你怎样看作家对现实的关怀？前些年曾经提倡过底层写作，但也带来许多表层化的问题。有人就根据纪实新闻和案件来写作。你用什么来超越那种"现实主义"？

杨争光：我的写作从来没有离开过现实关怀，也没想过要离开，就是想离开也做不到。我做不到，也不相信其他人能做到。每一个人每天都在对付当下，对付现实，想逃也逃不开的，写作者也一样的。没有哪一个作家能在吃饱喝足以后坐在他的书斋里，把自己运送到过去，和历史中的人一起生活。历史是不可复制的。每一种历史的叙写都是当下的叙写，都有当下的关怀，只是关怀的东西和层次不同罢了。将来呢？我也不相信谁能把自己运送到将来去。更何况，失掉了现在也就没有将来——这不是我的话，但我认同。

你说的底层写作，我不了解，也不知道它带来了什么样的问题。至于所谓的"现实主义"，我从来就没有弄清楚过，也不准备去为它劳神费力，也就不存在对它的"超越"了。

说《少年张冲六章》是我距离现实最近的一部小说，可能是因为它触及到了当下现实的一个热点，几乎和中国的每一个家庭都有关系。看看每年高考的景象，会让人惊叹到晕倒。如果兵马俑是中国人在几千年前创造的世界第八大奇迹的话，我们的高考就完全可以列为现在的中国人创造的世界第九大奇迹。

但我没想把《少年张冲六章》写成一本社会问题小说。我要的是：提起树苗，连泥带水拔出它的根须，看看有什么样的泥水，什么样的根须，枝条和叶片上吸收的是什么样的阳光和空气。

七、故事是有局限的

钟红明：一般人喜欢读到的长篇是情节推动强烈，有紧张度，也就是有故事又有人物的小说，但你却不这样写。你的《从两个蛋开始》，也不是一般常规的写法，而是每一节都可以构成一个完整的短篇，它们彼此作用，构成了整个长篇的气场。你怎么看所谓的故事性？你认为长篇小说的故事以及文本意义是什么？

杨争光：我写小说，也写电影和电视剧。我的写作经验使我对曾经很看重的故事性产生了怀疑。故事是有局限的，越长的故事，有可能带来更大的局限，即使编织得很紧凑。我的阅读经验也给了我印证，尤其是小说。过于紧凑的故事会减损小说的辐射、扩张和渗透力。故事紧凑的小说多有当下的痛快和淋漓，却难有咀嚼的耐受力。好的小说应该能经得起反复阅读，过于看重或热衷于故事的小说是很难达到的。我不拒绝故事，但很警惕。我不能让我的小说故事化，尤其是长篇小说。我在写《从两个蛋开始》的时候就强化了这种意识，也这么做了。它比编织一个以情节推动情节的完整故事要困难得多，但我要的就是这样的小说。块状组合，相对独立，彼此遥相呼应，就像你说的，构成完整的、具有辐射、扩张和渗透力的那种气场。《少年张冲六章》也是非故事化的，我宁可让自己多些煎熬，也不愿让故事减损我的表达。

每一个时代都有伟大的小说家在不断改变和丰富着小说的风貌，当然也包括长篇小说。就文本意义来说，我以为长篇小说和短篇小说并没有本质的区别，都是小说艺术。如果有的话，就是长和短。这一区别可以提醒写作者：别把长篇小说写得像一个短篇，因为它们实在还是长短有别的。

钟红明：在这部小说中你付出最多精力在何处？困难在哪里？

杨争光：点滴积累，历时五年，有用无用的素材和胡思乱想几乎写满了一个笔记本。还要想清楚：我要写的到底是什么？是不是一次有意义的写作？

用六章来结构，打碎了故事，分离了时空，又要把它们组合成一个魔方一样的整体。每一个细微处都要小心对待，还想要让它们好看、耐读。就是这么"难"过来的。

2010年3月30日

"我们的精神内质跟月亮太阳一样，没变"

——答《南方周末》朱又可问

一

朱又可：你的小说《少年张冲六章》里，谈到有一个盘根错节的纠结的根。那个根是什么？

杨争光：在我的认识里中国是有城市，没有城市人，城市里住的都是农民。城市文明的积淀时间欠缺，文明的成长和成熟需要几代人。一百年来这个国家的变化到底有多大，你仔细把我们国家的人的文化心理分析一下，跟三千年以前基本没有什么变化，这是我的结论。中国人的思维方式、价值观，尤其是人观，就是什么样的人是成功的人，什么样的人是素质高的人，我觉得农民和城市人是没有区别的。

我写了一个青涩生命的成长过程，在青涩的生命里，可能埋伏和隐藏着非常苍老的根系，盘根错节，复杂纷纭。我要做的就是要把树苗连泥带水提起来，看一下是什么样的泥水和根须，叶片和枝干里吸收的都是什么空气和阳光，这可能比树本身更重要。

朱又可：你在批判我们几千年来的根？

杨争光：我也不是批判，更多的是在分析。世界上没有完美的文化体系，丘吉尔曾经说过，资本主义体制也不怎么样。但是相比较来说，它是不好里面比较好的。

多年前说到民族的劣根性的时候，我就说把那个劣字去掉吧，咱就说根性，根性既有劣的东西也有优的东西。我们的民族肯定有优秀的东西，否则这个民族就没法生存了。关键是我们现在宣扬的，是不是它真正的优点。

在这100年里，我们曾经有过两次这种机会，都夭折了。一次是五四运动，个性的人对自我的发现刚刚开始，就被扑灭，救亡取代了启蒙。1980年代初期又有过这样的机遇，但它被轰轰烈烈的经济建设给扑灭了，都是冠冕堂皇的理由。救亡跟启蒙不矛盾，经济建设跟启蒙不矛盾，我认为这是把矛盾转移了，被中国文化里非常邪恶的东西给利用了，中国人自己把自己糊弄了。我想通过这本书，延伸一下我们所谓的古老的根系。我觉得还是应该跟五四的精神接通，如果不接通的话，它迟早要来的，不管你愿意不愿意。否则我们就走不到所谓的现代化，而且我们也无法和世界真正的强国和强大的民族在这个世界上并立。强大不仅仅是物质的，同时它也是精神的。

朱又可：启蒙和反弹的过程为什么老在反复？

杨争光：这个东西以后还会有的，我们国家所谓有说话资格、有说话能力的人，所谓的读书人、知识分子，大面积、群体性的堕落与这种反复是有关系的。政权需要这种反复，你看看《论语》，其实就是一本怎么样为统治者出谋划策，让政权稳定的书。

现在少儿读经、提倡国学，有很多所谓的国学院纷纷建立，也把过去所谓的经典著作又拿出来讲，国学院就成了一种商场了。他不知道知识和文化是两个概念，很多的有钱人，报一个国学班，30万、20万，北大的讲师给你讲几句《论语》，再讲几句老庄、《韩非子》，再讲讲朱熹，那些人就炫耀自己在北大、清华上这种学了；另外有些人搞些游山玩水、交友聚会，成了这么一个俱乐部一样的东西。知识界需要钱，他不是卖文化，是卖知识，而且是腐朽的知识。他们误以为于丹这些人就是有文化的人。他们也需要虚荣，就跟腰一粗以后不知道钱该怎么花。那种回潮、反复跟所谓的国学热，我觉得跟我们狭隘的民族主义是有关系的。其实是极度的尊严缺失，跟我们过去长时期的财富缺失是一样的，在尊严上变得极其病态。

朱又可：如果启蒙的话，你觉得还是拿一个西方的框架吗？因为现在人们感觉到西方在衰落，这样就把原来的"西方启蒙框架"给去掉了。

杨争光：这就是刚刚冲上来的一个牛犊。它不怕虎，胆大么。我曾经写过《30年30本书》，我说过，我不相信21世纪是中国文化大行其道的世纪。我们的文化是一种很粗俗的文化，我们现在还把它拿来做宝贝。你仔细去看一下，支撑我们经济建设的不是中国的东西。真正给我们带来富强的不是中国的东西，是外国的东西，而且还是外国的皮毛，就让我们迅速地发展起来，经济增长起来了。你现在拿发展来作为论据，偷梁换柱说这些是我们中国的，所以还是中国好，我们的文化好，我们是礼仪之邦，西方这样不好，那样不好。你看他们现在衰落了。经济危机，它是有规律性的，有恢复的时候。一个国家或民族，你衡量它的时候，不能拿一个指标去作为主要的论据。

你说我们这个民族5000年的文明，它有没有优秀的东西，当然有。但是我们不是想更好吗？我们肯定要把真正优秀的东西拿出来，发扬光大。腐朽的我们肯定要抛弃。国外也应该是一样的，你不能拿一个指标去进行衡量，去以点带面。

美国失业的人，他拿补助金可以到世界上旅游，但是美国的这种民族他就有一种观念，劳动者是光荣的；我们国家也说劳动者光荣，但永远把劳动者光荣挂在嘴巴上，实际上是享受者是光荣的。

二

朱又可：人人想成功，而成功的道路很狭窄，这都是考试制度造成的？

杨争光：这个国家太一律了，这种教育、文化、对人的观念，永远是一种精英式的观念，认为成功的人就是人上人，事实上我们国家依然没有人格上的平等。

其实每个人都有接受大学教育的权利，但国家没有这样的财力和师资，你也不能现在就去怪这个国家。但是我们不能健康地度过这个阶段，它是畸形的，人的精神会扭曲。中学生、大学生、研究生，自杀的会越来越多，精神抑郁的会越来越多。就是因为你不能健康地面对考学，不能健康地面对农民、知识分子、当官的。这也有原因，因为我们的官民就是不平等的。我们对所谓的知识人，上了大学的、读博士的待遇不一样，就强化了我们对人看法上的不健康态度。病态的文化加固了病态的精神。望子成龙，望女成凤，我们国家是一种龙教育，在龙崇拜上走了几千年。人是永远成不了龙的，所以应该把我们的观念和心态改一下，望子成人，培养健康的人。把我们所谓的精英崇拜，对所谓读书人的崇拜稀释一下。对龙崇拜的文化心理是一点点积淀的，精英崇拜或者不断强化对精英的膜拜，最后导致的就是对皇权的膜拜。

永远崇拜那个塔尖，但是我们非常虚伪，在文化教育里永远是我们要做高楼底下的一块砖。写这些文章的都是站在塔尖上的人，所以我们都是在膜拜骗子。我一直认为，中国人的生命不是丰富的，而是单一的形态。一直到文化大革命结束，中国人都是政治化的。后来又经济化，但依然都是单一的。我们那个精神内质真的是跟月亮跟太阳一样，没变。

没有自在的人。都是被捆绑的人，都是在挣扎的人，都是生活在井里面的人，都是在困境当中的人。它的根本原因就是我们的人观，我们人活着是干什么的？你要么是一个废物，要么就是成龙成虎。这是我们几千年来没有变的东西。咱们的教育永远是做人上人。

我很关注两类人，一个是中国的农民，一个就是我自己。农民是中国最肥厚的土壤，最丰富的土壤，还有一个群体就是所谓的读书人，知识分子。但我认为中国没有知识分子，尤其是没有知识分子群体，知识分子的姿态必须是现存秩序的对抗者，它是一种对峙的态势，哪怕你现存的秩序再合理，他也要到里边挑出不合理的。他就是猫头鹰。你不能说钱学森是知识分子，他是知识人，是科学家，但他未必是我们说的经典意义上的知识分子，始终保持警惕和批判。

因为这些知识分子都是从农民王国里面成长起来的，如果说农民是肌肉、是蛋白质，知识分子就是血液，给政权输送血液的。最后一步就是培养专制者，培养暴君。

如果你把这两类人说清楚了，基本上就可以把中国的问题说清楚。在唐代，全中国的人都到长安求官来了，你诗写得再好，也是一个敲门砖，最终目的是要当官。到现在你就是改变不过来，我们对龙的崇拜完全是病入膏肓了。

朱又可：知识崇拜的背后究竟是什么？

杨争光：有知识是好的，但不能把知识弄得像上帝一样，它就过火了。我们评价一个人健康不健康，人类的生活目标不是说你有没有知识，有知识肯定会提高生命的质量，但是最后通往的目标是人类的幸福，人类的幸福不是一个抽象的概念，它是让每一个个体都能有幸福感，这才是人类的终极目标。

暴君的概念是什么，我一个人让所有的人变成奴隶、奴才，我说齐步走，他说一二三。大家都这么整齐地走，熙熙攘攘地挤来挤去。我们进行的是一场不见血的战争，每个学生和学生之间，家长和家长之间，学校和学校之间，北京市和西安市之间，都在进行着一场战争。因为这个位置只能有50个名额，你上去了你就活了，你下去了你就死了。过去了你就是人，过不去你就是非人。你过去了你就高兴，你过不去你就不高兴。不流血的痛苦，战争留下的这种创伤，连祖宗八代都能摇动的。

看看我们的父母都提了馒头，提着开水送孩子高考，开着宾馆，其实都是在打架的。那是战争。所以我在本子上写，在为了争取笑容、为了争取这一种脆弱的尊严的战争中，什么事情都有可能发生。我真想说我们的文化很乱，我们都是病人。鲁迅说救救孩子，我其实不想说救救孩子，我想说的是救救我们。因为我们把我们救了，我们的孩子不用救他就好了。

三

朱又可：通过对语文课的研究，你得到什么结论？

杨争光：我们的美育在语文教学里我认为都是有偏差的。到现在为止，有一些伪美文依然还占据着我们的课本。比如说像杨朔的散文，那是什么美文？朱自清是我们很尊重的作家，现在重新审视一下《荷塘月色》的话，我很可能觉得那是一篇很烂的文章，《背影》是美文吗，那也是伪美文。我们认为绢花假花是美的，而真花跟美没有关系。所以我们很多美文都是非常虚假的，而且很多无用的词汇。为什么非要去选《荷塘月色》，为什么选《泰山日出》《漓江山水》之类的散文呢？可见什么是美都没有搞清楚，我现在也不敢说搞清楚了，我通过写这个小说才学习着去重新审视这个问题。

朱又可：《卖火柴的小女孩》，这些外国的作品在课文中，如何解读？

杨争光：《卖火柴的小女孩》我们解读的肯定不一样，我们就把这个划到被剥削阶级里的人权去了，其实他们那个国家很可能不这样解读，可能完全是两回事。有一次我在一个大讲堂讲到高玉宝《半夜鸡叫》这样的课文，突然站出一个穿军装的老人说我就是高玉宝。我说我们过去对《半夜鸡叫》的解读，就是阶级仇民族恨，认为周扒皮剥削长工，半夜去学鸡叫；现在你发现周扒皮比长工还辛苦，半夜钻到鸡圈里学鸡叫，他是一个不懂效率、不懂管理的人。高玉宝其实写出来的是一种病态的人类，或者是人类的病态。如果真有这么一个地主，那他是有精神病的，心理不健康。

另外我们把国叫做国家，其实国就是国，我们为什么叫国家呢？仔细分析一下这个词，这个和我们的文化是紧密联系在一起的，国家一理也是国家一体，我们的家庭组织和我们的国家组织是一模一样的。它是复制，国家的机制复制了家庭的机制，到现在都是这个样子。所以说把它叫做国家，那是太准确了。我们把国和家放在一起组成一个词叫做国家，这个时候国家存在了，家庭消灭了，以后它变成了国家，国家等于是国，但是这个国是从家来的，把国家复制了家以后，然后把家消灭了，删除了。所以你的文化完全就是一个消灭个性的文化。

朱又可：通过你研究这些课文觉得我们世界观贯穿着什么东西？

杨争光：就是人整人，自己整自己，我们的先人整我们，我们整我们的孩子。人整人，我们的价值观就是集体消灭个体，国消灭家，父亲消灭孩子，整孩子，孩子整自己的孩子。你看我们的父亲给我们讲他故事的时候都讲他的苦难，自己多么的坚强，那么那么的艰难，我为你准备了什么什么，这就是我们的模式。给我们很多概念都是一样的。就是我们的文化，几千年孔子给我们固定的东西，到现在我们都把它没有解开。其实是家庭的专制是国家专制的基础，而且是国家专制的土壤。我们已经习惯这种生活了。

现在很多家长说把儿子就当朋友，当兄弟姐妹，实际上他是想这样做，但做不到，母亲对女儿高兴的时候是朋友，不高兴的时候突然就变成母老虎了。她只是营造一种虚假姐妹的气氛。我们的父亲几乎都是暴君。

你每天总能感觉到夫妻之间、父子之间关系的那个家庭，就是一个小国家。我在小说中写到了对孩子的那种"瞪眼"，用鲁迅说的，我还没写"献媚"呢。因为整个国家的环境还没有到强权者对弱者献媚的时代，这个在民间已经有了。完全是因为计划生育，现在6口人守一个孩子。你给我瞪，你瞪我一跳楼自杀你就完了，所以你不敢惹他。为什么有小皇帝之说？父母开始对孩子献媚了，要什么给什么。献媚跟瞪眼是两极，根是一样的。

朱又可：对少年张冲和他的土壤，你觉得有什么办法吗？

杨争光：任务仅仅在于把看到的呈现出来，就跟鲁迅说的一样，发现了以后，引起疗救者的注意。它是一个社会的问题。

西方国家的现代化，肯定也经历过很多痛苦的过程，也经过很多的残酷和血腥，包括对外民族的掠夺，建立了自己的家业，当全世界的人慢慢地都觉醒起来，都知道你在掠夺的时候，他自己会检点自己的掠夺，不断地在修正自己。所以他们就觉得西方有两种武器在不断保障自己的健康，一种有宗教，一种有法律。

中国没有宗教，但是更多的是没有法治，你不能说我们制定了很多的法律，但是事实上是有法不执行，它就是一纸空文。更何况你看看立法的基础设施，比如说美国的法律法规，如果没有《独立宣言》《人权法案》，它制定出来的宪法将是什么样？在人的世界里，个体是最重要的，还是集体是最重要的？你必须把这个理清楚。国家和民族是由每一个不容侵犯的至高无上的个体组成的，但是我们是集体最重要，国家最重要，个人要为国家付出牺牲，国家利益高于一切。和西方的立法基础不一样，你立出来的法律不一样。

不管怎么说，人总得信点什么，人的认识能力是非常有限的，好像在人之外，有一种力量在主宰这个世界。你对这个世界该有一种敬畏之心。中国人没有敬畏之心，他拜佛是因为他害怕。人家会为自己的信仰献身，中国人有哪一个是为了佛去献身的？中国的文化是一种功利型文化。所以，高贵、高尚与我们的民族没有关系，神圣更与我们没有关系了。扶一个老人过马路，这是太日常化的事情了，对西方人来说，这简直跟高尚没有关系，但在我们国家就认为是一种高尚的行为。我们把高尚降低了多少的层级？我们有小善，没有大善。人得有悲悯之心，你有这种情怀的时候，在每个具体的事上你都会做到。如果你没有这种大善、大悲悯之心，我想做就做，随自己愿意，心情不好就不做了。善没有进入我们的血液、灵魂和精神。

我们对自己太自信了，人定胜天，认为人是世界上最牛的。中国的皇帝是万能的，好像什么都能干。人其实都有缺陷。西方的法律为什么比我们完备？就是因为能认识到，第一，个人的利益高于一切；第二，每个人都是有缺陷的，我们要有预警系统，还有拯救系统。

走出《丑小鸭》的白日梦
——答《教师报》刁巧燕问

一、困境中的教师

刁巧燕：《少年张冲六章》里写了好几位老师：李勤勤、李勤勤的父亲、上官英文……听说你也是一位教师，那么，你是怎么上课、怎么与学生相处的？你怎么看当今教师的生存状态？

杨争光：我不是正规的教师，属于客座一类，不太受体制的限制。我是在茶馆、家里或很随便的一个地方给学生上课的。我和学生是朋友，有问题一起解决，我们上课就是聊天，老师不像"老师"，学生不像"学生"。

我认为，现在的中小学教师很辛苦。老师也是人，他们在困境中生存。他们活得无力又无奈。教师的社会声望、荣誉、经济收入，都与一个东西——升学率挂钩。每年的高考，我们进行的是一场不见血的战争，是多层次的、复杂的、条理清晰的战争。学生和学生之间、教师与教师之间、家长和家长之间、学校和学校之间、北京市和西安市之间，都在进行着一场战争。

教育涉及的老师不是单一的，老师是存在于学校中的老师，是学校中的一分子。学校也不是孤立的，是一个国家的学校。国家有国家的教育体制。老师是在体制中的、模式中的。

唐代，全中国的人都到长安求官来了，诗写得好，只是一个敲门砖，最终目的是要当官。看看我们的父母：都提了馒头、提着开水送孩子高考，开着宾馆，其实都是在打架的。那是战争。所以我在本子上写，在为了争取笑容、为了争取这一种脆弱的尊严的战争中，什么事情都有可能发生。几千年了，我们的文化改变不过来。

习巧燕：如果取消考试呢，教师会不会"轻松"一些？怎样让教师通过读这部作品改变惯性思维中的学生的"好"与"坏"的标准？

杨争光：即使不考试也会趋向单一。在我们的文化传统中，学习能力强的孩子受偏爱。而有特殊才能，在别的方面特别优秀的孩子少有被承认的空间。这种人才标准太一律了，这种教育、文化、对人的观念，是一种精英式的，成功的人就是人上人。到现在我们还很难做到人格上的平等。

在传统的思维定势中，学习好分数高，就是好学生。在实际中评价一个学生，老师的心中有不同的评价标准，在公开的选拔环境中有一个，私底下有一个。私底下的评价可能更客观、更公正一些。这两种承认对学生的影响是不一样的。学生想要一个好的社会评价，但在应试教育的平台上，只有考试分数这一个标准。

我一直认为，中国人的生命不丰富，很单一。文化大革命时期，中国人都是政治化的人；现在又是经济化的，依然是单一的。我们那个精神内质真的是跟月亮跟太阳一样，没变。

我们国家的教育是一种"龙"教育、龙崇拜。对龙崇拜的文化心理是一点点积淀的。精英崇拜或者不断强化对精英的膜拜，最后导致的就是对皇权的膜拜，永远崇拜那个塔尖。

现在少儿读经、提倡国学，有很多所谓的国学院纷纷建立，也把过去所谓的经典又拿出来讲。在很多时候国学院更像商场。他们不知道知识和文化是两个概念。很多的有钱人，报一个国学班，30万、20万，北大的讲师给你讲几句《论语》，再讲几句老庄、《韩非子》，再讲讲朱熹，那些人就炫耀自己在北大、清华上这种学了；另外有些人搞些游山玩水、交友聚会，成了一个俱乐部一样的东西。知识界需要钱，他不是卖文化，是卖知识，而且是腐朽的知识。

小说中李勤勤的父亲，是一位退休老教师，瘫痪在床几年痛思。他说自己"有知识没文化"。

我在我的笔记本上曾写过一段话，大意是：如果我们的孩子都真的成了龙，许多年以后，满中国天上飞的、地上跑的都是龙的话，那该有多么恐怖。我们的教育不应该只习惯于培养人中龙嘛。我们的父母为什么非要望子成龙呢？"望子成人"不行吗？我们在"龙崇拜"的路上走了几千年，走得很辛苦，依然心力不减，还是奴才嘛，好像从来都没想过拐个弯，往人行道上走。

即使是小说中的好老师——李勒勒，也在一个"怪圈"之中。她对张冲的好，对张冲的付出显得很乏力。所以她很痛苦。不是她不尽力，和张冲遇到的各种"力"相比，她的力在其中不成比例，她无法对张冲形成决定性的影响。反而，张冲对她的影响似乎更具冲击力。对张冲来说，李勤勤和张冲的父母，和体制，甚至和上官英文在本质上是异曲同工的。

追根溯源，我们要从根上找原因。

刁巧燕：教师是一个社会职业，要求教师合乎规范的职业道德，这是具体可行的。但是，现实中，人们给教师戴上了美丽的光环，似乎要求所有的教师都把职业当成自己的事业，要求他们拥有崇高的人生理想，这其实是不现实的。作为教师，面对一系列教育体制改革，要不断迎接新的挑战，承受着巨大的精神压力与心理压力，而媒体上关于教育的负面报道却越来越多，社会将教育成功与否的责任单方面推给学校，这对学校来说，很不公平。你怎么看这个问题？

杨争光：我们现在有一个误区，一谈教育，好像只是教师、学校的事情，实际不是这样的。如果把孩子成长的外部因素也都可以视之为教育的话，那么，教育涉及的不仅仅是学校、老师，首先是父母，然后才是学校，才跟老师发生关系。孩子不是进入学校就和家长脱离关系了，学校也是社会的一个组成部分，我们在说的时候，经常将学校和社会、家庭割裂开来，这是不公正的。孩子生下来，从懂事开始，就已经融入了社会，家庭是一个社会单位，也是孩子成长的"环境"。上学后，孩子会和老师、同学、学校相遇。每个学校虽然都有自己的个性，但是，全体学校又有共性，那就是升学率。我们的孩子一直逃不出高考指挥棒的威力，这是唯一的杠杆。

因为教育关系过去、现在和将来，它是一个永远的话题，在什么时候都是现实问题。它也是现在我们关注的一个热点问题，所以媒体上关于教育的报道必然很多。

我们的传统中有一个现象：一旦你有利用价值，人们对你有所寄托时，人们会把你抬得很高。比如把教师称为"人类灵魂的工程师"，就是一个例证。在抬高你的同时，也对你高要求。达不到要求，他们又会编排你。完全按照"人类灵魂的工程师"来要求教师是有失公正的，也不合情理。教师作为一种职业，当然也有职业道德，有特殊性。社会应该理性看待教师，不能一厢情愿地要求教师只做"灵魂的工程师"。"灵魂的工程师"说到底也是人啊。高尚的道德感不应该仅对教师而言，高尚的道德感每个人都应该具有，不能专门用来苛求教师。

刁巧燕：长久以来，教育工作者们也在追求和探索理想的、开放式的教育，在《少年张冲六章》中有没有体现这一点？

杨争光：有。李勤勤就是这样的老师。她对教育"问题学生"进行了许多探索，走得很艰难。李勤勤是一个尽职尽责，且为自己的职业付出真情感的好老师，很善良，很愿意对学生好。

在现实中，我也碰到过这样的老师，他们在努力探索理想的、开放式的教育，我对这样的老师很敬佩。他们是中国教育的组成部分，在他们的身上能看到中国教育走上健康之路的希望，但这是不够的，他们的力量太微弱了。

二、重压下的学生

刁巧燕：在小说中，你写了很多孩子的事情。你怎样走近那些年轻的心灵？

杨争光：我做了很多准备工作。记得我在乾县晨光中学学生宿舍里和学生们交谈时，我把校长赶出去，和已经躺进被窝里的学生们自由交谈。他们给我讲他们的抽烟，他们的恋爱；一个叫洛荻的学生故事让我感慨唏嘘，她现在在英国读书。她的故事变相地隐藏在了小说里。现在的学生多数喜欢摇滚乐，为了拉近与他们的距离，我特地读了一本关于中国摇滚音乐的书，我约请我的弟弟杨卫国讲了许多我需要的故事。就是这么一尺一寸地走近他们的吧！我不敢说我"走进"了他们，是否走进了，要让他们来评判。

习巧燕：小说以一个少年的成长，展示和剖析了家庭伦理、教育、环境情感的种种问题，对少年张冲成长的土壤的结构进行了全面分析，它是一本写当下中国教育问题的小说吗？

杨争光：没错，小说直接面对和切入的是我们和我们的孩子，我们的教育。但我已经说过了：少年张冲青涩的形象里，纠缠和埋伏着苍老的根系，盘根错节，复杂纷纭。我也说过：那些纠缠和埋伏在他青涩生命里的许多东西，比他更为重要。我说的就是他成长的土壤。除了土壤，还有空气。有分析，但未必全面；有看法，也许偏激。

这本书，有人说是社会问题小说，有人说是教育问题小说。可能是因为它触及到了当下现实的一个热点，几乎和中国的每一个家庭都有关系。我没想把《少年张冲六章》写成一本社会问题小说。我要的是：提起树苗，连泥带水拔出它的根须，看看有什么样的泥水，什么样的根须，枝条和叶片上吸收的是什么样的阳光和空气。

习巧燕：张冲是个怎样的学生？他在学习和生活中表现出来的"求异思维"和对学习内容的活学活用，使读者眼前一亮。读者认为张冲是一个思维敏捷、善于思考、乐于创新的孩子，而这正是素质教育中要着力培养的人的素质。具有这样的特质却搞不好学习，为什么？

杨争光：我想写一个少年的成长过程，写他成长的土壤和空气，想从文化上寻找他的根源。

张冲是一个有个性的孩子，他并不是自觉地、清醒地探索和追求个性。他碰到压力就想对抗，他是一个叛逆的孩子。在叛逆的过程中，能体现出他的个性。对张冲来说，反抗首先是当下情绪的释放。自觉的理性的反抗是没有的，青涩的生命也不可能有理性的反抗。青涩生命的反抗往往是即时的、盲目的、扭曲的。

我们的教育目标是好的，可在现实中是另一回事。我们的文化不喜欢个性。我们的社会不鼓励个性，更喜欢同一。有很多词被我们作为贬义词使用，例如把比较有个性的人叫"异类"。

我们把国叫国家，其实国就是国，我们为什么叫国家呢。仔细分析一下这个词，这个和我们的文化是紧密联系在一起的。"国家一理"、"国家一体"，我们的家庭组织和我们的国家组织是一模一样的。它是复制，国家的机制复制了家庭的机制，到现在都是这个样子。我们把国和家放在一起组成一个词叫做国家，国和家同一了，一体化了。

我们的家庭大多是专制的，孩子少有自主。家庭的专制是国家专制的基础和土壤。我们已经习惯这种生活了。

刁巧燕：为什么你说中国的孩子是全世界最辛苦的人？

杨争光：其实，2004年，我想写的是一个乡村少年的爱情故事，主人公叫张冲。在我的想象里，少年的爱情比成年的爱情更像爱情，乡村少年的爱情比城市少年的爱情更具浪漫的气质。2009年5月，我开始动笔写这本书的时候，一切都发生了改变。经过5年点点滴滴的积累和准备，我的笔记本上写满了关于这本书的文字。我发现还有比爱情更严重的东西。我想象中的那个少年张冲青涩的形象里，纠缠和埋伏着苍老的根系，盘根错节，复杂纷纭。我要写的，已不仅是那个少年张冲，我甚至认为，那些纠缠和埋伏在他青涩少年里的许多东西，比他更加重要。我有了许多的胡思乱想：在我们的文化里，少年张冲和我们一样首先不属于他自己，或者，干脆就不是他自己。他属于父母，属于家庭，属于亲人，属于集体，最终，属于祖国和人民。从幼儿园到中学，我们的孩子首先要对付的竟是他们难以对付的，不断加重的书包！我们是父母，是亲人，是教师，是国家公务员，是操持着各种职业的芸芸众生，人民的分子。

在我们的文化中没有自在的人，都是被捆绑人，都是在挣扎的人，都是生活在井里面的人，都是在困境当中的人。它的根本原因就是我们的人观，人活着是干什么的？你要么是一个废物，要么就是成龙成虎。这是我们几千年来没有变的东西。咱们的教育（目的）永远是（教学生）做人上人。我们要做闪光的螺丝钉、做精英、做"人中龙"。尽管我们知道，精英和"人中龙"永远是少数，但历史和现实永远也扑不灭我们的幻想：我们也许可以挤进去，甚至，我们必须挤进去，成为其中的一员。

我们做困兽斗，愈斗愈烈，愈斗愈惨，最终还要拉进我们的孩子。因为，我们的孩子是我们生命的延续，最终的希望。

我们的教育，成人似乎不是最终目标，成龙才是。成人自己也生活于其中，孩子的处境是大人的处境。这跟来路有关系，什么样的根须，带出什么样的泥水。

作为父母的我们，似乎少有这样的意识。我们把对孩子的强制误以为是"爱"，是为了孩子好。强制以至于施暴，也就成了爱的另一种方式。在我们这里，"打是亲，骂是爱"具有普适性。家庭专制是国家专制的民间基础。但家庭的强制又实在不能和国家的强制相提并论。不但不能相提并论，还会受到国家权力的强制干预，因为孩子对家庭专制的反抗是合法的，受国家法律保护。咋办？就死抱着"让孩子来证明我们活着的意义"不放。父母要以孩子来证明自己活着的意义和价值，老师要以学生来证明自己活着的意义和价值，学校要以学生来证明自己存在的意义和价值……所以，人不能健康地面对考学，学生背负着重重压力。

我们以爱的名义，首先做了自己的奴才，然后才是别人的，公众的，秩序的；还要"惠及"我们的孩子。我们认为这一切都是理所当然的。也就理所当然地掉了进去，无法脱逃，也不愿脱逃。

刁巧燕：我们要怎样对待和张冲一样的孩子？

杨争光：我把小说中李勤勤的父亲说给女儿的一段话作为我的回答：要善待每一个学生，尤其是那些学习不好的学生，不爱念书的学生……好学生能得到的都得到了，父母的自豪、老师的爱护、同学的欣赏、邻人的羡慕，最终考上大学。那些"问题学生"，像张冲那样的，他们得到的都是他们不应该得到的，从家庭到学校，到老师，到社会，给他们的是什么？不是爱，是爱的名义。是鄙视，鄙弃。他们不服，就会反抗。

我认为，教育应该追求人的健康发展。他们都是鲜活的生命。学习好的和学习不好的，都应该有健康快乐的生活。

三、变革中的语文课程

刁巧燕：《少年张冲六章》的第五章是《课文》。你在小说中援引33篇语文课文，为什么？你对目前语文教材的印象是什么？

杨争光：课文一章和其他各章一样，也几乎是少年张冲年轻生命经历的另一种全记录。张冲是和课文一起成长的。作为孩子的精神食粮，教材是不能回避的，所以它们不可或缺地成为作品内容的一部分。当然也有化学、物理，但我更多的写孩子的精神、情感，所以我更为关注与培养孩子人文精神有直接关系的语文和思想品德课。又由于语文课是通过语言文字潜移默化地影响孩子，它最能说明问题，所以我选择了它。

我认真阅读了现在通行的小学和初高中的语文课本，无一遗漏。我去过乾县逸夫小学，邀请一年级到六年级的语文老师座谈过，清一色都是女老师。我选出了一些课文，让她们给我讲是怎么教的，学生有什么样的反应。这些，都对我写作这一章产生了我事先无法预料的作用。

现在的语文课本比过去的好多了。我选择了30多篇课文，把它们挪移在了小说里。我想让读者和我们的孩子们一起读一读它们。但仅仅挪移课文是不够的，我还想写出这些课文在教与学的过程中，发生延伸和扩张的可能性。这种延伸和扩张，也许是编课本的专家和教课文的老师始料不及的。借此，也可以生动再现张冲在老师眼里的问题少年形象。

刁巧燕：从小说中可以看出，你对语文教学进行了多方面的了解，你怎么看待当前的语文教育？

杨争光：有一些我觉得不好的集中情况：一种是课文内容、教学目标设计都很不错，可实际中，目标很难达到。为什么呢？因为学校不是世外桃源。课堂上老师教给学生的东西，一出课堂，马上就被消解掉了。

例如，小学一年级第一课《爱爸爸妈妈》，课文选择很朴素，教孩子爱爸爸妈妈。孩子回家帮妈妈擦桌子，妈妈说："别动，看书去。"给爸爸端杯水，爸爸说："不用干这个，有你妈呢，你的任务就是好好上学，考大学。"学校里学的东西很快就被家庭消解掉了。教学中的良好愿望在现实中会落空、会碰壁，会把爱逼到了特别狭窄的地方。更重要的是，它会对孩子的精神、情感、心理产生积淀，影响他对世界的看法，他的人生观、价值观就慢慢形成了。他会和父母一样认为，只有上大学的人才是好人、才是成功的人。随着孩子的成长，应试教育的压力会越来越大，威力会越来越大，学生与考试的冲突会越来越大，孩子的精神压力会越来越大。

现在的小学生从三年级就要求写日记了。按照要求，写日记和写作文都要写出真情实感，但私密的日记和写给老师看的作文，往往是不一样的。从张冲五年级开始，我用张冲的习作和日记来和课文对照，习作是按照学校要求来写的，日记是真实内心，父母和老师都在教学生如何虚伪地生存，答题必须按照规定，作文可以陈述虚假的但符合老师要求的想法。这样，我们的孩子在小学时期就已经学会了做多面人。他们凭生存本能和有限的经验就已经知道，真实的自我在现实中每走一步，都有可能吃亏碰钉子，不讨好。戴上假面就顺畅多了。课文没有传达这样的信息，课堂上的老师也不会。课文和课堂的力量太有限了。我们孩子的教育和成长实在不仅是学校和课文就能左右的。孩子的嗅觉比大人更灵敏。八面玲珑的我们，也包括课堂外的老师，其真实的生存形象，可以消解所有的课文和课堂上的堂皇的"布道"。

另一种是误读。不只是老师，包括我们所有人对课文的误读。

我举个例子，二年级课文《丑小鸭》是什么主题，你能告诉我吗？在我们的理解中，丑小鸭通过努力是可以变成天鹅的。我们之所以这样看，与我们的价值观有关系，与我们对人的观念有关系。就因为我们对精英崇拜、龙崇拜、天鹅崇拜，就认为丑小鸭可以变成高贵的天鹅，都想做天鹅。我要做精英，而且，通过努力，磨难，我会变成精英。这其实是给学生画了一个饼。事实是，丑小鸭可以变成一只漂亮的鸭子，但不会变成天鹅的。仔细地看课文，它讲的是一个生命成长的故事，不是生命变异的故事。我们把生命成长误读为生命变异，这样的误读与我们的价值观有关，我们在做一个白日梦。很病态嘛。

还有，教材的一些课文也是可以质疑的。我们来看看杨朔的散文《漓江山水》中的一段：

瞧瞧那漓水，碧绿碧绿的，绿得像最醇的青梅名酒，看一眼也叫人心醉。再瞧瞧那沿江攒聚的怪石奇峰，峰峰都是瘦骨嶙峋的，却又那样玲珑剔透，千奇百怪，有的像大象在江边饮水，有的像天马腾空欲飞，随着你的想象，可以变幻成各种各样神奇的物件。这种奇景，古往今来，不知有多少诗人画师，想要用诗句、用彩笔描绘出来，到底谁又能描绘得出那山水的精髓？

堆砌辞藻、上下文矛盾，虚饰的情感，这样的文章到现在还在语文课本里存在着，认为这样的文章是美文。我觉得我们应该反思一下我们对美文的评判。一说美文，我们马上想到唐宋八大家、《岳阳楼记》《醉翁亭记》《永州八记》……在现代散文中，像杨朔这样的散文依然被认为是美文。我们没有大美，只有小美。像杨朔这样的伪美文更不应该盘踞在课本里。

刁巧燕：你希望教师怎样读《少年张冲六章》？

杨争光：我们是我们孩子生长的土壤，我们的孩子是他们的孩子生长的土壤。希望教师阅读这本书就是与一个"站在教育门外的人"进行交流，看看一个"门外汉"对教育的发现。

2010年

父亲·老师·少年

——答《晨报周刊》问

一、父亲

晨报周刊：先说说父亲吧。你也是一位父亲，《少年张冲六章》的第一章也是从张冲他爸张红旗开始入手的。例如，在小说中，张红旗张冲父子有这样一段对话。张红旗："不上大学也别学坏啊！"张冲："你说话要负责任我哪儿坏了？"张红旗："你抽烟交女朋友打架和老师作对数都数不过来。"张冲："数不过来你慢慢数。你数的那些没一样有说服力。你认为抽烟坏你为啥抽烟？男生交男朋友也要交女朋友，只交男朋友就有问题了。和老师作对也要具体分析，你只说我和老师作对咋不说老师和我作对？作对是双方的，不能只怪一方。一说作对就把好给老师把坏给我是不公平的。"张红旗："凭你这些话就能证明你是个坏种！"看得出来，张冲想与他的父亲交流、说理，但遗憾的是，张红旗却简单粗暴地给他定了性——坏种。这种在中国并不鲜见的父与子的冲突，也是你在后记里所说的"张冲青涩的形象里纠缠和埋伏着苍老的根系"的一部分？

杨争光：把张冲定性为"坏种"是有一个过程的，其间也有很多的事情发生。张冲刚生下来的时候就不是"坏种"，开始上学的时候也不是，父子之间有很好的交流，张冲在父亲张红旗眼里是亲亲爱爱的张冲。变化首先来自于张冲的第一份不好的成绩单。当张冲有了自己的意志，父子之间的交流就有了冲突。冲突随着张冲的变化升级，直到在张红旗眼里他成为"坏种"。"坏种"的标准是很单一的，含义仅仅是不爱学习，成绩不好。这一个"不好"就可以抹杀掉许多的好，而且发型、服饰也就变得不好了，成为"坏种"的发型和服饰。在孔子有"学而优则仕"；在《水浒传》里的宋江有"封妻荫子青史留名"；在现代的中国父母有"考大学出人头地"；在老师和学校有"升学率和奖金、荣誉"。这是一脉相承的。

晨报周刊：显然，在我们的文化里，张红旗也不只是张冲的父亲，他还是等待被艳羡的邻居，期望被认可的村民，他希望借由张冲学习的成功获得旁人的尊重。后者可能比父亲还重要一些。当张冲走向他期待的反面的时候，他也走向了一个极端，即：不承认张冲是他的儿子。这是张冲的悲剧，也是张红旗的悲剧。但好像没有人意识到这一点。

杨争光：荣誉感不仅来自于自我的认同，更在于社会的认可。看重荣誉感并不是问题，问题在于什么样的荣誉感是健康的，既有益于自己也有益于社会。这对作为父亲的张红旗来说好像也不是问题，儿子考上大学出人头地给他带来的荣誉感是有益于自己也有益于社会的。但作为父亲的张红旗过于看重自己认可的那一种荣誉感，而忽略了张冲。张冲首先是独立的个体，这个独立的个体在父亲那里没有得到尊重。因为在父亲张红旗的意识里张冲首先是父亲的儿子，是父亲生命的延续。儿子的成功与否是父亲能否得到社会认可的组成部分。在这里，"我为你感到骄傲"和"我因为你而感到骄傲"是不一样的。"你赢得了敬重"和"我因为你而赢得了敬重"也是不一样的。张红旗是两者都要的。张红旗错了吗？也许没错，但如果"我因为你而没有赢得敬重"的事情发生了，张红旗就很可能陷入无力自拔的困境，就像他自己感觉到的那样，掉进"井"里，并移"恨"于儿子张冲。

如果张冲是一个悲剧的话，张冲的悲剧当然不是张冲自己的，也是父亲张红旗的。有读者和批评家是看到了这一点的。雷达先生在《少年张冲六章》的研讨会上就曾动情地说过：张红旗是一个活得很可怜的人。

晨报周刊：其实，人与人之间总会有眼界的差别。这部小说磨了5年，这5年里你也做过调查和采访，你跟家乡的那些父亲们对话过吗？作为作家的你，与他们在对话的过程中，矛盾的焦点是什么？

杨争光：我和学生家长的对话是散乱的、多焦点的，会涉及他们和孩子的各个方面，因为我要的是素材、真相和真情。我跟他们的对话没有矛盾，我更多的是提问题和倾听。我的任务是要把众多的父母根据我的创作目标变成一个具体可感的父亲和母亲。我和他们的矛盾发生在我写作的过程中。我是一个旁观者，也是一个在场者。在这部小说中，我没想把自己置身事外，仅仅作为一个所谓的客观的叙事者。

作为叙事文学的一部小说是不可能把什么都说尽的，我希望我的小说是那种立意清晰而又有辐射力、扩张力和穿透力的。

晨报周刊：其实父母对子女的爱本来不用质疑，但这种共通的爱如何表达却是个问题。这似乎也不能归结到父母身上去，是什么阻碍或遮蔽了父母，使他们在以爱的名义做不那么正确的事？在一个稿子里看到，你曾经也打过孩子的。你是怎么转变心态的呢？

杨争光：我的孩子在考高中的时候发生了一点状况，我打了他，很突然，很粗暴。还好，我没有一味地突然和粗暴。我希望我能为孩子做点什么。我给他提了意见供他参考，他接受了。在上高中的几年里，每到寒暑假，他都去西安美院的假期学习班学习美术。第一次去学习班的时候，他连笔都不会拿，从教室里跑了出来不想进去了，但还是进去了。四十天之后，他的一张色彩作业被老师作为范画贴到了墙上，孩子给他妈说："我终于尝到了受表扬的滋味。"当我听到这句话时，我很震惊：我的孩子从小学到高中期间没有听到过表扬的话！作为父亲的我也没有表扬过他。我觉得这是一种罪过。就从那天开始，我再也没有苛求过我的孩子。我希望他能在鼓励中建立自信，在自信中成长。他很优秀，考上了西安美术学院。

在我们的文化里有一种观念，或者说一种偏见，就是："棍棒底下出孝子。"还有"严师出高徒"。类似于这样的话是很多的。这和现在的"好孩子是夸出来的"完全相悖。现在，我更相信后者。所谓的"棍棒"和"严师"就是我们文化中的精英、权威、制度。一代又一代的所谓精英和权威是棍棒和严师造就的，然后又变成新的棍棒和严师。他们相信这个，传授这个。我们似乎很顺从，接受了他们的传授。我们在接受的同时，也接受了专制和奴性。当然，这也许是我的偏见。我当然知道在这个世界上没有什么东西是绝对的，绝对只是一种理论存在或者逻辑存在。

晨报周刊：你说过"在这100年里，我们曾经有过两次清理文化根系的机会，都夭折了"。这两次机会是哪两次？我们错失了什么，导致了目前的困境？

杨争光：第一次是以五四运动为标志的思想启蒙，很可惜，它很快被更为紧迫的东西（比如像李泽厚先生说的"救亡"）取代了，其影响是极其有限的，大约只在知识界和文化圈，没有扩及到民间。那个时候的知识界和文化圈也是很小的。第二次是上世纪七十年代末八十年代初的思想启蒙，也很可惜，很快又被更为紧迫的东西——蓬蓬勃勃的经济建设取代了。中国人穷得太久了，被压迫得太久了——贫穷也是一种压迫，而且比精神压迫更易感。从贫穷中解脱出来比从精神禁锢中解脱出来显得更为直接更为迫切。

思想启蒙的被取代固然有其正当的原因，但我们在承认其正当的同时，是否也应该检查一下，有没有被所谓正当遮蔽和掩盖了的东西？救亡和思想启蒙就一定是矛盾的吗？经济建设、脱贫致富就一定和思想启蒙是水火不容势不两立的吗？现在，我们错失的东西，许许多多的人都已经感受到了，比如，我们的精英和权威是不是在堕落，而且是群体性的堕落？比如，我们的生命是不是变得越来越轻了，失去了应有的重量？

二、老师

晨报周刊：小说里有一个细节很有意思："上官英文老师发现：学习好的学生是学校和班级的光荣和脸面，但大多乏味……比如说话，和学习好的学生说学习还行，说其他的就没趣。要有趣开心，就得在学习不好的学生里边找。"为了这部小说，你跟很多少年聊过天，那些被称为"问题学生"的少年也打破了你的一些固有思维么？

杨争光：专门的聊天并不多，有过几次，大多是随机和随意性的，觉得有意思就会记在我的本子里。事实上，记在本子里的许多东西都变相地成了我小说里的内容。我自己是从少年成长过来的，我也有自己的成长体验，和那些问题学生的接触并没有打破我多少东西。我的成长也是在碰撞和冲突中成长的。对这些"问题学生"我能感同身受。如果我的学习成绩不好的话，我很可能就是我那个时代里的问题学生。

晨报周刊：李勤勤已经算是一个比较有责任心的老师了，但依然缺乏怀疑精神。一篇课文好，好在什么地方呢？被张冲一问就问倒了。比如"嶙峋"这个词，什么是嶙峋？她解释不清楚，但她会对学生说这个词用得好。比如"灿烂"只能形容阳光、笑脸，却不能形容"牛粪"么？一般能当老师的，可能都曾经是"乏味"的好学生，他们再去教育他们的学生，问题就来了，而且，课本里有那样多的漏洞。你有过这样的担心么？

杨争光：我阅读了现在通用的小学到高中的语文课本，我关注的不是课文的漏洞，而是在教与学的过程中有可能发生的状况。比如，课文有可能被解构；有可能被误读；多元解读、艺术性解读有可能被一元解读、功利性解读；伪美文有可能被误认为是美文，等等。学习语文课不仅是让学生掌握交流的工具，更要体悟、发现语言和文字的魅力以及语言和文字里潜藏着的我们文化的密码。后者在初高中阶段应该是可以做到的。

晨报周刊：读《少年张冲六章》会让人感到惋惜，因为张冲显然是一个很聪明的孩子，但他的怪问题让老师难堪了，老师不能理解他，也少有愿意正经对待他的问题的。你在家乡调研的时候，家乡的老师们是怎么回应这样的问题的？他们有向你提到过他们遇到的困难么？

杨争光：老师也在困境之中。小说中的李勤勤和上官英文有许多老师的影子。

晨报周刊：你在小说中让垂死的勤勤父亲给勤勤老师说了这样一段话："要善待每一个学生，尤其要善待那些学习不好的学生，不爱念书的学生，我们过去叫'坏学生'，现在叫'问题学生'。好学生能得到的都得到了，父母的自豪，老师的爱护，同学的欣赏，邻人的羡慕，最终考上大学，也得到了社会的承认。但那些学习不好的学生，那些'问题学生'，像张冲那样的，他们得到的都是他们不应该得到的，从家庭到学校，到老师，到社会，给他们的是什么？不是爱，是爱的名义。"学校的问题出在哪儿呢？学校是一个什么样的地方呢？校长会为张冲离开学校感到庆幸，因为这样的问题少年走了，他就不会再受到牵连。学校总被人说成是教书育人的地方，但果真如此么？

杨争光：学校是教书育人之地不是被人说成的，而是本身就是。也不能说我们现在的学校就不是教书育人之地了，是说我们的学校在教书育人的同时出现了许多状况，有些状况是有悖于教书育人之地的。不仅是中小学，大学也是。中小学由于应试教育的压迫，尽管许多状况是悲剧性的，让人痛心，但也有"情有可原"之处。大学的许多悲剧性状况更让人痛心，而且无法让人"情有可

原"。理性的幌子，非理性的作为，真应该听一听那些大学教授们和大学学子们的诉说。

三、少年

晨报周刊：小说里有张冲这样一段独白："……还有一篇'论美'的课文。我想我虽然念不好书，考不上大学，但我会不会美呢？有时候我觉得我是美的，更多的时候觉得我不美。老师也不会认为我是美的。在我爸的眼里，考不上大学怎么也不会美，也许是社会的垃圾。其实，我爸已经把我当垃圾看了。有的老师也这么看我。我还是个学生，就已经是垃圾了吗？我很不服气。不服气！不服气！！不服气……"说真的，我觉得张冲很美，美就美在他的个性上，但这种美是不被承认的。因为你承认这种美，你就会必须面对教育的方方面面的问题，而这些问题会让一个人感觉到无力。对于这种美，人们或利用或回避，以至于现在很多90后的孩子们所做的事情，人们不能理解，却也不想去了解其中的缘由。为什么人们对少年行为的判断总是简单、粗暴？

杨争光：自以为是嘛。我说过，在我们的文化里，我们的孩子首先不属于他自己，或者干脆就不属于他自己。他属于父母，属于班级，属于学校，属于组织，最终属于祖国和人民。而父母、班级、学校、组织、祖国和人民，都是权威。当权威自以为他是权威的时候，对非权威的弱者能不简单和粗暴吗？也许能，但很少很少。而且，这很少很少的不简单和不粗暴还是一种恩赐呢。

晨报周刊：在少年张冲身上，我们会看到一些朴素的感情，比如正义感和爱情。他们对一些事情的判断可能没有像大人一样想得那么远，那么透彻。你觉得，我们该如何处理这些事？

杨争光：自然一些吧。允许并不强迫他们像大人一样想得那么远、那么透彻。事实上，我们大人的"想得远"大多是瞎想，也未必透彻。

晨报周刊：很多时候，张冲做一些事情不是因为他喜欢，而是出于一种天然的反抗心理。他抽烟留长发打耳洞谈恋爱……他就不想长成大人们想要的那种样子。作为一个父亲，你是不是也曾有种恐惧，就是孩子的成长超出了你的控制，你因为不知道他的将来是何种面貌而恐惧？这种未知的恐惧怎么会如此根深蒂固？

杨争光：如果学习成绩好了，长头发、打耳洞、谈恋爱甚至抽烟就不是大问题了。我和大多中国父母一样也有恐惧、担心。我到现在都没有一种安全感，我当然不希望我的孩子像我一样。要把安全感说清楚，又得说一大堆，总之，我的担心和恐惧大多来自于没有安全感。我们以为出人头地、成龙变虎就会拥有安全感。成就、荣誉、社会的肯定和承认等等，都是安全感的组成部分。

晨报周刊：我很喜欢"他和月亮"那一节，那时候，张冲还小，还没有背负父母的期望，父与子之间、母与子之间还是那种天然的没有被社会化的感情，可是这种感情慢慢地就失掉了。很可惜。你觉得，对于孩子，父母应该要有什么样的认识，或者要保持一种什么样的态度才好？

杨争光：尊重孩子，尊重他们的兴趣、爱好，为他们提供和创造多元发展的土壤和空气。

晨报周刊：在后记里，你说，"也许，我们首先做了自己的奴才，然后才是别人的，公众的，秩序的，还要'惠及'我们的孩子。"六一儿童节要到了，假如现在你的孩子还小，你会对他送上什么样的祝福？

杨争光：快乐学习，健康成长。

2010年5月

我们就是这么捏弄和被捏弄的

——答《文学报》记者金莹问

金莹：从对摇滚少年的了解到少年犯张冲，您认为其间有怎样的联系呢？

杨争光：从最初的创作设想到后来的改变，已在这本书的后记里说到了。对摇滚少年的了解，在小说里张冲青涩的生命成长中已有显现：压力与反抗，冲撞与释放，蓬勃与残酷……

金莹：在实地探访中，您认为学生和教师面对的最大的困惑是什么？对教育的困惑是什么？学生和老师，是天生对立的吗？对父母望子成龙的观念怎么看？

杨争光：就我的了解，学生最大的不是困惑，是压力和担心：我考不好怎么办？我考不上怎么办？怎么给父母交待？"考不好""考不上"带来的是负罪感，这比"考不好""考不上"的压力更大。对老师来说，更多的不是困惑，而是困境。我们给自己设置了一个圈套，让所有的人都钻进去，无力自拔，也包括老师。如果说有困惑，也是对"困境"的"困惑"：怎么就拔不出来呢？

就这本书来说，教育只是呈现困境的一个具体的切入点，教育不是孤立的，它有强大复杂的现实背景和历史渊源。

老师和学生的对立不是天然的，对立出现在进入程序之后。

现实中的父母，如果不想望子成龙，会被认为是脑子有问题的父母。在一个以权力大小和财富多少为成功标志的社会里，望子成龙是很自然的。尽管每一个人都知道，人是成不了龙的，但还是想成，钱是挣不完的，但还要多挣，越多越成功。这不是有病么？变态么？单一的价值标准，功利化的现实和这样的病人是共生共存的，这很现实，不是超现实。

金莹：您对现下的教材怎样看？"嶙峋"和"灿烂的牛粪"这样的创作灵感来自哪里？

杨争光：我确实通读了现行的一套小学到高中的语文课本，但我没有资格对教材作评判。教材的编写，是一个复杂的系统工程，涉及到的不仅是单纯的语言和文字。但对课本的阅读，也确实给了我一次难得的阅读体验。不仅使我顺利地完成了小说的构想，也成为我阅读记忆的组成部分，不是一句两句就能说清楚的。

说到"嶙峋"，却是在写作过程中不期而遇上的。一些聪明的但成绩未必好的学生会在课堂上以怪问题刁难老师，让老师难堪，张冲应该属于这类学生，那就设计一个吧。我想到了鲁迅先生的一篇文章，题目好像是《人生识字糊涂始》，写到了几个难于厘清楚的词，都是形容词，那就在形容词上做文章吧。初中语文课里，有一篇杨朔先生的散文《画山绣水》，按教学要求，学生要背诵的。在我看来，那是一篇浮华造作的文字。"嶙峋"就是从这篇文字里蹦跳出来的，我把它给了张冲，让张冲拿着它去和语文老师李勤勤"交火"。从"嶙峋"到"灿烂的牛粪"，我费了老鼻子劲。几个回合下来，李勤勤竟把我感动了。

金莹：乡村，作为张冲的成长背景，其在面对城市时的弱势地位是否是您着力表现的？这是否是少年张冲成长为少年犯的因素之一？

杨争光：张冲是乡村少年，但我的关注点却不在乡村和城市的对立。现在乡村的孩子，进城也不只是上大学一条路，还有打工。就是通过上大学进城，接下来的还是找工作，这和城市的孩子并没有区别。这不是这本书着力关注的东西。乡村少年张冲成了少年犯，主因也不在城市与乡村的对立。城市也有张冲一样的少年，也会叛逆，也有可能报复社会。重压下的青春，在乡村和城市的处境并没有本质的不同，什么样的可能性都有。报复社会不好，自残呢？抑郁呢？自杀呢？也不好吧。

就乡村和城市来说，教育资源的分配，机会的不平等，这是事实，很残酷，但还没有构成严重的现实冲突。乡村的弱势，不仅在教育，还有比教育更为残酷的现实，这就说远了。

金莹：您认为，怎样的教育是"好的"教育？

杨争光：我不是教育专家，不能给"好的"教育下定义。如果要我说的话，我希望我们的教育首先要培育身心健康的人，还有，让成功的价值标准多元起来。

金莹：作为一个生活在这个充满争议和乱象时代的作家，这个身份对您而言意味着什么？《从两个蛋开始》与《少年张冲六章》有内在的一致性吗？

杨争光：意味着我是一个作文求存的家伙；意味着感应和交流；意味着良知和坚守；意味着良心不让狗吃了去；意味着即使以文字换点钱也不把灵魂卖给恶俗，卖给神仙和皇帝；意味着我的努力在于智慧地经营文字而不是聪明地游戏文字；意味着我就这样了，就在这棵树上吊死算了。还有很多的意味，说多了你会烦的。

我们就是这么捏弄和被捏弄的；我们就是这么把我们的生命搅和成这样的生活的——如果这么看的话，《从两个蛋开始》和《少年张冲六章》还是神魂同在，气脉相通的。

2010年12月

注：本篇标题为作者收录本文时所拟

虎气驴气狼气与羊气

——答《新快报》记者问

新快报：新书受到很多的关注，很多评论都将之界定为关于"教育"的书，您自己是怎样界定的？

杨争光：任何问题都不是孤立的，包括教育。我们现行的教育给我带来的压力和疼痛几乎每一个家庭，每一个人都感受到了。都显得无力和无奈，也有体制的理由。既然都有理由，为什么又疼痛呢？我没想把这本书写成一本教育问题的小说。我更想在这本书里呈现我们的困境和疼痛。也想探究一下我们进入困境感受疼痛又无力脱逃、也许还不愿脱逃的缘由。这缘由既有历史的，也有当下的。但我也不反对有人把它界定为一本写教育问题的书。小说是说人说事的，人在事中，事在人为，人和事遭遇就会有问题的。

新快报：听说您在写书前做了很多功课，还专门去读以前的课文以及之前不熟悉的摇滚书籍，在做这些事情时，您的心情是怎样的？有哪些方面的收获？

杨争光：我读了小学一年级到高中的语文课本，对我来说是一次非同寻常的阅读，有许多意外的收获，有些已经变相地写进了这本小说里，更多的成了记忆。如果不读关于摇滚的书籍的话，我就不会深切地感受现在的青少年生命里的许多东西，包括他们压抑的激情和碰撞的伤痛。现在的中小学生比大人更辛苦，承受着更大的压力，这是我过去不知道的。

新快报：对于小说的主角张冲，有评论说他是一个"知识分子"，您怎样看？创作的原型在书中占的比例有多大？

杨争光：我猜想，他们更想说的也许是，知识分子应该像张冲一样，带点虎气，该吼的时候吼几声，或者带点驴气，时不时尥一下蹶子，甚至带点狼气，有撕咬的能力。别那么有知识没文化，别有那么多的羊气，别那么功利，那么自私，眼睁睁地看着自己的精神一天一天一寸一寸地下坠，堕落。

新快报：书里有一些乡村俚语、俗话，这样的设计是出于怎样的考虑，会担心影响阅读面吗？

杨争光：对小说艺术来说，使用俚语、俗话、方言要小心，既要精准地传达方言俗语的含义和魅力，又要让方言之外的读者能够看懂，读出方言的含义和魅力。我小说里的俚语和方言大都是按照这一原则改造的。我不担心阅读问题。

新快报：这是一本写"孩子"的书，但您却说过"孩子们看不看无所谓"，这是为什么呢？

杨争光：如果偏激一点的说，这本小说是拿"孩子"说人说事的。孩子只是这本小说里的一个"人"，他的成长和他自己有关，更和大人有关。我更多指向的是我们这些作为父母作为老师作为国家公务员的各种各样形形色色的以为自己很爱"孩子"的大人。

新快报：很多时候涉及教育的书会被认为"说教"的痕迹很重，年轻人甚至会有抵触情绪，您的新书怎样避免这一点？

杨争光：小说不是论文，小说里面的人物也不是传教士，我始终记着这一点。我相信读这本书的人不会有抵触情绪，也许还会有很多认同感的。如果怕上当受骗的话，先别买书，可以去网上试着读几页。

新快报：有评论者把《少年张冲六章》比喻为中国版的《麦田里的守望者》，您同意吗？

杨争光：《麦田里的守望者》是一本很有名的书，许多人很早就给我推荐过，但我至今还没有看过。我想，他们这样比喻，一定有他们的道理。

2010年5月

注：本篇标题为作者收录本文时所拟

如果有"悲哀"和"失败"，就不仅是张冲的

——答《乌鲁木齐晚报》记者问

乌鲁木齐晚报（以下简称晚报）：关于本书，编辑起了许多的名字，比如《长大成囚》《挣扎》《共谋》《逆风少年》等等，但最后您还是坚持使用了《少年张冲六章》这个最初的名字，这是出于何种考虑？

杨争光：其所以起那么多的名字，是因为市场因素的考虑。最好让读者看见书名就能有读这本书的欲望。最后的决定还是出版社定的。他们认为这样的题目符合我小说的风格。

晚报：许多人说《少年张冲六章》像《麦田里的守望者》，更有甚者，将《少年张冲六章》比作中国版《麦田里的守望者》，你是否介意这种说法？

杨争光：我不介意这样的说法。昨天还有记者问到同样的问题。我是这样回答的："《麦田里的守望者》是一本很有名的书，许多人很早就给我推荐过，但我至今还没有看过。我想，他们这样比喻，一定有他们的道理。"

晚报：小说六章"参互成文，含而见文"。六章六件事，看似各说其事，实则是互相呼应，互相阐发，互相补充，说的都是张冲的故事。请问，您为何选择这样的写作方式？这种"互文"的结构好在何处？

杨争光：对《少年张冲六章》这本小说来说，如果按照时间顺序去写的话，很容易把它写成一个生活故事。我觉得这样写很没意思。小说不但要说人说事，也应该有文本的价值和意义。我喜欢跟自己较劲，就有了这样的构想。完成这个构想给我带来了很多困难。克服困难的过程有痛苦也有愉悦。现在我只能说，我完成了我的构想。至于好不好，要让读者评判。

晚报：您写过许多诗、小说，并且当过许多著名电影电视的编剧，这些因素对《少年张冲六章》的写作产生了怎样的影响？

杨争光：我写小说的时候，我全部的心思都在对付正在写的小说上。写诗或者写影视剧的经验和积累应该对小说的写作有影响，但我不会刻意地使用这些经验和积累。农村有句土话："上山打柴，过河脱鞋。"碰到什么样的问题就解决什么样的问题，还是自然一些的好。

晚报：第五章"课文"中的描写，让我想起钱钟书先生对伊索寓言的解读，在我们看来或许很有道理，但那些课文是写给低龄儿童的，这种成人化的、有欠本位的解读对于低龄儿童是否恰当？

杨争光：书中的少年张冲是一个成长中的生命，经历了从低龄到"高"龄的过程。《课文》里的课文也是从低龄往"高"龄走着的，不全是低龄儿童的。还有，在写作的过程中，我很谨慎，不想让书中的少年张冲像我一样成人化。他是一个成人化的少年吗？我接触的少年中有许多比我想象的成熟得多。

晚报：《少年张冲六章》揭示了很多东西，包括教育的积弊、时代的束缚、人性的复杂等等，那么在这些之中，您最想表达的是什么？

杨争光：用我在《作者备忘》里的话来说：少年张冲青涩的形象里，纠缠和埋伏着苍老的根系，盘根错节，复杂纷纭……我要写的已不仅是那个少年张冲。我甚至认为，那些纠缠和埋伏在他青涩生命里的许多东西比他更为重要。

晚报：据说"张冲"在现实中是有原型的？能否介绍一二？

杨争光：如果说有原型的话，就是：现实生活中确实有一个叫张冲的少年，剜了一个公安局副局长的眼睛，成了少年犯。我不认识他。

晚报：文学评论家白烨指出，您笔下的少年张冲，可以看成是"失败的韩寒"，对此你是如何想的？

杨争光：每一个评论家对一部小说都会有自己的解读和评判，也自然有他们的道理。如果要我说的话，小说中的那个少年张冲就是成功了，也不会是另一个韩寒。韩寒在中国只有一个。

晚报：张冲是个成长为知识分子的好苗子，有知识分子的独立思考等特质，并不能等同于一般的"问题少年"，而我们的塑造机制很可疑，想要扼杀这样的苗子。您对如今的教育制度如何看？

杨争光：问题多多，盘根错节。既有历史的，也有当下的。我对现行的教育机制是怀疑的，怀疑它培养和造就健康人才的能力。

晚报：我看到北青报的文章，您自称 "不和现行秩序对抗"，但您塑造张冲这样一个人物，似乎也是"战斗"、"反抗"的一种？

杨争光：我记得我说过的原话是：即使不和现行秩序对抗，也应该保持警惕。

晚报：最终揭示了张冲入狱的原因，他"行侠仗义"剜了贪官污吏的眼睛，您如何看待这种行为？

杨争光：那个公安局副局长就是个坏蛋，用行侠仗义去对付，对局长和张冲都是个悲哀。行侠仗义是老说法了，我想说的是，这么老的词还盘踞在现代生活词典里，在现代生活中还发挥着它无法替补的作用，应该是我们共同的悲哀。

晚报：最后张冲锒铛入狱，标志了谁的失败？

杨争光：我实在不想用失败来判定张冲的"入狱"，如果硬要这么说的话，和我上边说的"我们共同的悲哀"一样，是我们共同的失败。

晚报：您说这本书是写给有话语权的人的，为人父母者，为人师长者，但您只让他们看见了纠缠在孩子身上的众多问题，并没有提供解决问题的答案。关于此点，您是如何考虑的？

杨争光：如果能给问题找出答案并能付诸实践的话，我也许会改行的。

2010年5月18日

注：本篇标题为作者收录本文时所拟

当成教育问题　只开了一把锁

——答《晶报》记者问

> 题记：《少年张冲六章》获2010年度"茅台杯"人民
> 文学奖长篇小说奖。杨争光说，这是命运中的偶然事件；
> 和人一样，小说也有小说的命运。

张冲的超常规无法掐灭

晶报：张冲这个故事是如何构思的？

杨争光：我一直有个习惯，随身带一个小本，有些什么想法或听到什么有意思的都会记下。五年前，弟弟杨卫国给我说了一个故事：有一个农村少年叫张冲，退学后在夜总会当保安，平日的"兼职"是替人讨债，他剜了当地县公安局副局长的一只眼睛。开始是想写一个少年的情感故事，但随着素材的不断积累，我觉得应该从一个孩子，看到当下中国人由基本生活处境带来的精神困境。写作之前，我到学校做了几个月的采访，找老师，找学生。我还将小学到高中的语文课本都看了一遍，发现问题很多。

晶报：发现了哪些问题？

杨争光：课本编制的初衷是好的，想传给孩子们的价值观或意向、意愿是良好的。但在功利化社会面前，这种价值观立刻就被解构了，课本里提倡的东西跟生活中一些内容是相悖的。我们教育孩子不要说谎，结果我们生活中大量的都是谎言。孩子对这个社会慢慢建立起一种人生价值，产生了严重的误读。

晶报：为什么要写张冲这个反叛的学生，而不写一个成功的学生？不一样可以反映教育的问题吗？

杨争光：在我们国家能念大学的人还是少数的，像张冲这样没有上大学的农村孩子居多。张冲是一个极端的例子，只是一个个案。但所有的普遍性都孕育在特殊性中，个性是普遍性的基础。张冲的超常规就是反常规的。超常规应该引导、影响，而不是掐灭、消灭。超常规的思维是扑灭不了的，你能消灭一个，但还会蹦出另一个超常规想法。就像张冲一样，没有张冲，还会有李冲，王冲。

晶报：《少年张冲六章》通过六个不同章节，把一个故事讲了六遍，为什么这么安排？

杨争光：我希望对小说的形式上进行一些探索。这部作品像是一个魔方，可以随便翻转，可以随意组合。最后一章写张冲他一个人的时候，文字很短，显得很安静，但回到前面那些章节，你会发现张冲形象的丰富是一个倍数的过程。

"当成教育问题 只开了一把锁"

晶报：你在小说中，想表达当代中国人的精神困境，具体来说是什么？

杨争光：这种困境与我们文化的根源、与人的价值观念是有关系的。望子成龙，希望孩子成功，这个是没有错的。但是我们必须检讨，你不能把这个作为衡量每一个人的标准。成功应该是多方面、多层次的，成功这个词本身内涵是很丰富的，但是我们把它搞得很单一。 我们现在的社会，衡量一个人的标准是相当功利的。它不是看一个人是不是幸福、是不是健康、是不是活得愉快。这种功利性深入到我们的骨髓里，几千年来都没有改变，现在依然。

晶报：你希望改变吗？

杨争光：我当然希望改变，就是要给我们更多元的精神空间。

晶报：你觉得是可以改变的吗？

杨争光：我觉得是可以改变的，如果不可以的话，这部小说就仅仅成了一种社会现象的呈现。而我还希望它能够产生一定的影响，让我们的生活变得普通一点，用平常心态对待我们周边的人，对待我们的孩子。所以说，我们这个评价体系，从民间到官方都应该改变。

晶报：从某个角度说，《少年张冲六章》并不是单纯写教育的？

杨争光：单纯写教育我就不写了。因为我是教育的门外汉，我也没研究过教育问题。我更想让大家通过一个孩子与父母、家庭、学校的关系，能想得更远一些，更宽一些，触角更多一些。一部小说里往往挂满了很多把锁，把它当成教育问题去看的话，那只打开了一把锁。

晶报：什么样的价值观念是你想表达的？

杨争光：尊重。尊重个性，尊重不一样，尊重多元。如果你做不到尊重的时候，你应该宽容。你再做不到宽容的时候，你应该做到礼貌。

晶报：也就是说这种价值观念是通过教育的切口来传达的？

杨争光：虽然我写了一个少年的故事，恰巧这部小说是离当下最近的小说。

"不要孩子延续我生命的意义"

晶报：生活中的你也是位父亲。这种价值观的冲突也会有吗？

杨争光：我不是一个好父亲。我对孩子的关怀还是比较少的，尤其是他上小学的时候，我基本上不管他。那个时候也是我最忙的时候，跟孩子交流非常非常少。等到初中，他开始叛逆，头发留得很长，班主任让他理发，理了三次还不满意，他就跟老师牛起来了。我就变相把儿子的这个故事转接到张冲的故事里。故事中的很多事情，我自己也感同身受。我不想给孩子强加很多的压力，并不想让他延续我生命的意义。

晶报：你也打过孩子吗？

杨争光：打过，初中毕业以后。他哭了。

晶报：打完之后你后悔吗？

杨争光：当时很愤怒，但是过后我很痛苦。父亲打孩子，这种暴力是很无耻的，我觉得很丢人。我想弥补。

晶报：怎么弥补？

杨争光：我帮助了孩子。我对他说学习不好没关系，人不一定要成龙，但要有生存的技法和自豪感。我建议他到美院的培训班去学习，试一下，看能不能画画。后来他的一张画就给老师挂在墙上作为范画。他的自豪感、自信心立马就建立起来了。

晶报：这是一种启发式、鼓励式的教育。

杨争光：对，我觉得这是一种朋友式的交流，不要给他过多的一种压力。给孩子提供一种发现自己的机会。

晶报：你会向孩子传达你的价值观吗？

杨争光：没有过，但是言谈的内容偶然会涉及到。比如说到要找对象什么之类的。我说只要你们两个人愿意，你找怎样的人我都不会干涉。不要给父母找媳妇，要给自己找朋友。

放弃小说，写剧本也不会有成就感

晶报：创作小说同时你也写剧本。写剧本是不是会带来更好的收益？

杨争光：对我来说是的。因为我自己写出的小说，都不是能畅销的书。剧本的经济效益比小说更明显。

晶报：近几年大概写了多少部小说？多少部剧本？

杨争光：2006年到现在，我写了3部电影剧本，3部连续剧本，然后写了一部中篇小说，一部长篇小说。

晶报：那应该还是说写剧本的投入还是多一点。

杨争光：一般写剧本，我都是订货性质的。我觉得我可以，我能对付的，我才写。要看很多资料，这属于工作性阅读。然后要进行构想，经过投资方的研究之后，才能进行剧本创作。小说呢，就是我自己一个人的事情。

晶报：你用到两个词，"对付"和"工作性阅读"。好像剧本并不是完全自发的有那么多的兴趣。

杨争光：就一个电影剧本来说，开始可能没有兴趣，但我会有预感，它会找到让我兴奋的东西。小说则在刚开始就是一种兴趣。

晶报：有人认为，写小说和写剧本，一个是出世，一个是入世。因为一个赚钱多一个赚钱少。

杨争光：我不同意这种看法。我写剧本，从来没纯粹为了赚钱去写的。我首先要对这个题目感兴趣，再在里面找到我的兴奋点，培养起对它的感情。对我来说，它们的区别在于，一个限制性大一些，一个自主性大一些，还有一个收入高，一个收入不高。

晶报：可不可以理解为这几年写剧本，就是为了保证生活质量？

杨争光：当然了。如果现在像我这样字字句句写小说的话，那是不足以养活自己的。而写剧本能养活自己，还能过上比较优裕的生活。唉，写小说越来越成为个人的事情。

晶报：什么支撑着你坚持写小说？

杨争光：喜欢、兴趣，我住在自己的精神境界里。如果放弃写小说，那我写剧本也就不会有成就感，也不会觉得愉快。

晶报：写小说是写剧本的动力？

杨争光：小说就是我的亲人。当我在写小说的时候，我跟两个亲人在一起。一个是小说，一个是烟。写小说让我有一种幸福感，我觉得我活着是幸福的。至少我还能表达我的对话，比如和张冲、张冲的父母、张冲的老师、张冲的同学、张冲的课文，都在和我进行交流，我觉得可幸福了。

文学边缘化，是正常的

晶报：写《少年张冲六章》的时候有没有想过，它会成功？它会得奖？

杨争光：奖这个东西，我在很年轻的时候还想过，但很快就不想了。艺术创作，基本上是仁者见仁，智者见智的。如果你能得到很多人的认可，那是一种运气。而得奖则完全是一种意外，一开始就在我的意料之外。为了得奖的写作，肯定是很无聊的写作。就跟那个冲着婚姻去谈恋爱的人，我也觉得很无聊。

晶报：你在获奖感言中提到你和《人民文学》最早的渊源。得到人民文学奖，而不是其他奖，是被这种评价体系所认可？

杨争光：每个人对同样一个作品的评价体系不一样，对它的认可度也不一样，你换上另外一拨人的话，它的结果很可能是另外的。它有不确定性。这部小说如果不是《人民文学》的评价标准和体系，换了另外一个奖项也许不一定得。小说也有小说的命，我宁可看成这是命运中的偶然事件。1987年，我刚刚写小说，《人民文学》就刊登了我的文章。那时，文学还是全民的一个关注点，现在文学都被边缘化了。

晶报：这些年，文坛上陆续有人在呼吁加强文学的地位。

杨争光：文学如果被全民关注，这是不正常的。文坛与其呼吁自己的地位，还不如自己写出作品，让读者自动去关注。文学里有很多非文学的因素，也承担了很多自己应该承担的或不应该承担的这种重量，包括精神的启蒙。大家都在这里面去寻找，寻找安慰，寻找激动，寻找碰撞。现在就是，可碰撞的东西太多，能给人带来兴奋的东西太多，让人感觉文学被边缘化了。但就我来说，文学的这种被边缘化，很可能就是回归到它这种应该的位置了。

晶报：现在年轻的一代，80、90后对一些官方的评奖持不认同态度。你怎么看？

杨争光：这事我不会生气。我认为这种挑战，哪怕是一种姿态，都是一件好事情。这就证明我们年轻人在思考。这种审视会动摇一些传统，有些东西也应该被动摇。

晶报：这种动摇，会不会让你有一些焦虑？

杨：我既不胆怯，也不担忧，不焦虑，甚至还有点高兴。比如，网络写作就打破了职业作家一统天下的现状，每一个人都可以成为作家，作为职业作家的"霸权"也立刻瓦解。网络文学一定要写到量的积累，才会有质的飞跃。其实你也看出来，很多网络写手写得比专业作家好。

深圳文学的特点或在于包容

晶报：深圳这次获奖除了您还有另外一位作家，能不能说深圳文学有了很大的提升？

杨争光：根本性的提升我觉得没有。深圳文学有一定规模，政府、社会机构对深圳文学的发展建设也进行了很多支持，但是文学和艺术说到底是一种自觉的行为。深圳是一个移民城市，它是由不同身份的人组成，都有着各自的背景，各自的专长。就深圳这个本土来说，它的文化世界是需要时间的。要形成这种独特的文学个性，还需要相当长的时间。

晶报：独特的文学个性，何时才会形成？

杨争光：现在很难说，那是将来的事。

晶报：30年是不是已经有一些积累了？

杨争光：积累还不少，我们也要看到这一点。但是不要着急，30年对一个城市来说，太年轻了。一个城市要有成熟的文化文学艺术方面的积淀，要有代表性的作者，可能还要100年以上。我觉得这个才是正常的。

晶报：在深圳，很多青年作家在坚持业余写作。他们在哪些方面需要提升？

杨争光：我觉得还是要提升综合素质。视野要开阔，阅读要广阔，要有敏锐的观察能力，当然也要有相应的表达能力、呈现能力。我们国家专业作家这种制度，现在严格说来，是有利有弊的。

晶报：弊端在哪里？

杨争光：它把很多人养起来了，可以专心写作，但是也产生了惰性。我就很反对很多作家自己写出一部作品，然后政府掏钱去出书。我觉得真正的作家就是你养我我写，你不养我我还要写。一些发达国家没有专业作家，难道他们没有作家吗？其实那些国家不但有作家，而且有非常优秀的作家，还有伟大的作家，这你怎么解释？我很佩服这些业余作家。我觉得深圳有希望的还是这些一边工作、一边写作的作家，他们才是深圳文学的希望。我在去年12月成立了"杨争光文学与影视艺术工作室"，也是希望给年轻人一些机会。

晶报：都做了哪些工作？

杨争光：正在策划两个剧本，可能在12月就拿出来。都是以深圳为背景、表现现代深圳的。这个工作室现在连办公的地点还没有，不过我觉得既然要做了，还是先试试。一些人策划一个项目，希望能够得到官方的扶持，但我更多的是从民间角度考虑。我觉得一个城市的文学艺术应该呈现一种多元化。我们现在，尤其是影视作品还有点单一，政府主导的多，民间内容还是比较少的。

晶报：政府主导的方式有何需要改进的？

杨争光：很多作家就等着政府支持，开始写作时都朝着资助的项目接近。我们对深圳文学的界定，前提就是，深圳是一个移民城市，它的根在全中国，全中国文化的根都应该被深圳利用。深圳的文学一定是多元的，它的生活形态也应该是多元的。它应该是一个包容性最强的城市，很可能这种包容性将来会成为深圳文学一个非常突出的特点。

晶报：现在的包容性够吗？

杨争光：远远不够，甚至是没有的，它有很多的排斥性。深圳的文学创作还没有形成气候，雷声大雨点小。文学要靠标志性作品，还要靠众多的产品。目前还在量的积累阶段，然后再努力形成质的提高。如果深圳有足够的自信，你知道自己很年轻，你知道自己优秀在什么地方，你就不会那么焦虑了。文学期待就是我们自己的心态，从文学上是一种自觉的行为。

晶报：有了时间，一定会出成就吗？

杨争光：说句老实话，深圳有没有文学，又怎么啦？你是在一个大文化圈子里。难道广东省出了很好的文学作品，深圳就黯然失色了吗？我们中国出现一个很了不起的文学作品，它跟我也有关系，是不？这样一想，就更不用焦虑了。

晶报：就是没必要急于求成。

　　杨争光：不要拔苗助长，让它健康成长嘛。深圳文学，要和北京、上海等城市进行对比，没有可比性。但是我们不能因为没法跟他们相比，我们就不写了。但也不能自虐，也别猴急。鼓励、支持，不焦急，不焦虑，更不要自虐，我们自己城市的文学，自然就会有了。

2010年

注：标题为收录本文时作者所拟

第三辑

关于《从两个蛋开始》

一个人的编年史
——与钟红明的对话

钟红明：说到"立场"这个词，在评述过去你的中篇小说——《黑风景》《赌徒》《棺材铺》《老旦是一棵树》《流放》等等的时候，我看到了用乡村地理学、地域文化小说、农民的仇恨和暴力的黑暗性劣根性、残酷叙事等等来概括你的立场，你怎么看？

杨争光：在回答你的问题以前，先说一个词，就是"劣根性"。我最早接触这个词，是从对鲁迅作品的评述中看到的，我很信服这个词，但现在，我更愿意说"根性"。对一个作家来说，重要的也许不在于对"根性"分出优劣，而是对"根性"的感受和准确把握。

我的叙事是残酷叙事吗？我想，这可能是阅读时的感受。我在写小说的时候，没有故意要给我的叙事涂上残酷的色彩，在中国古典小说中，杀人越货的场面要么是痛快淋漓的，要么是充满智慧的，前者如《水浒传》，后者如《三国演义》。人们在赤壁大战中看到的不是厮杀和流血，不是生命消失过程中的悲惨和壮烈，而是智者的游戏，惨烈的战争是在谈笑风生中完成的。这是中国人对战争、死亡和生命的态度吗？我很受刺激。也很惊叹他们面对触目惊心的事件和过程时所具有的一种保持超然态度的能力。我不行。我没有化残酷为神奇的勇气，我可以从残酷的事件中抽身而出，静观事件，却无法用叙述残酷来展示智力，以愉悦自己，愉悦别人。这和你所说的立场是不是一回事？

钟红明：《从两个蛋开始》的结构，显然在当代中国文学长篇小说的创作中是绝无仅有的，四部三十六节，三十六个独立的短篇小说，各自独立完成它们表述的使命，从任何一节都可以读进去，非常有观赏性，但又完成总体的构想。为什么采用这样艰难的方式？以前你的小说恰恰都具有强烈的故事性，扣人心弦，这个改变你不怕考验读者的耐性吗？你不怕削弱所谓的震撼效果吗？在历史母题的小说里这好像是一种衡量标准。

杨争光：我曾考虑过，用四个中篇小说或者说四个故事来结构这部长篇小说，但我放弃了。我觉得完整的故事有它的好处，也有它的局限性和惯性，我想克服这种局限性。把一个完整的东西——比如玻璃杯打成碎片，重新组合，它就具有了多种可能性。你看到的只是我的组装。你也可以组装，其他人也可以组装。我的困难在于每一个碎片的精致性以及它们在组成整体中的有机性。就写作来说，这要比用编故事的规律编出一个完整的故事麻烦得多。还有，编一个长故事容易偷懒，而作家偷懒的时候，也就是读者抛弃他的时候。如果说我有自信的话，我的自信就在于我愿意跟偷懒和惯性作斗争。

历史母题的小说不能这样做吗？

钟红明：在这样一种结构里，不是悬念和传奇推动小说的进展，那么什么是这部小说的推动力？创作时候的困难在哪里？长篇小说的文体你怎么看？

杨争光：就阅读来说，我给读者准备了很多糖块，有的带酸味，有的带苦味，有的带奶油味，有的是薄荷味，下一块带什么味他不知道。我不想破坏他们的欲望，不想让他们乏味。

我对文体没有研究，也没想在文体上标新立异。我的初衷是很朴素的，就是准确地表达想要表达的东西。如果我觉得表达得不够准确，肯定是什么地方出现了问题，我就会努力修正。这种修正是全方位的，语言、人物、叙述，也包括文体，只要我完全地表达了，文体也就形成了。由于我不是编写一个完整的故事，正像我上面说的，我无法偷懒，也要不了花招，我必须是货真价实的。如果每一个部分都是玻璃碎片，它的每一块就必须是玻璃。如果每一个部分都是糖块，它的每一块就必须是糖。如果是一个麦囤，它里面装的每一粒都必须是麦。这就是我的困难。我必须非常小心地对待每一个部分，每一个段落，每一句话。哪怕是一个小小的不合适，都是很扎眼的。

钟红明：长篇小说《从两个蛋开始》以偏僻的乡村符驮村芸芸众生的日常生活为背景，对新中国建立以来的合作化、公社化、大跃进、"文革"、毛主席逝世、改革开放、计划生育等一系列重大事件进行梳理。我把长篇小说《从两个蛋开始》称为"一个人的编年史"。用你自己的目光，把建国以来（包括更早的数年）的历史，用个人的目光整理一遍，并且用小说的方式表达出来，这其实是一个很大的野心。什么契机使你萌生了这样的念头？我一直认为，你是深思熟虑后才会动手的作家，而不是灵感冲动型的。

杨争光："一个人的编年史"？我很欣赏你的这个说法。说实在话，这确实是我写这部小说的一个小小的野心。我以为，中国人的历史几千年没有实质性的变化，上个世纪七十年代末，似乎开始变了。但人的改变不是睡一觉就可以完成的，它需要时间和经历。认真地梳理一下半个世纪之中发生的各种各样的事情，揣摩一下中国人在经历这些事件中的心思、作为、状态，除了其它意义之外，也应该具有小说的意义。我是做小说的，就用小说的方式梳理了一下。当然，我用的是我的手指头。我做了很长时间的准备工作，我的本子上记了很多东西，这你是知道的。人冲动一下可以接吻，可以做爱，但不可以做一部小说。

钟红明：历史时期所有大的事件和深刻的变化，以个人的目光加以梳理，这样的意图，不是很接近"宏大叙事"吗？

杨争光：也许是吧，但我没想搞"宏大叙事"，可能是我的眼睛太小吧，"宏大叙事"应该让大眼睛的人做，小眼睛发挥聚光的优势，也自有它的好处，不大，不宽，但也许更具穿透力。

我还有一个观点，再宏大的叙事，面对历史，也是小叙事。这是要让很多人沮丧、绝望的。

钟红明：读《从两个蛋开始》，禁不住发出"真反动"的慨叹，我是说经常有出人意料的感觉，在许多方面，它颠覆了惯常的对这些事件的描述。我以为这是对历史的重新叙述，拨开那些谎言和偏见，打捞出被遮蔽的真实。你曾经说过，小说的不一样，更多的不是外在形式、流派的不一样，而是内容的不一样。人到中年，你看世界的目光是否在改变？形成这样的一些观念，是否也有一个过程？

杨争光：肯定有所改变，但不一定是成熟，我很痛恨欺骗。我在上大学的时候就告诉我自己，你可以接受欺骗，但你必须清楚。清楚地接受欺骗和不明不白地被骗是不一样的，前者说明我的无力，后者则是糊涂。我不能原谅我的糊涂，这是我能做到的。对我来说，读书、交谈、思考，既是了解世界，也是印证自己。我可以识破他骗，但常常被自己欺骗。自骗，就不止痛恨，也很悲哀。如果说有改变的话，就是我对自己的警惕性比过去更高了。我有一个观点：要了解世界，先了解自己；了解了自己，就知道了世界的大半。

钟红明：上一部长篇，《越活越明白》是一个人的历史，成长和幻灭，安达的济世的、大人物的野心，使他和自己、和社会之间产生紧张而相互作用的关联，最后是尴尬的境遇，彻底幻灭，读书人的"作为"掩饰下的真相，在城市和乡村两大场景之间显现。《从两个蛋开始》却直接把历史作为描写对象，革命队伍走到奉天后，下了一个蛋，雷工作就是这个蛋，从此，符驮村走进了新社会、新生活。土改、合作化、统购统销、自然灾害饿肚子、大跃进大食堂大炼钢铁、文革造反一直到今天的计划生育、各种致富道路等等，这些构筑了历史鲜明的坐标。一方面，我看到了政府管理的严密性，每一次运动，每一项最高指示都挟在笔记本或者头脑里，层层传达下来，积极贯彻下去，管住了每一个农民。另一方面我觉得他们又像大自然本身的存在和生长，生机勃勃，有声有色，他们有自己的对付方式。时代特色是不能摆脱的，不过其中还是有一些永恒的东西。中国真正的历史应该就生长在乡间。

杨争光：土壤、肥料、种子都在乡间，主体是农民。识字的和不识字的农民，损害和被损害的农民，污辱的和被污辱的农民，受人污辱也污辱人的农民，掌权和没权的农民，精明的和笨拙的农民，智慧的和刁蛮的农民，等等等等，是主干也是枝叶。苗长得太高太长了，伸到了都市，就以为是从都市长出来的苗，这是自欺。

我得感谢你对我的上一部小说《越活越明白》的重视。它同样倾注了我艰辛的努力。

钟红明：陈思和先生在《收获》和《当代作家评论》前两年共同举办的一个长篇小说文体研讨会上曾经说过一个"时间"的概念。他认为，长篇一定有时间在里面，大叙事是历史时间，小叙事是家族时间，个人叙事是个人时间，不一样的时间导致不同的叙事。童话把蚂蚁和小动物它们很小的时间放大，而中国长篇以历史事件为主体的，个体生命无法放大，一个人的生命和死亡显得微不足道，轻飘飘的。我觉得你在《从两个蛋开始》里，把大叙事和个体生命饱满地表达结合起来，那才是小说真正动人的力量。你认为呢？

杨争光：鲜活的生命一定是个体的，如果要让小说饱满，个体的生命必须是饱满的。抽象的生命虽然广大，但在叙事中它只是一种背景和氛围。我从影视剧的拍摄中得到了一个启示：宏大的战争场面、成千上万人的死亡也许会让人感叹，但不能让人震颤，让人震颤的往往是个体生命的毁灭。背景和氛围已经有了，我要认真对付的就是个体的生命，每一个个体的生命都是一只攥紧的拳头，饱满、有力，砸在哪儿都争取留下一个坑才好。

钟红明：阅读《从两个蛋开始》是一个欢乐畅快的过程，我们杂志的副主编肖元敏在审读了前几章就忍不住给我电话，说是很久没有读到过这样好的小说，她要放一放再读。小说里有许多有意思的人物。比如符驮村的灵魂——北存，放在以前，就是流氓无产者，有点邪劲，可是他脱去了那层壳，恐怕还是一个充满智慧的领导者、弄潮儿。地主杨柏寿也是个很有趣的人，他伸长脖子等待革命的姿态，一下子就瓦解了农民的斗志，后来他得了跑操症，还决定终生做一个晒太阳的人。比如大食堂把胃撑大了的农民发生赔胃事件，还比如改革开放的时候，法律绊走的一个和用法律争得权益的一个，比如小偷，比如祥林这个工农兵大学生的际遇……以前你的小说常有非常邪劲非常偏执的人，那是国人骨子里的东西吗？小说写他们的日常生活，食色性也，他们的欲望如同娱乐，占很重要的位置。

杨争光：邪劲？偏执？毛主席说，世界上怕就怕认真二字。也可以有另一种说法，就是，他们认真，有一股子认真的劲儿，叫做较劲。跟别人较劲，也跟自己较劲，是反击也是自卫。较到底，坚持到底，行为就具有了某种形而上的意味。有人常拿守株待兔来讽刺、嘲笑某种人，我在守株待兔的故事里，读不出讽刺和嘲笑。我常想，那个守株待兔的人一直站在树底下，把待兔作为他毕生的事业，一直等到死，会是个什么情况？还有人会讽刺和嘲笑他吗？如果有，一定是只图实惠的人。

钟红明：在这许多的人物塑造里，你得意的是哪些？我觉得你对他们有一种温暖的情感，不像你在《越活越明白》里，我觉得你不喜欢那个主人公安达。

杨争光：如果一个作家太过喜欢自己作品中的某一个人物，他就有可能受自己的欺骗，这于他的人物是不利的。对这部小说中的人物，可以说我熟悉他们，我能让他们变成一个个活泼的、可感的生命，无所谓喜欢不喜欢。得意当然是有的，是在我回头看他们的时候，我觉得我把他们一个一个弄得都像个人，不管是邪的、正的、老的、少的、男的、女的，都说人话，做人事。如果硬要我挑出一个最得意的，那就挑北存吧。对书中的几个女性，我心肠倒是软了点，给了她们一些温情。

钟红明：对改革开放以后的生活，你写了多种致富的道路，歪门也是门，邪道也是道，你没有用道德的善恶观点来评判，这是小说通篇贯穿的，他们每个人的个性也不是复杂的灰调人物，相反，可能还"纯度"很高，很透明，理直气壮。你用那种细致入微的细节引领读者，于是很有观赏性。

杨争光：编一个大故事，不是非常困难的，困难的是准确的细部、细节。没有准确的细部，大故事编得再好也是干瘪的，是一张牛皮。读者要的是一头活蹦乱跳、横冲直撞的牛。

钟红明：你的小说一直有种荒诞感，戏剧性，喜剧因素。大概也有人说黑色幽默。是你的个性决定的？

杨争光：是由我的小眼睛决定的。难道我的小眼睛里有黑色幽默吗？

钟红明：你也搜集资料"下生活"吗？还是他们的故事原本烂熟于心？在你描述荒漠和戈壁滩上的厮杀的时候，那是想象力的行走。在你写作《从两个蛋开始》的时候，是否一种全新的感觉？

杨争光：要写《从两个蛋开始》，仅凭想象力的行走是无法完成的。我多次回老家，和我熟悉的人聊天，搜集材料也接了地气。我可以改造，但不可以编造。这和写作《赌徒》《流放》《黑风景》《棺材铺》是不一样的，和写作《老旦是一棵树》也不一样。我写得不轻松，写完之后也不轻松。

钟红明：语言的考虑。《老旦是一棵树》是许多朋友评判你小说时的标杆，来衡量你是否真正超越了那个高度，你自己怎么看？

杨争光：我觉得很难比较，不仅仅是因为一个是长篇，一个是中篇，而是写作的初衷不同，要完成的任务不同，到达终点的过程也不同。硬要让我比较的话，我的回答是，两部作品都完成了我的构想。还有，我以为，对一个作家来说，你无法重复，所以，写作的目的就不在于超越别人或者自己，而在于尽可能好地完成你的设计。

钟红明：大众媒体如果要介绍你，就是《水浒》的编剧，《激情燃烧的岁月》总策划等等。这十年来，你写影视剧的字数肯定是你写小说的无数倍，也是顶尖高手了。为什么还写小说？为什么完全脱开现在许多作家做的"一鱼二吃"、在写小说的时候就考虑到以后改编的因素，来写这样一部小说？在小说创作和影视创作之间，你得到什么？什么是你失去的？经济上的无忧会带来心态上的自由吗？你结束了这个小说的写作，马上就开始写四十集的《刘邦与项羽》，好像停不下你的笔。

杨争光：我最喜欢的劳动是小说写作，而不是影视剧。我曾经说过，影视剧的写作只有耗散，没有吸收。我认为，影视和小说是完全不同的两种东西，所谓的改编都是退而求其次的。"一鱼二吃"的写法我不能接受，但我不反对"一鱼二吃"。写这部小说的时候，我没有"一鱼二吃"的想法。如果有人要把它变成影视的"鱼"再吃一次，我也乐意奉送。我在影视剧的写作上没有失去什么，也许还给我带来了某些好处。经济上的无忧无虑，肯定有助于心态上的自由。说到底，舞文弄墨一类的事情，都是有余裕的人做的。填不饱肚子的人是没法做小说的，也难有做小说的兴致。正在写的《刘邦与项羽》，是我早就想写的一个东西。我对这段历史很感兴趣，我很欣赏那个时候的人的那种阳刚、舒展、自由的状态。

钟红明：相信影视是综合艺术，编剧在其中的作用是基础的，也是很容易被弄得面目全非的，你会生气吗？还是无所谓？

杨争光：我生过气，但无可奈何，就告诉我自己别生气，但不生气绝不是无所谓。只要是写作，哪怕是手掌大的一篇文章，我都是很认真的。也许我写不好，但我总是认真的、努力的。我总为我认真的态度感到自豪。

钟红明：你曾经是一个诗人，不过你的诗歌好像也在讲故事。你现在还会写诗吗？你和从前写诗后来转写小说的作家，语言的感觉还是不一样的。

杨争光：我常常有写诗的冲动。事实上，我在写这部小说的时候，还给我的本子上记过许多诗句。也许写诗的经历给我的小说带来了好处。有人说我的小说有一种诗意的东西，也许这种说法是有根据的。

钟红明：你曾经在九十年代初的短文里，说到契诃夫的机智和海明威的简洁的影响，阅读也是有一代人的特色的，尽管涉猎很多，可是真心喜欢的作品往往和阅读者的禀性有关。你怎么不言必称博尔赫斯、纳博科夫……？

杨争光：阅读是一种沟通，如同和朋友的交谈，有谈得来的，也有谈不来的。我做过努力，想走近博尔赫斯、纳博科夫，但每一次努力都让我感到了距离的存在。前一段时间我还做过一次努力，重新读博尔赫斯的小说。我觉得他写小说好像在捣弄玄学，我也许能明白他的小说，但我无法和他成为亲密的朋友。

钟红明：你到上海来改长篇的时候，有一个小本子，上面有好多诡异奇妙的构思。前两天和人聊天，说从前经常讨论构思，是种风气，很让人快乐的，现在没有了，再说，在写作资源贫乏的时代，还怕有人把自己的故事提前给写了，这样的事情听说过好多次。

杨争光：蛋糕可以批量生产，同样的材料经不同的人的手，可以做出相同的蛋糕。小说不是蛋糕。如果是你的故事，别人就写不了，因为小说不仅仅是故事，还有比故事更重要的东西。以为有一个好的故事就会写出一部好的小说，这是对小说的误会。

确实，讨论构思可以滋养小说，也给人快乐。我很怀念那样的时光。可是想想，还有许多更重要、更值得怀念的东西都被我们蒸发了，丢弃了，连怀念都会感到疼痛！扯远了，不说了。

我不以为现在是一个写作资源贫乏的时代，就写作来说，只有贫乏的写作者，没有贫乏的时代。大眼睛和小眼睛都闭上了，大叙事和小叙事就都没有了；通常的情况是都睁着的，却没有聚焦，农村人把这样的眼睛叫"磁眼窝"。"磁"是滞和乏的意思。

2003年

"我更像一个游击队员"

——与张清①的对话

张清：我知道你为这部小说花了两年的工夫，曾经写得很苦。现在，小说要出版了，你什么心情？有没有像农民把粮食收进仓后的那种感觉？

杨争光：严格说，1995年给中央台写完电视剧《水浒传》之后，我就想写这部小说，我做过很多努力，但都没有成功，电影和电视剧的创作一直在纠缠着我。我不具有同时做两样事情的能力，我只能把这部小说的写作往后推，但对这部小说的写作准备一直在继续。有了一点想法，我就把它们记在本子上，这是我的一个习惯。到2000年上半年，写完一个电影剧本后，我决定不再和电影电视剧纠缠，无论有多大的诱惑，我也要拒绝。这部小说的写作是从2000年6月份开始的，到2002年的11月完成初稿，用了整整两年半的时间，我写得很苦——如果写出了一段我事先不曾想到的、比较精彩的，我也会像一个嘴馋的小孩得到一块糖一样。我想尽可能把它写得好一些。我对我上一部长篇小说的写作有遗憾，我想在这一部小说里尽可能减少遗憾。我记得我是在凌晨4点钟写完初稿的最后

①《深圳商报·文化广场》主编。

一个字的，我坐在桌子跟前，回想了一下，我在问我自己，我是否完成了我当初的基本构想？我觉得好像完成了，但是不是很好地完成，我不知道。我每写完一部作品，总显得很麻木，无法判断。这一次也一样。我很看重这部小说，我很快就把这部小说找朋友打印了几份，送给我周围的几个朋友，让他们帮我判断，他们说好，我就放心了。我很快就得到了《收获》编辑部和人民文学出版社的消息，他们决定发表和出版这部小说。

许多人和你一样，常常用农民收获的感受来比拟作家写完一部作品的心情，但我从来没有过这种心情。我是从农村出来的，我知道收获后的农民是个什么样子。收获庄稼是一个结束，但一部作品的完成不是结束。它的路程还很长，只要有阅读存在，作品就不会真正完成。所以，只要有人还在读我的作品，我就很忐忑，当然，听到好话，我还是很高兴的，也许还会得意，就像农民在田间地头听别人夸他的庄稼的长势一样。

我的每一部作品的写作，不管长短，都是一项艰难的工程。我的幸福感来自于我的职业。

张清：由于小说时间跨度大、所写人物和故事繁多，给它一个简单的概括很难。让我来尝试一下，你看我的概括和理解是否可以？小说写的是上个世纪中期至上个世纪末中国西北一个叫符驮的村庄里几十个农民的形形色色的故事，其中包括革命干部、村支书、地主、教师、农村妇女、人口贩子、光棍、寡妇、唱戏班的、工农兵大学生、农民企业家等，他们以他们自己的方式应对和经历了土改、合作社、反右、大跃进、"文革"、改革开放等等，整整半个世纪中的一系列重要历史事件。小说意图通过对这个人群的真实的生存状态的描摹，揭示中国农民的性格——愚昧、顽劣，有着原始的狡黠，也不乏宽容和善良。

杨争光：这样理解当然可以，但我更关心的是你是否喜欢读这部小说。我以为，对一部小说来说，"喜欢读"和"怎么理解"前者更重要。"怎么理解"是可以商量的，"喜欢""不喜欢"没商量。

张清：小说我是一口气读完的，一大堆村夫野叟的故事纷至沓来，活泼好玩，不思考也就罢了，一思考就产生了一种蓦然回首的惊诧——热闹的故事背后站着一个思想：中国自耕农几千年封闭的生产和生活方式使农村形成了一个自我封闭的、相当成熟的生态系统，从这个系统里进化出来的农民性格根深蒂固。这种性格使得他们对任何外来力量和外来挑战具有一种天然的消化能力，任何要求他们变化的新东西最后都被他们变成了自己的东西。我甚至看到了你对中国农民根性的绝望，比如小说最后老支书北存死了，他的儿子接班上任，好像预示一个新的轮回开始了。我想问，这是你的思想，还是我看走眼了？

杨争光：有一些问题，比如"农民根性"，我们在这里无法讨论，很麻烦，暂时不说。还有，我不相信轮回，我们目前正在经历的，常常有似曾相识之感，这不是轮回，人类还是一直往前走的，但是不是比过去更有道德、更高尚、更文明，则需要判断，而且还需要判断的勇气。这又成问题讨论了，很麻烦，不说了。

张清：接下来我想和你讨论一下小说的语言和叙事结构。先说语言。在这部小说里你大量使用了西北农村方言，朴素而幽默。如农村吃大锅饭时为了限制食量，给农民发了又小又不结实的碗，农民三娃给这种碗起了个名，叫"三尿碗"。何谓"三尿碗"呢？三娃解释说这碗是"没舀就满尿了，没喝就光尿了，没端就打尿了"。

用这种语言来写农民的苦难，应该是黑色幽默吧。我觉得，这语言是你的，因为是你把它写出来了；但又不是你的，因为真实生活中的农民就是这样说话的。你说呢？很多写农民的作品，写得太沉重了，那是不真实的。其实，长期生活在穷困和不幸中的农民也有幽默和自嘲的智慧。因为岁月艰辛，他们更需要这种智慧来化解痛苦。

杨争光："三尿碗"不是我的发明，真有一个人说过这样的话，真成了反革命分子，我把他改成了右派分子。如果说有黑色幽默的话，则是，"三尿碗"是幽默，而黑色在于"改"。

张清：再说叙事。小说中的故事是很分散的，有人可能会说这种结构新鲜，因为它不同于那些常见的扣着一条故事主线和几个主要人物讲到底的长篇。但我不这么认为。首先，这种叙事是中国文学的传统，《史记》是这么讲故事的，《水浒传》《儒林外史》也是如此；其次，这也合乎中国老百姓日常生活中张家长、李家短的讲故事习惯。因此，我倒认为你的这部小说具有地道的"中国特色"。当代很多小说家特别看重形式，甚至为形式而形式，把形式看得高于一切。我想知道你采用这种叙事方式是基于什么样的理由。

杨争光：我原想用四个故事组成一个长篇小说，后来放弃了。我觉得，讲故事有它的好处，也有它的局限。把一个故事分成许多故事来讲，也许会增加它的内涵，扩大它的外延。把一个故事讲好相对好办一些，把一个故事分成许多故事去讲，讲好，让它们形成一个有机的整体，要难得多。它不容易藏拙，不容易投机取巧。我选择了相对困难一些的写法。

张清：你尽管在农村出生、长大，但从你1978年上大学算起，你在城市生活的时间早已超过在农村的时间。从世俗生活的角度看，你在城市混得很不错，叫许多人羡慕。你在天津工作过，在西安电影制片厂当过多年编剧，现在又是深圳作协的副主席。你写过电影《双旗镇刀客》、电视剧《水浒传》，策划过《激情燃烧的岁月》，人称影视界一"大腕"。你在城市可是活得如鱼得水啊，可你为什么一写小说就往农村跑？究竟农村的什么东西叫你如此着迷？

杨争光：我听做生意的人说，想挣钱就做你熟悉的生意，我想写作也是一样的。要写作，就写你熟悉的。我熟悉农村，熟悉农民，我在城市就是住到死，说到底，还是一个农民。我记得有一个笑话，一条蛇钻到水里去了，出来一只乌龟，有人对乌龟说，你以为你穿上马甲我就不认识你了？我就是穿上马甲，也是一条蛇，不管钻到什么地方，也不会变成乌龟的。当然，我常常以农民作为我小说中的人物，还基于我的一个认识，这就是，中国是一个农民国家，中国的城市到目前还是都市村庄。农民的根性渗透在我们的各个方面，我们的行为方式，依然是农民的行为方式。如果SARS是一种冠状病毒的变种，再变也是冠状病毒。把土豆切成片，炒一下依然是土豆，再炒一下，还是土豆。要让土豆不成为土豆，得改变它的基因。就人来说，这需要一个漫长的过程，而且还得清醒。

张清：我看到过批评家朱大可对你的小说写的一篇评论，把你的文学归为"后寻根主义"。你觉得他的评价对吗？

杨争光：我从来没有参与过正规的文学讨论，就我的创作来说，我更像一个游击队员，我不知道我是不是属于"后寻根主义"，也有人把我归为"先锋派"、"乡土派"、"新历史传奇派"，他们都有他们的道理，但我想，对一个作家的创作来说，吃喜欢吃的，做喜欢做的，最好是"我派"。还是那句话，我更看重喜欢读。无论你什么派什么主义，读者不喜欢读，你就得干瞪眼。

2003年

注：本篇标题为作者收录本文时所拟

第四辑

关于剧本创作

卧在纸上的灵魂
——关于电影创作与小马①的对话

我的电影生活很单纯

小马：我们从回忆过去开始，您曾经说过您在四年级的时候就立志要做作家，但有关电影的志向是什么时候建立起来的呢？应该比较晚吧！

杨争光：那非常晚，但喜欢几乎是与对文学的喜欢同时的。我是长在农村的，那里不仅书籍非常缺乏，与电影的距离也比较遥远。因为农村的条件——放映条件有限。所以我会有跑八里或十里地去邻近的村子看电影的经历。十里地不算远，跑着就去了。电影本身给我留下了多深的印象另当别论，重要的是看电影的情景。去的时候是急切的，回来就轻松多了。月光下的乡间小道上，我和我的同伴们，男男女女在一起，胡乱谈着，不一定是在谈这个电影，也可能是别的事情，这种情景无法忘怀，是我童年记忆的一个部分。我在文化大革命中度过了中学时代，高中毕业后又在农村干了

①小马：马聪敏，陕西师范大学新闻与传播学院副教授。

四年的农活，在临近考大学的那一年，我到宝鸡的姑姑家去，她带我到礼堂里去看电影，看着电影上的字幕，我突然有了一种冲动，给姑姑说："姑姑，我以后也要把我的名字写在银幕上。"事实上那个话很盲目。虽然那时候我已经开始写作了，但并不知道未来我是否会写电影，或者跟电影有什么关系。因为电影对于我来说还是个神秘的事物，你会喜欢电影里面的人物，他会牵动你，比如剧中一个演员被打死了，我会以为他真的死了，伤口流血或者胳膊掉了等等都会触动我。但这个画面是怎么拍出来的，我们不想，也想象不出来。在我看来电影不是拍出来的而是写出来的。我从来不考虑电影是什么，只觉得它神秘，好玩。但现在的电影已经很难让我有这样的感受了，我完全可以想象出来它是怎么做的，电影是假的，它已经失去了神秘感。记得刚刚粉碎"四人帮"不久，有一部电影叫《侦察兵》，王心刚戴着白手套，摸着大炮筒，说"你们的大炮是怎么保养的？……麻痹，太麻痹了！"我们乡村的小伙伴们都是能背过的。更有意思的是王心刚出来的时候，我听见全场发出了一声惊呼，很短促，是女声："咦！"突然间让我觉得农村的这些姑娘竟然也喜欢美男，怀春好色。这第一次让我觉得电影跟色是有关系的。

小马：很有意思的是，在格非的《乡村电影》里，他也描述了《侦察兵》里这一个情景片段，说"熟悉的电影对白在寂静的旷野中隐隐约约地传来……是来自天堂的声音"。可见，"乡村"和"电影"这两个因素叠加在一起，在一代人的脑海里生出了很多美妙的想象和回忆。至于电影跟色的关系，不仅包括美男，也包括美女，你当时看电影是不是也有少年的那种懵懂的意识？

杨争光：如果说我在少年时代还有偶像的话，那就是李秀明，她演的一部电影叫《春苗》。我们根本不管它是不是什么阴谋电影。她在电影里是一个赤脚医生，为贫下中农看病，她眼睛很大，长得非常漂亮，又那么朴素，她离我非常近，对我有一种亲近感，我干活的时候或者胡思乱想的时候也许就会想起她，后来再没有过谁给我留下同样深刻的印象了。那时候我是不是也动了春心呢？她是我唯一的明星崇拜。

小马：那八个样板戏呢？同时期能够看到的八个样板戏中都是男无妻，女无夫，女性角色的性别特征也不怎么突出。我一直认为"文革"期间电影的突出特点之一是它的全民迷醉的观影状态，这个迷醉并不指电影的好看与否，而是指大家能够一致地、整齐划一地接受电影所赋予的信息。例如爱哪个人，恨哪个人，从少年的懵懂意识出发看电影，也可以看作是对这种观影状态的小小反叛吧，不知道这样理解对不对？

杨争光：在很长的一个时期，包括现在，中国人都是单一的存在，过去是政治性的，革命或不革命的，压迫者或受压迫者；现在是经济性的，有钱的或没有钱的。单一的人是无法创造丰富的艺术的。但不管怎么说，八个样板戏中有好几部我到现在还是记忆犹新的：小常宝的长辫子，李铁梅的红布衫，红色娘子军们是露腿的，这就是那个时候的色，很有限，但也迷人，或许比现在满眼的色更迷人。这都是你童年的记忆，你是吃这些东西长大的，就如同一个孩子是吃方便面长大的，远离方便面多年以后他还是喜欢吃方便面一样，他并不在乎方便面有没有营养，它是怎么生产出来，有什么政治背景，这些都无关紧要。即使今天我们理性地分析它是怎么炮制出来的，我依然认为样板戏是很精致的，它很可能是我们国家戏曲舞台上最精致的作品。比如《红灯记》《智取威虎山》这样的样板戏，还有《杜鹃山》。我喜欢这些戏和台词，这些台词是我当时文学营养的重要来源，样板戏的剧本也都是我较早接触的剧本类型，这些剧本我都看过。高中毕业后我回到农村，参加县文化馆办的培训班，学习搞创作，那个时候也搞过戏曲。应该说，我平生最开始的写作应该是戏曲，写戏曲剧本，编唱词。样板戏给我留下了很深刻的印象，包括它对音乐的改造，到现在我还是认为从技术上来说，我们还是应该有所借鉴，比如对西洋乐器的引进，音乐也是戏剧叙事的一个部分，是戏曲的重要的一个元素。样板戏中加入了西洋管乐、小提琴等等，增加了戏曲的表现力，但很奇怪后来为什么不这样去做了。杨子荣打虎上山是伴随着一段嘹亮悠扬的音乐上场的，铜管乐奏出的主题和人物、环境是一体的，妙不可言。西洋乐器的引进丰富了中国戏曲音乐的厚度和层次感，甚至现代感。在我的印象里，中国戏曲音乐是单调的，少有变化，就那么几下，一个大套子，什么样的故事都用大致相同的套路和模式。撕不开这种套路和模式。别人已撕开过，现在又回去了，是很愚蠢的。这不是保守，是自杀。我喜欢秦腔，也能哼唱几段，和搞戏曲的朋友也说过类似的话题，他们似乎也有自己的苦衷，但我还是感到奇怪。只有发展才能保护。只想着保护不想着发展，会把它抱在怀里捂在手里捂死的。现在没有哪一部戏曲能够比得上几个样板戏的整体质量，这是一个讽刺，很丢人。我曾经建议搞秦腔的几个朋友在秦腔的唱腔设计上加以改造，借鉴一下前人的成果，但他们对我的建议不太感兴趣，后来也就不了了之了。

小马：少年时代对电影的记忆可能更多的还是带着一颗童心，以儿童的心去看电影。我的儿童时代在八十年代中期，但现在基本上没有太多的印象了，只隐隐约约记得一个露天放映场，所以我很羡慕那些对自己的童年有记忆并且能鲜明感知到童年的人，童年时代看电影主要看什么呢？

　　杨争光：看故事，看人物，好玩嘛。看英雄。李向阳、高传宝、小兵张嘎，羊尾巴里夹着鸡毛信，小兵张嘎的木头枪变成了真枪，放在鸟窝里，这样的情节。我们都是五六十年代的孩子，童年在"文革"时代，成不成器没有人会管。我们提着草笼，在大平原上拔草，拾雁粪，雁粪是大雁飞过留给我们的财富，那个东西可以烧火，也可以做农家肥。割草啊、拾麦子啊等等，是和看电影一样，都是童年的组成部分，也是我们的娱乐活动。我们还和外村的孩子打仗，叫"开火"，朝对方扔土块，学李向阳和高传宝。与现在的孩子相比，我们还是有童年的，包括看电影。随着电视剧对电影的入侵，现在的孩子看电影的心境肯定没有我们那个时候的心境了。包括在银幕的反面看电影，画面是反的，但我和伙伴们依然乐此不疲。现在的父母都希望孩子成龙变虎，使他们成了中国最忙最辛苦的人。他们拥有了许多却失掉了童年。这是我们许多罪过中最大的罪过。

　　小马：你和儿时的伙伴们还一起回忆过当年看电影的情景吗？

　　杨争光：看电影和童年一样已经离他们遥远又遥远了。我领着城里的朋友回乡下去，见到我过去的小伙伴们，城里的朋友无法相信他们是我的同学。他们长期在田间劳作，比较苍老。我不敢跟他们讨论这些话题，我不能让他们觉得我很遥远。我和他们打牌，说另外的话题：孩子、土地、生意、苹果、挣钱、打工等等，不说电影。但会说电视剧，比如《水浒传》，他们知道是我改编的。他们骂李雪健，说他给皇帝磕头，屁股撅那么高，恨不能吐李雪健一口。他们不好意思骂我。在他们的眼里，我是好的，是李雪健演坏了。今天的农村电视已经取代了电影，公社大队建制时期的放映队早就解散了，农村的放映活动成了一种私人的商业行为。喜丧过事的时候为了满足年轻人的需要才会请电影。听秦腔、看电影，自由选择。现在农村电影的放映环境反而不如文化大革命时期，文革时期的电影是政府行为，可以很快看到最新的电影，尤其是那些带有政治色彩的电影。那时候有健全的电影发行和放映体制。现在电影跟普通老百姓的接触反而不如那个时候了。

小马：乡村电影的经历在您上大学后就结束了？

杨争光：对，乡间小路上的记忆结束了，但我们还是在看露天电影。文化大革命刚刚结束，大学刚刚开始招生，教学设施及各方面的条件经过十年"文革"几乎破坏殆尽。山东大学是很不错的大学，但条件也是很简陋的，在这种简陋的环境中我看到了《王子复仇记》，孙道临的配音很有磁力。还有卓别林的电影，日本的《追捕》《望乡》，还有墨西哥的《叶塞尼娅》。上译厂的配音演员的声音是我听到的最动听的汉语。汉语在声音上的魅力是他们让我感受到的。这时候作为乡村儿童、乡村少年观赏电影的经历已经不存在了，这时候的我是一个准备从事文学工作，准备以写作为生的文学青年，对电影不再有那种少年时期的朴素的感受。那种没有负担，天然的自然的感受。物是人非，再也回不去了。

小马：大学以后，看电影的频率怎么样？

杨争光：减少，逐渐地减少。改革开放是慢慢地逐渐地放开的，那个时候最先开放的是书籍还不是电影。首先是图书馆的开放，大学里的藏书可以看到了，可以和许多翻译过来的世界经典著作接触了，这时我们的兴奋点就在这些书籍上。那个时候的我比较迂腐，似乎胸怀大志，感觉到对这个民族的将来应该有所担当，所以应该做正经的事情；看电影是一种娱乐活动，不在正经的事的范围内，自然对电影有所疏远，虽然引起我兴趣并让我激动的是书籍而不是电影，但也没有完全隔绝。像山大外文系的教学片《飘》——《乱世佳人》中费雯丽的艳丽还是让我吃惊，但还是不如李秀明给我的印象那么深刻，费雯丽离我太遥远了，而李秀明可能就在我身边。很多年之后我在一家报社当副主编，听说李秀明要来，我亲自去采访她，谈了几句话后，心目中唯一的偶像就永远消失了，坍塌了。很可惜，也很懊悔那一次的采访。

小马：认为电影是娱乐的，或者说看电影是娱乐行为，这是八十年代"文化热"中的一种普遍现象吗？我隐约记得李泽厚在《启蒙与救亡的双重变奏》中谈到文艺在构建文化心理结构的方面的作用时，最推崇的是中国现代新文学，电影是不是在当时算不得是"启蒙"的一部分？

杨争光：电影人也在经历"启蒙"，老电影人在"启蒙"中唤醒记忆，寻找自我，还来不及或无力拍出具有真正启蒙意义的电影。意识形态的开放在那个时候也是极其有限的，对电影的限制很严。批《苦恋》就在那个时候，所谓的"反资产阶级自由化"也在那个时候。但这也可以看作是一种"启蒙"，这样的"启蒙"！真是"苦恋"啊。

小马：新时期的中国电影在1982年、1983年已经有了伤痕电影，第五代导演也开始崭露头角，他们的出现是否给了你一些新鲜的触动，还是说很晚才看到他们的作品呢？

杨争光：看过几部。甚至还会哼唱电影里的插曲，但触动远不如读书来得强烈、深远，所以更喜欢看书。那时候也没几部能经得起时间考验的电影。中国第五代导演，在我看来，如果说中国电影还有些辉煌的话，那是在中国第五代导演的手里实现的。《黄土地》《一个和八个》《红高粱》等等，也是他们使中国电影再一次与世界电影开始对话。我开始做电影的时候，中国电影已经到辉煌的尾声，所谓的第五代导演也开始分化。他们的电影曾经让我那么兴奋。我自己对电影的认识包括审美取向是靠近第五代的电影的。

小马："中国的小说，我喜欢《红楼梦》和《创业史》，在作家中，我喜欢列夫·托尔斯泰和鲁迅。"您在中外作家里有比较明确的倾向，那么电影呢？

杨争光：中国电影保存在我记忆中的首先是《平原游击队》《地雷战》《地道战》《小兵张嘎》等等，对它们的喜欢是对童年的喜欢。后来看到的一些电影，认真来讲，《早春二月》《舞台姐妹》《一江春水向东流》《桃花扇》等等都是有记忆的。我在《桃花扇》里看到王晓棠，惊叹于中国还有这么漂亮的女人。30年代中国电影跟世界电影的距离并不遥远，但现在距离越来越大。张艺谋的《英雄》出来以后，好像有很多评论说距离拉小了等等这样的话，这叫胆大不知羞。新时期以后我比较喜欢张艺谋的几部作品，比如《红高粱》和《秋菊打官司》，前者有原始的奔放的生命力，后者喜欢它的草根气息，一根筋。陈凯歌的电影我唯一喜欢的是《霸王别姬》。也喜欢吴天明的《老井》和田壮壮的《蓝风筝》。如果还要再说一部的话，那我要说我喜欢《双旗镇刀客》。

小马：那有没有想过要写一个类似秋菊的西北女人？

杨争光：我写电影都是订货性质的。别人找上门来说"争光，写部电影吧"。如果这个时候我正好也有写电影的冲动，我就会答应。也许找我的人有一个想法，也许我有一个想法，然后完善，得到肯定就可以写了。没人找我写一个秋菊这样的女人，我也没有这样的想法。已经有了，再写一个，没大意思吧。

小马：外国电影的部分呢？

杨争光：在外国电影中，《简·爱》触动我认真思考过男女之间的情感，爱情、婚姻，这些很重大的到现在依然重要的问题。另外，我进入外国文学是通过电影，这种情况比较奇怪。在我上大学之前只看过《钢铁是怎样炼成的》《牛虻》、高尔基的《母亲》，列夫托尔斯泰是谁我都不知道。我可以看外国的诗歌，但聂赫留朵夫、约翰克利斯朵夫这些名字我连念都念不下来。是电影《王子复仇记》带我走进了外国文学，它让我喜欢上了莎士比亚的戏剧，接着我又看了莫里哀和易卜生，然后看了《复活》《安娜卡列尼娜》。是电影帮我推开了外国文学的大门。另外让我愉快的还有商业片，所以我比较喜欢好莱坞。但这种商业片如果没有一点人文含量也不行。我喜欢那种两者都有的。所谓的商业片或者艺术片，这样的分类不知道是谁创造出来的，经常让我费解。像《空军一号》《真实的谎言》《未来战士》，声像比较好，故事也不错，很痛快。但好莱坞电影到了《黑客帝国》后离我又有距离了。让我震撼的是《公民凯恩》《教父》这样的电影，它们都是伟大的作品。我还记得第一次看《公民凯恩》时完全不知所云，然后看剧本，然后再看电影。伟大的电影。

小马：艺术片和商业片的分类，更多的时候是个提前被悬置起来的问题，我们在使用这个概念的时候，它们确切的含义、合理性等等都打了括号，不予讨论了，这种分类方法按照您所说的是一种"令人费解"的分类方法，同时它也给人们武断地认为此是艺术片、彼是商业片提供了基础。那能把两者结合好的电影应该叫什么呢？

杨争光：正像严肃文学、通俗文学都是吃文学饭的人臆造出来的概念一样。我更愿意把电影分成好看的，不好看的；有意思的，没有意思的；有趣味的，没有趣味的等等。

小马："有趣味"、"没有趣味"这同样很难判定。比如有人喜欢费里尼，喜欢伯格曼，认为他们的电影中哪怕是最细微的小细节处处都妙趣横生，但也有人觉得此类作品无聊乏味。我刚才注意到，在你的谈话中，对一些公认的电影大师并不太涉及，是这样吗？

杨争光：我看电影会碰到在阅读文学中同样的问题。比如我在文学作品中碰到了博尔赫斯，这是公认的大师，我曾经很多次试图去接近他，去看他的作品，但结果总是一样的，就是读不进去。如果说博尔赫斯是非常伟大的作家的话，只能说我跟这位作家没有缘分。我无法靠近他，无法领略他的智慧和风光。电影也是如此，比如费里尼、伯格曼等大师，《八又二分之一》等作品，我总是走不进去。这是怎么回事呢？我也问过自己，甚至怀疑自己的无能，但又想，读书和看电影跟交朋友是一样的，不对脾气，不对胃口是很难交流的，没有缘分吧。

在文学和电影之间

小马：在你的生活中，有三个城市是比较重要的：西安、北京，现在还有深圳。《我站在北京的大街上了》里有这样的诗句："站在北京的大街上，我流泪了。"能讲讲这句诗吗？在工作了几年之后，为什么要离开天津回到西安呢？这样游走的生活状态带给你什么？

杨争光：我21岁离开农村，到离家很远的地方去上学，离家乡千里之遥。毕业后分配到天津，此前没去过北京。北京跟其它地方是不一样的。北京不仅是一座城市，更是一个标志。天津离北京很近，一个离心脏很遥远的农民的孩子要去祖国的心脏了。我下了火车，经过地下通道，迎面看见"北京欢迎你"五个大字，我的眼睛突然湿润了。一个拉架子车种地的农民，竟然有一天能到这个地方，能站在那么宽阔笔直的长安街上，能站在天安门广场，这种感受我无法用语言描述。事实上我也没有给别人讲过我在北京的所见所闻，但北京实实在在地触动了我，触动了我的经历和记忆。回到天津以后，我写了这首诗。这首诗引起了意料不到的反响，一个朋友专门到天津来给我念了这首诗，然后心满意足地回去了。现在还有人能记起这首诗。我的电影活动多是与北京有关的，审批，审查，写作等等都在那儿，很多策划、剧本的完成也是在那里。天津是个灰色的城市，我觉得我跟天津没有缘分。我在那里几年的时间也没有接触到这个城市的体温，没有家的感觉。西安是个陈旧的城市，像一件旧古董。它就像是上古时期的一件旧衣服，我们现代人在上面做了一些修补。游走的状态对我并不形成什么障碍，我其实是一个"家"的观念很淡薄的人。我走到哪儿都能安定，我没有认定哪个地方是我的家。我爱看外国电影，爱看外国人写的书，但我惧怕出国。惧怕国外的饮食坏我的胃，惧怕长时间的飞机，惧怕语言不通，在外国的土地上和外国人大眼瞪小眼。

小马：1989年底您正式进入西安电影制片厂，应该说当时的西安电影制片厂已经度过了"太阳从西部升起"的辉煌时代，显现出不景气和颓败的趋势来了，到西影厂工作的主观因素是什么？当时西影厂的情形如何？最初为什么被它吸引？

杨争光：我的几次调动和转行都有具体原因，但也有潜在的欲望和渴望，碰到一个合适的机会就被调动起来了。在调动到西影厂之前，我正在办报纸，我很想要把这份报纸办好，但当时随着形势的变化，我越来越感觉到办报纸很难实现自己的很多想法，这跟我后来对电影的感觉有某种相似之处，它们都不能完全按照自己的意志来做。同时因为个性的原因我也觉得自己不适合做行政工作，我愿意做一件自己能够主宰同时又不累及他人，不给别人带来麻烦而只给自己带来麻烦，而且这个麻烦是我愿意承受的工作。这就是写作。恰好在这个时候，西影厂有一个朋友找我写电影剧本。我在大学里接触过《青春之歌——从文学到电影》这样的书，还接触过"文革"期间的两个电影剧本，像《第二个春天》等，但我对电影太不了解了。我说我不会写，朋友说没关系，你随便写。他们看过我的小说，说我的小说画面感比较强，就凭这一点，他们觉得我能写电影剧本。我那个时候还年轻，就是牛犊，给个场地就可以乱跑。我说："好吧。我写。"既然我要写，就要写得像电影剧本。"你拿几个电影剧本来给我看看"。他们就给我看了几个剧本。就这么，我写电影剧本了。

那时候的西影厂，已处于吴天明时代的末期。创作气氛还是比较好的，但很快就变得奇怪了。下坡不踩刹车。再后来就卖地、拢钱，搞股份公司，似乎要有大动作了，但没有。一串鞭炮没有噼里啪啦，潮了，只有零星的几声响，和没有差不多。西影为中国不仅贡献了许多辉煌的电影，也贡献了一批重量级的电影人。说它曾一度占据了中国电影的半壁江山是不夸张的。现在好电影没有了，人依然在，还在拍片，但大多在西影之外。西影成了无私的奉献者，可以得道德模范奖。从西影到北京的北漂，完全可以组建一个优秀的、阵容强大的电影制片厂。不知道这是西影的悲哀还是光荣。

小马：处女作的电影剧本是哪一个？

杨争光：我写的第一个剧本是《黑风景》，这个剧本跟周友朝、杨凤良谈得比较多，但后来被厂里打入了冷宫，剧组都建起来了，又解散了。到现在没有拍出来，我觉得很可惜，后来我就把剧本改成了小说。

小马：《黑风景》有什么不能拍的原因吗？

杨争光：我不知道。有人说太黑，我觉得他们奇怪。难道起了个名字叫《黑风景》，它就黑了吗？

小马：可能意思是太残酷。

杨争光：残酷又怎么样？人不残酷吗？看看人的残酷有什么不好。动物世界残酷不？不也是电影吗？它的残酷是自然的残酷，人的残酷不但有自然的还有人为的，是双重的残酷。人不能看自己的残酷吗？何况我并不觉得那个故事有多残酷，也不怎么黑。黑而残酷的事每天都在上演，拍部电影却是不行的。

小马："有人"是什么人？他们的意见可以决定这部电影是否投拍？

杨争光：我现在还记得西影厂文学部讨论这个剧本时的情景，很滑稽的。因为我刚刚调到西影厂不久，对电影还满怀虔诚。文学部的人大部分也不熟悉。我端了一个茶杯，拿了一个笔记本，带着钢笔，准备记录各位老师和行家对《黑风景》的意见，以便修改。结果大大出乎我的意料。连续两三个人的发言拳头一样就把我打懵了。他们提出了诸如"西影厂为什么要找人写这样的剧本……拍这样的电影，要把西影厂引到什么方向上去？"我觉得《黑风景》"黑不黑"另当别论，但我自己在参加研讨会前的准备、心态和研讨会上的一切整个是黑色幽默。许多年以后还有人提起这件事笑话我。那几位先生发言时的表情和模样我记忆深刻。一个剧本和西影厂的发展方向连在一起，让我觉得不可思议。他们的脸色、表情、语言合在一起的形象让我憎恨。他们其实是作为审查者的形象出现的，不是在讨论剧本。可见中国所谓的电影审查，病态的电影审查是有民间基础的，是有土壤的。当然现在的情况发生了改变，我不知道还会不会有人这么说，会不会有人对这样的剧本感兴趣。这部片子对我对友朝来说，都是一个遗憾。这个故事的编剧是我跟芦苇两个人。那个时候我刚刚开始写剧本，芦苇已经写了很多剧本了。我是第一编剧，芦苇是第二编剧。芦苇改了一稿，没改好，我又改了第三稿。后来，在不同的时间还改过，还是不想放弃嘛。改过的稿子我现在都还有保存，但依然还是没有拍。

小马：第一个投入拍摄的电影剧本应该是《双旗镇刀客》吧，

这部电影的缘起是什么？创作过程是怎样的？

　　杨争光：《黑风景》后碰上了何平。他已经有了一个大致的想法。这个剧本本来打算让芦苇写，但他好像没有时间，就找了我。当时我也没有什么负担，也不怕写坏。回到报社后我跑到咸阳搞了个报纸的发行活动，拿了200块钱给咸阳政协的同志去负责召集会，我自己埋在一个宾馆里，七天的时间就把剧本写出来了。那个时候年轻气盛，写完后觉得还不错，自己挺喜欢这个剧本。过了一个多月两个月的时间，何平给我打电话说，"争光，你到厂里来领稿费吧。"这是我跟何平两个人的合作作品，我是第一编剧。当时一个电影剧本是4000块钱的稿费，我们两个人每人两千，交了300块钱的税。这已经是我领到的很多的钱了，我很高兴。那年11月，我正式调到西安电影制片厂了。进厂后的第一件事就是给《双旗镇刀客》采景。我们跑到甘肃，在兰州租了两辆吉普车，行程万里，终于意外地发现了一个古城堡，叫许三湾城，是汉代留下的，四面围墙，保存完好，但里面什么也没有。美工钱运选设计，在里面搭了电影中那几条街道。那个时候这个班子的人都非常朴素，我也喜欢这种合作的工作方式，那也是我第一次到中国所谓的西部。我写《双旗镇刀客》这个剧本的时候走得最远的是宝鸡，剧本里的环境和场景是在想象中完成的，到了戈壁滩以后才知道这世界有多大。就是在这个时候，我有了《赌徒》的最初的构想（拍成电影以后叫《黄沙·青草·红太阳》）。何平那个时候非常质朴，非常敬业，他肯干，卖力，是他电影创作中最好的状态。剧组中的所有人都很优秀。他启用的两个主演，都是非职业演员。饰演孩哥的叫高伟，是体校的学生；饰演好妹的是个十三岁的中学生。到现在为止，我依然认为，这部电影是目前为止把我的剧本拍成电影以后最好的。

小马：从当时的西影厂来说，1989年还应该处在计划经济体制下，专业的电影编剧在制片厂的生产体制中处于什么位置呢？有没有比较明晰的分工？剧本完成后，编剧还会继续参与电影在后面的生产吗？从你刚才的谈话来看，像采景这样的事，完全是自己想或者不想的问题，其实是不在职责范围内的。

杨争光：当时的电影厂都有文学部，大部分是编辑还有几个专业编剧。现在似乎都新体制了，取消了文学部，不养专业编剧了。编剧就是写剧本，可以不参与后边的生产。我大多的情形是交了剧本完事，但有时也参与看景，根据选定的景再收拾剧本。我不喜欢电影的生产，麻烦，啰嗦。对我来说，写好剧本，这部电影不仅在纸上也在想象中已经完成了。拍出来的和我想象的是否一样，我是管不了的，也无力管。这也是编剧的尴尬。你写了，但无法主宰它的命运。所以我更愿意写小说。

小马：80年代中期及以后，电影界就一直在探索娱乐片、商业片的问题，90年代以后1993年电影的新体制也在逐渐成形，目标都是要走出中国电影的市场困境，解决电影市场的滑坡问题。《双旗镇刀客》的拍摄在可看性上是怎么考虑的，电影当时的预算是多少？票房收入呢？据我所知，在香港，《双旗镇刀客》在一家戏院连续上映72周，创下了内地华语片在港上映的纪录。

杨争光：拍一部好看的，真正意义上的西部片，预算是120万，据说花超了20万，为此剧组的人受到了处分。我有一天到厂里去，突然发现厂里贴了一个公告，上面写到某某某做什么用了多少钱，其中有一条是请杨争光吃饭用了多少钱，好像是二三十块，其实是因为大家凑不齐钱了，给我加的罪名，很滑稽的。就算吃过饭，也是应该的。因为写剧本时，我还不是西影厂的人，采景之前才正式成为西影人的。采景回来后制片主任要给我们每人发10元钱的补助，吓得我不敢拿。我觉得很奇怪，我领了工资和稿酬，出去工作还要发钱，这不合适吧。后来他们拿这个事编段子笑话我，笑话了好几年。剧组的生活对我充满了新鲜感。比如采景就是非常好玩的，大家的关系也很融洽。我第一次跟这样的团队出去，很喜欢这样的工作方式：一帮朋友在一起，讲笑话，听音乐。我们的吉普车上放的是美国西部电影里的电影音乐，我到现在还能记得那个旋律，"滴滴答滴答，滴滴答滴答"，都快20年了，我还记得。那时候盛行跳交谊舞，到兰州和敦煌，制片就领我找歌厅，用一个破记者证混进去，不掏门票，还帮我找舞伴。一路上，我跟何平住一个房间，等我回来的时候，他把洗澡水都放好了。他对我非常照顾，让我感觉到这个集体很温暖。有一天，到一个饭馆吃饭，正碰上有人结婚摆宴席，人很多，以为我们是娘家人，就这么混着吃了一顿，还给我们发纸烟。这一切都让我觉得电影工作是非常美好的一份工作。

事实上，《双旗镇刀客》拍成后，由于各种原因，我不清楚具体的原因是什么，好像是有人给电影局写信告状希望不要通过这部电影，它的票房并不好，但认识到这部影片的人越来越多。如果在谈到中国所谓西部片的时候呢，都会提到这部电影。

小马：对，《双旗镇刀客》有点慢热，从它得奖的经历来看，1991年先是在国内拿了金鸡奖最佳美术，1992年分别在香港和台湾，拿了香港金像奖十大华语片奖，和《中时晚报》商业映演类大陆优秀电影奖，同年在日本拿了日本夕张国际惊险与科幻电影节最佳影片奖；1993年，何平拿到了柏林国际电影节青年电影导演奖。更重要的是它在电影爱好者和发烧友中的口碑，似乎是越往后越受到普遍的赞誉。你现在怎么评价这部电影呢？它是不是如大家所说是真正的武侠电影？或者说真正的西部片？

杨争光：它可能有这样那样的缺陷，但特点突出，流畅，舒服，味道纯正。摄影和美术也不错，辽阔、神奇、不失朴素。小故事有大张力。有中国西部独特的人文和自然的蕴涵，一部耐看的影片。也许是迄今为止最纯正的中国西部电影。但不是武侠片。我没写过武侠电影，我更愿意称它为西部传奇。我所有的传奇故事中都没有侠客，与武侠无关。就《双旗镇刀客》来说，孩哥不是侠，一刀仙和沙里飞也不是，尽管沙里飞自称大游侠。关于侠，我信服鲁迅的说法，在他的小品文《流氓的变迁》里。侠在中国是一个怪胎。这是另外的话题，可以在另外的场合说。

小马：《双旗镇刀客》是把《天地英雄》里的一段提出来独立成篇，是这样吗？

杨争光：这是何平后来的说法，当时没听到。

小马：西安电影制片厂在80年代中后期就有《人生》《黄土地》《野山》《盗马贼》《红高粱》《黄河谣》等享誉中国影坛和世界影坛的所谓的"西部片"，在这部影片进入创作阶段时，有拍摄西部电影这样的明确观念吗？

杨争光：在构想这部电影的时候，我们就说过："要拍真正的西部片。"依我看，《红高粱》《黄土地》《老井》等等这些影片的价值和审美趋向更多是中原文化的，也可以称它为黄河文化、黄土文化，不是西部的。电影对西部的开发极其有限。另外，如果要有武打的话，我们不要港片那些飞来飘去，半天也打不死人的武打设计，要就要一刀见血，出刀就要死人。就这样来搞。我还说要搞，就连续搞三个。我之后的《赌徒》其实也是为何平设计的。但设计是设计，它后来的命运跟我当初写这个剧本就完全不一样了。看见真正的戈壁滩时我就想，如果有一个人，骑着一匹马，到处去赌博，很气派的。戈壁滩上，人烟稀少，开着车睡觉都不会发生车祸的。那里天非常大，人非常小，你要发出声音会感觉声音是从脚底下升起来的，说得比较粗俗一点，站在戈壁滩上，撒尿都很畅快。"天像个瓦盆一样"，这是我小说里的句子。一个人走在路上，牵着一匹牲口，你可以跟它说话，或者自己跟自己说话。在这种地方，什么事情都可能发生。这便是《赌徒》的最初设想。光有这么一个人也不行，还应该有一个女人，她爱这个到处骑马赌博的男人，还不行，这种一对一的关系是不够的，还应该有一个人喜欢这个女人。于是就有了《赌徒》里的人物关系：一个脚夫喜欢一个女人，女人喜欢骑马的赌徒，赌徒最终输在了一个小孩的手里。狗撵兔的关系。我把它写成了电影剧本。但又遇到了很多的麻烦，比如投资的问题、审查的问题等等。审查时他们甚至连《赌徒》这个名字都不让用，事过几年之后这部电影真正拍摄放映也没有用这个名字。剧本本来是为何平设计的，但最后何平没有拍。我喜欢这个设计，拍不成电影就写小说。几年后，本子到了友朝手里，他拍了。在布拉格国际电影节上也拿了最佳影片奖。但我自己认为这个电影不如小说好看。

小马：您怎么给西部电影下定义呢？

杨争光：西部电影的提法是怎么提出来的，具体情形我不太清楚，应该和美国的西部片有关的。美国西部片包含了冒险、英雄、美女、正义与邪恶等诸多类型化的元素。中国的西部电影还是一个有待开发的领域。中国西部有多民族多宗教的文化特征。从自然地理和人文地理上都有深厚的积淀，西部有西部的生存历史、生存环境、生存方式，也有它不同于别处的人情世态和精神内质。至少中国西部电影应该和这些东西发生关系。

小马：说到这里，我想和你谈谈"结尾的意义"这个话题，我发现不管是剧本还是小说改编，拍成电影后，改动最大的往往是结尾。具体到《黄沙·青草·红太阳》，据我的了解，这部电影前后有两个结尾，一个是牛二死了，被马九吊死了，八墩也死了，甘草带着孩子走向远方。但一个美国人看了以后，说这个结局没有突出甘草的性格，没有体现出甘草对自我的认知，所以改成八墩没有死，甘草自己选择离开了八墩。最后的镜头是甘草和孩子掩埋了牛二的尸体，在牛二坟前，甘草对琐阳说"以后咱娘俩过"，锁阳说"行吗，娘？"甘草肯定地说"娘行"，然后故事结束，这对剧本的结尾修改得比较大。

杨争光：剧本最初的设计是赌徒跟小孩赌了一把，输了。这个主意还是周友朝出的，我觉得很好。然后女主人公把马捅死了，然后这个小孩一个人跑到戈壁滩上喊，我的马我的马。友朝对这个剧本的看法和我分歧比较大。他觉得这个剧本缺什么东西，我不觉得缺什么东西。故事和故事是不一样的，看你想要什么。我觉得我的剧本里已经有我想要的东西了，并且是饱满的。剧本里的人物比较舒展，唯一不太舒展的是脚夫，他没法舒展，因为他喜欢的女人不喜欢他，面对女人，他是弱者。但他执着，他是为情敌死的，也是为自己喜欢的女人去死的。也只有脚夫这种草根人物能这么做，愿意这么死。他也是为自己死的，以死为自己喜欢的女人做了最后的表达。对于友朝来说，也许这是他的第一部重要作品。我在《当代电影》上为他写过一篇千字文——《友朝的第一脚》，说他踢得不错，没有踢歪。友朝是一个对电影十分热爱的人。我跟电影界的接触让我认识了许多像张艺谋、周友朝这样热爱电影的、敬业的、值得敬佩的人，他们都是有精神的。这种感受比我在文学圈子里认识的人要强烈得多。

小马：你在前面说"这个电影（《黄沙·青草·红太阳》）拍得不够出色"，我在一篇文章里也看过，就这部影片，周友朝导演也说"剧本不是我最喜欢的，没有全身心投入"。这算不算是一种互相的推卸责任还是一种争执，如果听到对方说这样的话，会不会感觉到比较受伤？

杨争光：友朝对剧本的看法我是知道的。"没有全身心投入"似乎不是友朝的性格。在西影厂的朋友中，我和他交流最深入，最默契，也最直接。他是那种有自己的想法的人。他说的应该是实话，我不以为是推卸责任，而是对自己的反观。我说"拍得不够出色"，也是真实的感受，也应该有技术对摄制的限制因素吧。但并不责怪。责怪也没有意义。电影没有达到我的预期，我有小说。

小马：跟周友朝的合作应该是三个本子，《黑风景》没有拍，还有一个呢？

杨争光：还有一个是《流放》。最初的想法是我们和张汉杰一起谈的，但结尾不是现在的结尾。因为当时的大环境与现在不一样，原剧本的结尾与我后来的小说，与滕文骥导演的电影结尾都不一样。电影是晚几年才拍摄的，气候季节变化了。剧本写出来以后，西影厂不拍，但我觉得这个题材放弃太可惜，就决定把它写成小说。电影剧本写成小说，难度远远大于把小说写成剧本。我花了整整一年的时间，写了三四次才把它写成。在我看来，这是个有意思的东西。小说发表在《收获》杂志上，得到滕文骥的注意，要把小说再改编拍成电影。我给友朝写了两个剧本，一个是《黑风景》，一个是《流放》。把《流放》给滕文骥之前，我给友朝打电话说："友朝，我是个编剧，我总得吃饭。西影厂每个月给我发二三百块钱的工资，根本不行的。我给你留一个，卖一个，反正西影厂都不愿投资。"友朝说"把《黑风景》留下吧"。就这么把《黑风景》留给了友朝。现在依然还是个剧本。

小马：《流放》的剧本和电影我都看了，电影改名叫《征服者》，我的确觉得剧本比电影好看。但同时也有两个问题比较困惑，一个是为什么要写教民，白莲教教民，如果要说明为什么流放，其实可以有很多种原因；如果是教民，好像很难让观众有认同感，人物的牺牲要产生出悲剧意味就更难一些。另外，在剧本中刘杰三和徐爷之间的对峙还是很带劲的，但画面拍出来，对峙感不强，形成不了紧张的力量。我看这个电影的时候，比较直接的感觉就是演员们比较散，好像大家的劲不知道要往哪儿使，是不是导演和演员对剧本的内核不太清楚的缘故？

杨争光：我觉得《流放》的主旨是清楚的，就是精神对峙。就我看来，中国历史上一直存在着要从精神上消灭异类的欲望和事件。选择教民，会使这个主旨变得清晰一些。用白莲教，完全是用了一个名字，和电影审查有关。改编之前，我和滕文骥导演进行过比较深入的交流，他也喜欢这个剧本。拍成这个样子我不知道他满意不满意，反正我不满意。电影的结尾和剧本不一样，可能是担心审查通不过。电影的结尾比较模糊，用字幕交待女人和孩子的后代也许就在我们中间。但我剧本的结尾是这个孩子生下来以后是个傻瓜，那么多人用生命极力保护的到底有没有价值有没有意义？这也是小说的结尾，和剧本一样。我是喜欢这个结尾的，不喜欢电影的结尾。这个电影呢，我很不满意。我觉得女主角陈红是个不太会演戏的演员，没看到过她的出色表演，也许我看她的电影太少。如果要检讨剧本的话，我认为我的剧本中给这个角色写的戏也不是十分精彩，这是我的短处。我碰到女人的时候很弱智，拿女人没办法，可能是我不了解女人吧，我不知道。其实我是很热爱女人的。我为什么把女人写不好，我觉得很奇怪。可能太喜欢她们了，总是把她们放在高处拉不下来。严格说来，《流放》，（电影叫《征服者》），是两个男人的戏，两个男人的对峙，即使死了，对峙也没有结束。

小马：这让我想起了您写过的众多的男人之间的关系，比如老旦和大旦这样的父子，杨明远和杨明善这样的兄弟，这好像是您特别喜欢表现的人物关系。

杨争光：这跟一个人好喝哪个牌子的酒是一样的。我就偏好这一口。我喜欢对峙，喜欢较劲。我当然也喜欢男人和女人较劲，但我写不了，我觉得男人和男人之间的对峙更有力，因为我对女人没办法，这与我的性格和心理有关系，别人可能就不存在类似的问题。《征服者》这个名字不如《流放》好。当年滕文骥同时开拍了两部电影，还有一部是《香香闹油坊》，都是陈红主演的。拍摄开始很不顺利，老是发生这样那样的事情，有一个算命的说这个电影的名字不好。电影圈很多人信这个，这个风气从哪儿来的我不知道，好像从香港那边过来的，开拍之前要烧香啊什么的，在风险中寻找心理定力，排解不安，也是期待的一种方式。我对滕导是很佩服的，他机智、幽默，聪明而且很懂音乐，他找常宇宏作了《征服者》的音乐，这个音乐做得是很好的，得了金鸡奖。当然这部电影并不是一无是处，但我个人并不喜欢。

小马：《杂嘴子》呢？这是我在您的作品中最喜欢的一部小说。电影也很让人喜欢。

杨争光：《杂嘴子》是我跟刘苗苗在闲谈聊天中萌生的。聊天的时候聊起了小时候我爱说话，村里的人都叫我杂嘴子。很多人喜欢《杂嘴子》里所体现出来的那个孩子的活泼的生命力，好多人也喜欢"清晨像一碗清汤面"这样的句子，农村清晨的那种感觉，用新鲜的方法表达出来的时候能够让人联想起农村田野上的清晨那种空气。电影是儿童电影制片厂拍的，条件非常艰苦，而且投资非常小，七十万人民币，如果跟当时的美元相比，就是用七万美金拍了一部电影，结果这部电影在电影节上还得了奖。刘苗苗是很聪明，很有才华的女导演。她在很年轻的时候，也就是二十多岁的时候，应该算是中国电影史上独立执导电影的最年轻的女导演了，创纪录的吧。现在有地下电影，恐怕这个纪录已经被打破了。

小马：您怎么会认识她呢？

杨争光：她当时是在潇湘电影制片厂，想调到西影厂来。我们在一起聊，很能谈得来。《杂嘴子》之前，为她做过一部八集的电视剧。后来就跟她合作写了这部电影。剧本拿到儿童电影制片厂，当时梁晓声在负责剧本。刘苗苗和他谈，我没有参与。据说他觉得这个剧本不像是儿童片，这跟我的看法发生了矛盾。我当时也比较烦躁，就撒手不管了，让刘苗苗来改。我则准备把剧本写成小说。这种情况在我的剧本创作中有好几次，如果拍摄方跟我的意见不统一的话，我不能阻止，但我可以另做，因为我还有小说这个领域。我在创作之初，不会去考虑这是个儿童电影还是个成人电影，我不看重这个东西。如果你要按儿童片去拍电影，我不反对，但我也不愿意放弃，我可以把它写成小说。小说后来发表在广州的《花城》上。就电影来说，刘苗苗经过非常艰苦的劳动，也得到了一个比较好的结果：在威尼斯电影节上得了国会议员奖。我认为这也是刘苗苗作为导演最优秀的一部作品。看到电影后我觉得刘苗苗把《杂嘴子》里的氛围拍得非常出色。

小马："氛围"具体指的是什么呢？

杨争光：孩子和孩子之间，孩子和母亲和家人之间，人物和环境之间，有一种看不见说不清却能感觉到的那种"气息"，《杂嘴子》拍出了这个，不容易，许多导演没这个本事。作家里面有一个人有这个本事，就是杜拉斯。即使是房间里两个人在说话，你读到和看到的也不仅仅是台词，还能感觉到他们的气息。

小马：您的好几部小说都是由电影剧本改成的。看来剧本写作还是给您的文学创作带来了一些启示。

杨争光：《杂嘴子》不像《流放》和《赌徒》，是因为电影拍不了，所以改成小说了。它是因为意见不合，我把它写成小说了。我总得有个渠道表达我想要表达的东西。我可以通过电影的手段去完成它，如果电影完成不了，我还有一种方式，那就是通过文字来完成。和电影结缘给了我的小说创作一些意想不到的后果，是我始料未及的，我可能在一篇文章里也表达过类似的意思。电影是团队的艺术，需要很多人的智慧和劳动，这就要碰撞，也要坚持和妥协，在坚持和妥协中发现自己，发现一个人不可能发现的。都是说故事，塑造人物，手段和材料不一样，但本质和目的一样。电影创作对小说创作会产生撞击，小说创作也会对电影剧本创作以启示。我从来没有后悔我参与了电影。它带给我很多。

小马：《棺材铺》的电影剧本是由小说改编的，应该是先有小说，后有剧本。改编成《沙镇的故事》后影响力很小，好像很少被人提及。但至少我在看小说的时候还是觉得相当震撼的，从小说到剧本再到电影，尤其是电影，它为什么没有达到预期的震撼力？会不会觉得很遗憾，有荒废了一个好题材的感觉。

杨争光：《棺材铺》先是小说，最初发表在天津的《小说家》上。主持编辑的闻树国是我的朋友。他几年前从天津调到人民文学出版社后因为煤气中毒故去了。他当时策划了一个小说擂台赛。打擂，先找一个作家发表一篇小说，然后由这位作家点名道姓来挑战另外一位作家。苏童点了我的名，我就写了《棺材铺》。我的很多作品都是逼出来的，我的主动性是很差的。我那个时候的创作环境并不太好，朋友在咸阳给我找了个地方，写了这个小说。发表后不久，北京的长城国际公司想投资拍电影。当时他们还买了《赌徒》，周友朝拍《赌徒》是又一次从长城国际公司把剧本买回来才拍成的。这个剧本的导演叫孙诚，摄影师出身，我有些担心，但我还是把小说改编成剧本了。我那时正在北京搞电视剧《中国模特》，看到孙诚的工作台本，我有些泄气，我希望在开拍之前，让我过一遍，他说可以可以，但没等我再过一遍他就开拍了。电影的女主演是徐帆，男主演是李雪健，还有雷恪生、方青卓、李丁等，都是中国非常优秀的演员。但让我评价，我会说这部电影可惜了那一台演员，非常可惜。电影中有一些镜头让我觉得很不舒服，这些镜头在我的剧本中是没有的，比如让徐帆背着一个小方桌，在炕上搞色情，很恶俗。当然导演有他的想法，我只能算是一家之言。电影剧本交出去以后，与我就没有关系了。作为一个观众，我是可以有我自己的评价的。这部电影拍完之后，不让出国参加国际电影节，是受到限制的一部电影。

小马：受到限制，这次又是为什么呢？

杨争光：可能是因为内容吧。《棺材铺》这个名字也不让用，变成了《沙镇的故事》，我觉得这非常之荒唐。从1989年我开始做电影到1994年，让我觉得荒唐的事情非常多。许多荒唐的事是来自于我们国家的电影管理体制。作为年轻导演的第一部电影，影片出来之后，我不好太过褒贬，他有自己的想法并且要完成它。但这个剧本呢也有问题，问题依然出在女性形象上。小说依然是男人的戏，但电影要有女人，可我的本事有限。编剧没有给徐帆饰演的这个角色更好的表演余地，这应该说是难为徐帆也难为导演了。但电影的基本构架我认为还是不错的好的故事构架。也有人说，按照现在的观念，《棺材铺》也是可以拍成大片的。李丁先生有一年来西安的时候，和我谈到这部电影，表达了对这部电影的遗憾，我是同意他的说法的。

小马：在我们的谈话中我屡次听到了"受到限制"、"不让用"、"通不过"等等这样的字眼，在创作的时候，会考虑到剧本要送审，考虑到审查的因素吗？自己有没有反思过剧本屡次被修改的原因呢？换句话说剧本的审查制度对剧作家的创作会有哪些负面的影响呢？如果触碰到什么原则，你就会选择放弃这个剧本？

杨争光：在我的记忆里，我似乎生活在一个到处装有监视器的环境中。如果以审查为题目，也许能写一部很精彩的小说或电影。文革时期，你谈恋爱，和谁谈恋爱，都要受到审查，更可怕的是，连你的思想活动也要审查。审查的方式五花八门，审查你的人不是人，是组织的代表。和那时候的审查相比，电影审查就是小巫见大巫了。但实在让人憋气，也有让人可怕可恨的地方。几个他们认为不合适的镜头就可能毁掉这部电影。我的剧本《赌徒》被迫变成了《黄沙·青草·红太阳》，不知所云的一个片名。《棺材铺》被迫成了《沙镇的故事》，可以是许多电影的片名。后来写过一个《大兵》，怕《大兵》让人产生误解，就变成了《兵哥》，《兵哥》比《大兵》阳光啊。长期经受这样的审查，给被审查者造成的心理后果就是想写没写之前就不由自主地想到审查者，想到会不会通过，自己已经蜷缩起来了。中国电影许多年来就是在这样的环境中走过来的。没有人认为这是一种罪过，甚至在一些人看来，是保证电影的健康发展。蜷缩着的心能创造出健康开放的作品是怪事，是奇迹。奇迹是什么？是不可能发生的事情，有可能发生，就不叫奇迹，最多叫意外。听说现在好多了，不审查剧本了，尺度也宽了许多。这是将来的电影人的福音，对我已没有多大的意义。我已被塑造成型了。严密的审查不但残害作品，残害创作者，也残害那些代表一个机构的审查者自己。没有健康自主的个体就不可能有健康自主的群体，也不可能产生健康的精神产品。这已经被验证，还在继续验证。我不反对审查，我憎恨的是病态的审查。我写过的电影大多是我愿意写的，我放弃的是我认为有可能欺人欺世的写作。这样的稿费是不敢赚的，怕自己承受不了。我是吃一碗面就可以满足的人，不喜欢吃，花钱不多，对挣钱的欲望不大。我喜欢胡思乱想。

小马：有遗憾的片子，还有再拍的可能吗？或者按照大片的思路，把剧本重新修改一下。

杨争光：这不是我说了能算的，我当然希望能够重新拍。只要有人投资，我是愿意做的。再做也可能做成全新的东西。现在和过去不一样了，我也有许多改变。

小马：为什么在《黄沙·青草·红太阳》以后就鲜有作品了呢？

杨争光：我一直相信友朝能拍出好的电影。之前我们还合作过《陕北大嫂》，那是他和杨凤良联合拍摄的，这部电影没有什么可说的，那完全是西影厂厂长要拍，是熬资历的作品。一个场记要三部电影才能当副导演，再拍三部是联合导演，再拍一部才能独立执导。但也有人很喜欢《陕北大嫂》，还有人从法国写了很长的信给杨凤良来赞美这部电影，如果是现在我是不会写这部电影的。《黄沙·青草·红太阳》和《征服者》几乎是同时拍出来的，我同一天在北影厂看了这两部电影的完成片。那时候我已经开始搞电视剧《水浒传》了，我对电影的热情已经消退了。我越来越多地感到编剧的尴尬和无奈。电视剧也不是很情愿做的，但电视剧比电影更能养家糊口。我在一间十几平米的地下室住了十一年半，三口人，我想有一套房子，西影厂不给我这样的希望，我只能靠自己的劳动了。1989年到1994年拍了七部电影，不论好坏，在国际电影节上得奖的有四部。包括《双旗镇刀客》《黄沙·青草·红太阳》《杂嘴子》，包括《五魁》。

小马：《验身》是根据贾平凹的《五魁》改编的，这好像也是唯一一次改编他人的作品。和原小说比较起来，我觉得似乎加进去了很多民俗的东西，背媳妇、娶亲、丧葬、验身、冥婚等等，尤其是里面的灯笼、宅院、好像有意在向《大红灯笼高高挂》《菊豆》这样的片子靠拢？这部片子画面很美，光影也很出色，尤其是对红色的使用，都很引人注目。我看的时候觉得高兴的地方是《验身》里的响马、土匪、刀客的装扮比较典型了，不像《征服者》里的刀客那样不伦不类，完全没有刀客的感觉。

杨争光：《验身》是台湾版的片名。大陆公映的片名是《五魁》，台湾龙祥公司和西影合拍的。

小马：贾平凹为什么没有选择自己改编剧本呢？

杨争光：不知道，可能是自己不愿意吧。搞剧本是个很麻烦的事，要跟很多人在一起合作，有的人喜欢这种方式，有的人不喜欢这种合作方式。我对电影的热情来源于对这种工作方式的喜爱，一帮朋友在一起聊天，在一起做事，一帮兄弟姐妹。但1994年之后，我对电影的热情确实是减退了。

小马：黄建新要改编《五魁》，他的初衷是："我当时比较感兴趣的是一个善良的脚夫最后变成一个土匪的故事，由好人变成咱们观念中所认为的不好的人这样一个过程。"你接手《五魁》，最感兴趣的是哪一点？初衷和着眼点在哪里？或者这完全是一次命题作文。

杨争光：我并不喜欢这个小说。我感到要把这篇小说改成电影有很多问题。比如开头的抢女人，就有些像《红高粱》，但台湾人喜欢这个故事。黄建新可能以为我对西部有感觉，就找我来做。对我来说，有命题作文的意思。但我还是认真做了，电影结尾和剧本不一样。黄健新是个十分优秀的导演，他很聪明，很有想法，他对中国新时期的电影有很多贡献。《五魁》对于黄建新来说，可能不算优秀的电影。好像黄建新突然之间走到别家的田地里，种了一亩庄稼，在他的电影系列中很另类。拍完《五魁》以后，他又返回到自己熟悉的领域去了。

小马：《兵哥》拿到了1997年第二届夏衍电影文学奖，影片获第二届电视电影"百合奖"的评委会奖，听说这是为了赌气写的剧本，为什么在乎这样的评价呢？这个剧本结局怎么样？

杨争光：说赌气严重了，但确实是要写一个得剧本奖的剧本。西影厂不给我分房子，我的剧本没有得过奖是一个原因。那时候年轻不服气。我觉得写一个得奖的剧本不是什么困难的事情。恰好当时张纪中约我要写一个部队题材的剧本，他给我看了一张照片，是戈壁滩上一个矮土墙围成的园子，园子外边停了一辆吉普车，太阳是黄昏或者清晨的那种斜光，好像能触摸到一样。这张照片引起了我很多联想。当时我对戈壁滩已经很熟悉了，我要写一个普通的种菜的士兵。在西部，但不想写成主旋律那样的电影。中国电影写军人的作品好像很少能拿到国际电影节上去。这么一想，就有了一点野心。我想更用心地来做这个东西。于是我有了要写一个普通战士的野心。我到中蒙边境的连队和哨所采访了十天。那一次采访给了我很大的收获。剧本中的许多细节都来自这一次的实地采访。这个电影剧本虽然得了夏衍文学剧本奖，但它的命运并不好。我认为孙周可以拍好这部电影，山西电影制片厂同意请孙周来拍，我们就这个电影剧本也谈过了，他喜欢这个剧本。景也采过了。因为他要先拍《漂亮妈妈》，考虑到巩俐的档期，便推后了。就这一推，山西电影制片厂厂长易人，这部电影便没有拍成。我的剧本的名字叫《大兵》，被改为《兵哥》，挺荒唐的。剧本还是有些想象力的。戈壁滩、菜园子、一个士兵、几匹骆驼，每天在一个中心两个基本点之间游走。一个中心就是菜地，两个基本点一个是连队，一个是哨所。逐水草放牧的蒙古族小女孩和她的爷爷，使这位种菜、送菜的士兵有了温暖和幸福的期待，和季节连在一起。他教她写汉字。孤独者的精神和想象更丰富，更别出心裁。他要接替一位退伍的老兵在戈壁滩里种出西红柿。士兵们吃过的罐头盒成了他保护菜苗，菜苗不被风沙扑埋的精心设计。下雨时，整个菜园满是雨点敲击罐头盒的声响，这是他的音乐。他是想当将军的，但成了种菜的。他的将军梦是指挥成千上万的骆驼在天安门广场阅兵。"立正——"上万头骆驼正在收回它们巨大的蹄脚；"正步——走"，巨大的骆驼方队迈着整齐的蹄脚通过广场；"敬礼——"上万匹骆驼把它们的头转向观礼台……他种了半年菜，得了几个不顶用的三等功，和退伍的老兵一样回去了。连队为他举行了特别的欢送，让他痛快地打了各种枪。他当兵八年没打过枪。他回到所在城市的郊区种菜了，在自己的菜园里孤独而饱满。那个蒙古族小女孩是他偶尔的念想。就是这么些细碎的东西，没有情节的大起大落，朴素但很美。我喜欢这个剧本，但它的结局非常不好。他们背着我，把它拍成了电视电影。我后来看到了。这个剧本就这样彻底地被糟蹋了。

小马：1997年《大兵》之后，还是选择放弃了电影剧本创作这个领域，但当时找你的人很多，出的价钱也很高，《大兵》的结局可能只是个诱因，真正的原因是什么呢？

杨争光：我想写小说了，我想为自己活几年，写自己真正想写的东西，就写了《从两个蛋开始》，不挣钱但很愉快。

小马：电影史上不乏不卖座但却重要的影片，它们在出现的时候都少人问津，但经过时间的检验却日益重要起来了，现在距离1995年的《征服者》已经过去了十几年，距离1997年的《大兵》也近十年了，再回头看这些影片的时候，你认为它们是能够经受住时间考验的电影吗？现在对自己1997年以前的创作做个整体评价你会怎么说呢？

杨争光：认认真真地写每一部电影，但结果大多不好，因为各自不同的原因，拍出来的成品大多不尽如人意。一个人，一本书，一部电影都有自己的命运，编剧也有吧。

小马：现在又是什么原因让你有信心重返剧本的创作领域呢？

杨争光：因为朋友，因为《公羊串门》和《杀手》。

小马：传说《公羊串门》正在筹拍，是这样的吗？

杨争光：这个剧本同样经历了很多波折。小说是1998年发表的。北京某公司的一个制片人杨健在《文友》上看到了这篇小说。她找我改成剧本。但不知道什么原因，一直到合同到期后，这个剧本依然没有拍。西影股份公司一直想要这个剧本。版权到期后我就把电影剧本给了他们。准备让友朝来导，我很高兴，又有一次和友朝合作的机会。友朝本人是非常喜欢这个剧本的，也有很多想法。可是，又黄了，剧组都成立了，我和友朝几个人在临潼疗养院修改这个本子。用了9天的时间，上午把剧本改完，下午我就到四医大去做心脏支架手术了，等我手术做完后，剧组已经解散了。我不知道是什么原因，我想我可能跟西影厂没有什么缘分吧！具体的情境我不知道，之后西影厂又在没有通知我的情况下把剧本卖给了北京的某家公司，在上海国际电影节上都打出广告来说要拍，但最后还是没拍成。合同又到期了，杨健又买回了这个剧本，他们说准备今年拍，但今年没有拍，可能要到明年吧。但友朝没有导成这部电影，我心里还是有些不舒服。可是电影给杨健也是理所当然的。因为最初就是她让我写的。杨健很执着，让我感动。动员了我几年，终于说动了我，在去年写了《杀手》。现在两个剧本都在她那儿，就是这两个剧本，又唤起了我对电影的梦想和期待。人很贱，时不时就想让梦想照进现实。

小马：网上好像说柳云龙会自己出演这部电影。

杨争光：我不清楚，也许吧。剧本交出后，我就在担心和期待的境地里了。《杀手》的投资可能会大一些，不会马上就拍。

小马：我很高兴看到《杀手》是一个关于刀客的故事。我在想你的创作中是不是有意识地想形成关于刀客叙述的序列，或者说"传奇"故事的叙述序列，作为一名研究者，我其实是想找到一个一以贯之的东西，形成一个几部曲或者什么的？除了"刀客"的浅层表征外，"刀客"精神有没有什么更新的发展？

杨争光：编剧是一个很被动的职业，很难有自己的整体设计，有设计也未必能实现。一个一个写，每一个都有自己的东西，多了也就可能形成一个叙述序列。刀客也是一种职业，不同的故事有不同的刀客，不同的刀客各有自己的精神和风貌。写出了不同的刀客，形成一个群体，刀客共同的精神也许就显现出来了。我没精心地设计，自然形成吧。在被动中坚持自己，由不得自己也没关系，好在我没想在电影这棵树上吊死。我还有小说，这倒是可以设计也可以自己主宰的。

小马：《老旦是一棵树》，被南斯拉夫裔的导演高兰·帕斯卡杰维奇拍成了《哈里如何变成一棵树》。购买中国小说家的作品版权，由国外制片商投资，国外导演执导，完成一个他国版的中国故事，这在中国文学界是少有的，您认为这部欧洲版的《老旦是一棵树》其电影内核与小说一致吗？

杨争光：这对我是一个意外。在很多人看来，《老旦是一棵树》是很难拍成一部电影的，但法国人却拍成了。小说是翻译成塞尔维亚文以后，被发现的。他们费了许多周折找到了我，买了电影版权。基本忠实于小说的精神，故事没有大的改变，加了一个人物，环境放在了第一次世界大战后的爱尔兰，老旦成了欧洲人哈里。中国也有盗版碟，我看过，几个演员表演出色。这部电影在电影节上也取得了不错的成绩和反响。演老旦的演员也得了欧洲一个电影节的最佳男演员奖，也是当年威尼斯电影节的参赛影片。

编剧：赋予电影灵魂的人

小马：1992年的时候您说过"据说电影是导演的艺术，我自然不宜多嘴"，意思是不多说了，现在您的想法有什么改变呢？1992

年情况很不一样。编剧在电影创作中是什么位置呢？

杨争光：用"据说"，可见那不是我的话。如果要说电影是一种什么艺术的话，我会说电影是声像艺术、团队艺术。编剧在这种产品的制造过程之中，是赋予电影以灵魂的劳动，是电影的最初的设计和蓝图。电影剧本进行的同时，导演以及很多人的智慧已经进入其中了。导演是团队的领军人物。他要和团队一起，把设计变成现实，用形象和声音，让卧在纸上的灵魂奔跑、飞翔。

小马：作为小说家和编剧，自由度是不一样的，我们在谈话中也屡次涉及到这个问题。您能不能讲讲在创作过程中冲突性很强的事件？不是限于内心的，而是表现出的强烈冲突。

杨争光：冲突是看不见的。最大的冲突也许是想写不能写，或者写了没法完成。前者是和审查的冲突，后者是和实际操作的冲突。细想的话，两个冲突是有关联的。比如激情戏，写到什么程度是受限制的。看洋人的电影和中国电影，很可能给人一个错觉：中国人不会亲嘴，不会拥抱，不会做爱。现在放宽了许多。但看着总让人别扭。是演员不会演吗？可能。长期的禁忌使演员没有激情戏的表演实践，嘴亲在一起了，还是让人觉得假。就算让拍床上戏，有没有能演好床上戏的演员我都很怀疑。

小马：编剧和导演的冲突呢？

杨争光：这是每一个剧本的写作都可能遇到的。互相说服，互相碰撞。只要可以接受，编剧应该向导演靠拢。我是这样做的。包括这一次刚做完的《生日》，在做工作台本时，导演对于结尾有了新的想法，我觉得他的想法也可以，协助他做了调整。

小马：编剧是不是镜头后面那个最受伤的灵魂？我的意思是对于自己的作品，编剧到底有多少话语权，我想"导演制"或者"制片人制"都决定了编剧不是那个说了能算的人。导演固然会尊重编剧的想法，但要做改动甚至改得面目全非也是允许的，在这种情况下，编剧能做什么呢？只能眼睁睁看着这种情况发生？

杨争光：不看。闭上眼睛。想都不要去想。

小马：您碰到过投资方突然撤资或者在创作过程中就放弃剧本的事情吗？

杨争光：好像没有。有的是剧本通不过。

小马：在好莱坞的电影制造流程里，剧本的编写往往是一种流水作业，编剧组的运作方式是好莱坞类型片生产的重要保证；在日韩等国，编剧处于被强调和受到礼遇的位置。我在想，编剧在中国电影生产流程中的位置是什么样的时候可以说是一种比较理想的状态呢？

杨争光：不管是投资人还是导演，对待剧本的设计多想一点，不要粗暴地对待剧本就可以了。

小马：编剧是可教的吗？如果是可教的，怎样才能教出合格的编剧来？像一些长期从事导演和编剧工作的人诸如新藤兼人写过《电影剧本的结构》、夏衍也有《电影剧本写作的几个问题》，但也有一些类似电影编剧手册类的实用性读物：《电影剧本写作基础》《电影剧作概论》《电影剧作常识100问》等，这样的教育方式能够培养出编剧吗？

杨争光：至少是可以学的，总有一些规律性的东西。成功者的经验可以借鉴，效果因人而异。我以为在战壕里打出来的感悟比教科书管用。新藤兼人的书就比那些剧作概论好。

小马：通过这些天与您的接触，我发现您是一个做事特别认真的人。那您什么时候能判断出这个剧本"写好了？"

杨争光：事实上，我从来没有这样的感觉。写完以后，我都不敢说"我写好了"，但是会有一个基本的感觉上的判断，觉得这个剧本可以拿出去或拿不出去。

小马：中国电影界从整体上说缺乏好剧本，您能同意这句话吗？李安在上海国际电影节上好像也说过类似的话，说没有好的剧本，电影就没有灵魂，有什么行之有效的方法改变这种局面？

杨争光：不仅是缺好剧本。中国电影缺失的还有很多。别以为得了几个国际大奖就是电影大国了。电影不是孤立的，它需要生长的土壤和健康的生产管理机制。我们电影的土壤怎么样？不怎么样。活泼的思想和文化是曾经的事实，那要退回去几千年。就那么几本书，现在还在读，文化典籍、文学、艺术，几千年就是"七八个星天外，两三点雨山前"。没多少东西可以自豪。百年电影下了那么几滴雨。先天营养不良，后天补充不够。甚至人为消耗，电影是长不好的。电影乱不了天下，电影人也得不了天下，得到的只是电影。是电影伴着美国人度过一段经济大萧条的苦日子的，没乱天下，反而有助于安定天下。美国电影也是在那个时候提升了自己，进而铺张到全世界的，至今天下无敌。自己不行，学学人家也是一个途径。

小马：最近的这一次创作片子听说已经拍完了？

杨争光：对，今年上半年，西安光中公司和曲江影视买了鬼子的一个小说《瓦城上空的麦田》，请友朝当导演，找我做编剧。小说提供的契机是很好的，很可能做出一部好电影，这个电影已经拍完了，正在做后期。剪出来了，我看过了，不错。就是我刚才说过的《生日》。前一段时间又签了一个电影剧本合同，可能是一个比较大的制作。

小马：我们假设一种情况，那就是电影成品依然让您伤心，以前的剧本遭遇到的情况可能还会继续重演，会怎么办？

杨争光：能怎么办？也许会失望，也许会以为很正常。

小马：既然已经"不拒绝电影了"，那就对自己将来的电影剧本创作做个展望吧，希望能在电影剧本创作中有什么收获呢？

杨争光：没有展望。认认真真地去做，希望能有好的运气。

2007年11月

原载于《收获》2008年第4期

寻找"双旗镇"

——答曹久平①问

曹久平：讲讲您是如何与《双旗镇刀客》结缘的？

杨争光：写《双旗镇刀客》时是1989年。这个剧本原来打算找芦苇写，但他当时好像在忙另外的事，没有时间。我和何平是在《黑风景》之后碰到的，那时他那里有了大概的想法，想写一个小刀客的故事，就找我来写。我当时呢，也是初生牛犊，胆大不害怕，没什么负担，也不怕写坏，就说"可以啊"，答应了下来。我随身有个小本子，有想法就都记下来。之后自己埋头在一个小宾馆里，创作很顺利，七天的时间就把剧本写出来了。那时写完后自我感觉不错，挺喜欢这个剧本。后来何平又按照他的一些想法改了一稿。

曹久平：您和何平一起创作时有哪些共识或者分歧？

杨争光：拍一部纯正的中国的西部片；在武打上不来云里雾里的那一套，出刀就会死人；把戏做在杀人之前或杀人之后；从主角

①曹久平：著名电影美工师。

到配角让每一个人物都能"站住"等等。这些都是共识吧。分歧似乎没有，就编剧和导演的合作来说是很默契的。

曹久平：这么说当年创作时有意地借鉴了好莱坞的西部片？

杨争光：说不上是有意还是无意。我写这个剧本之前，看过几部美国的西部片，留下了一些印象，因为本身对传奇性的东西就比较敏感，这也帮助我完成了这样一个剧本。在我看来，何平在导演上吸收了美国西部片和日本武士片的优长。我记得我们那时候去采景的吉普车上，一直都在放美国西部电影里的配乐，那个旋律我到现在还能记得清清楚楚，"滴滴答滴答，滴滴答滴答"，都20年了，还忘不了。

曹久平：采景时有什么趣事？你们是怎样找到那个充满了古朴、厚重、神秘之感的"双旗镇"的？

杨争光：我们那时候先是到了兰州，然后就租了两辆吉普车，在戈壁沙漠里开着到处乱找。何平查了一些历史资料，知道附近有一个汉代的城垛，但具体位置不清楚。我们就那样一帮朋友在一起，讲着笑话、听着音乐，开着车，有一天突然之间，沙山背后就露出了这样一座古城。看到的时候只是一个空城，除了四周的土城围以外什么都没有，后来美工钱运选在里面搭了那么一条街道。

我第一次跟摄制组出去，很喜欢这样的工作方式。好玩儿的事很多，那时候地方上盛行跳交谊舞，到了兰州和敦煌，晚上作为休息放松，制片主任就带着我找歌厅，用一个破记者证混进去，也不用掏门票，还帮着我找舞伴儿。一路上，我跟何平住一个房间，常常是等我回来的时候，他把洗澡水都放好了。他对我非常照顾，让我觉得这个集体像家一样，很温暖。还有一次，我们在饭馆吃饭，正赶上有人结婚摆宴席，人很多，以为我们是娘家人，就这么混着吃了一顿，还给我们发纸烟抽。那时这些都让我觉得电影工作是非常美好的。

曹久平：很多人谈到中国所谓的西部片时，都会首先想到《双旗镇刀客》。它可以说是"中国西部片"的代表作甚至开端。按您的意思，创作之初就有拍摄"西部片"的明确概念？您现在如何评价这部电影？是否如大家所说，是真正的武侠片，真正的西部片？

杨争光：它（《双旗镇刀客》）其实也有不少缺陷，今天返回头去看，我也能看到很多不足。但我一直有一个观点，就是"不怕缺陷，只怕特点不突出"，再进一步说，就是"扬长自然避短，避短却无法扬长"。《双旗镇刀客》就是这样，特点非常突出，而且流畅，舒服，味道纯正。摄影和美术也带给人辽阔、神奇的感觉，又不失朴素。可以说是小故事有大张力。其中可以看到中国西部独特的人文和自然的蕴涵，是一部"耐看"的影片。也许可以算是迄今为止最纯正的中国西部电影。但不能说是武侠片。我没写过武侠电影，我更愿意称它为西部传奇。我所有的传奇故事中都没有侠客，与武侠无关。就《双旗镇刀客》来说，孩哥、一刀仙和沙里飞都不能算是中国文化意义上所谓的侠。

曹久平：《双旗镇刀客》的摄影的确是很有特点，尤其将孩哥在沙漠上纵马驰骋的镜头拍得很美，很经典。

杨争光：《双旗镇刀客》的摄影是很饱满很抒情的，我觉得应该得奖。我听说摄影师马德林也受了很多苦。当时条件很简陋，为了拍好马匹的运动，要跟着马并排跑，又怕摄影机不稳，只好使用很原始的办法，将他和摄影机都绑在汽车上，几个小时下来路都走不了了。我那时刚到西影厂，可佩服这帮人了。他们都很敬业，团队精神很强，这些到现在我都怀念。

曹久平：80年代中后期，西影厂一批电影如《人生》《黄土地》《红高粱》《黄河谣》等等享誉世界，以钟惦棐为代表的电影理论家借此提出了"中国西部电影"的概念。作为当年的创作者，您是如何定义"西部片"的？

杨争光：西部电影的提法是怎么提出来的，具体情形我不太清楚，但依我看，《红高粱》《黄土地》《老井》等等这些影片的价值和审美趋向更多是中原文化的，也可以称它为黄河文化、黄土文化，但不能算是西部片。

我觉得，中国"西部片"的概念和提法，应该和美国的西部片是有关联的，二者应该有相通之处。比如传奇性。美国西部片的产生是以美国西部大开发为现实基础的，淘金、冒险、英雄、美女、正义与邪恶的对峙等，在开发西部的当事人，是日常性的、平常的。但在美国东部的人看来，这种日常化的人和事就具有传奇性。当这一传奇性被某种艺术形式反映并固定为某种模式的时候，就被类型化了。中国的西部，独特的自然地理，人文地理，包括多民族多宗教的人文环境，人烟稀少，荒漠戈壁，严酷的生存现实等等，一句话，中国西部有西部的生存历史、生存环境、生存方式，也有它不同于别处的人情世态和精神内质，这里日常化的人和事，在西部以外的人看来，也带有传奇性。但中国的西部片和美国的西部片各有各的传奇。美国的西部片已经成了一种电影类型，中国的西部片似乎还没有，还在成长之中。

还有，我认为，不是拍自然地理上的西部故事就一定是"西部片"。比如，在我看来，《美丽的大脚》就不是西部片。影片中的故事和人物，放在湘西、广东山区也是可以成立的。我认为不应该将"西部片"的概念宽泛化。泛化到没了边界，"西部片"的概念也就没有意义了。也许"中国西部片"这个概念本身就没多大的意义，仅就哪一块是中国的"西部"这一问题，就很难厘清，过去有过去的概念，现在有现在的概念，有文化的概念，也有行政区划的概念，说起来很纠结的。所以，"西部片"不"西部片"，应该是理论家的事情。我是搞写作的，管不了那么多，还是别多嘴吧。

2009年

注：标题为作者收录本文时所拟

精神萎缩和想象力枯竭是根本问题
——答《城市经济报》记者问

　　《精武门》再现，《三国》《红楼》《西游》又见。又见不是出于怀念，而是出于无奈。

　　故事，缺的永远是好故事。当好剧本的缺乏已经成为中国影视行业的一个公认的顽疾，身为作家，亦是编剧的杨争光又如何看待这一问题？

文学与电影

　　城市经济报：张艺谋导演拍完《山楂树之恋》后接受采访时说，因为文学环境不够繁荣，电影缺乏好的剧本，已经成为无米之炊，作为一个编剧，又是一位作家，你如何看待电影与文学的关系？

　　杨争光：电影和文学是两种完全不同的艺术形式，电影可以从文学作品中寻找母体，也可以自我创造。电影和文学曾经有过很亲密的关系，随着电影技术的不断发展，电影观念也在不断更新，电影作为声像艺术的特质越来越突出，有可能越来越疏远文学作品。从文学作品中寻找母体的电影有成功的也有失败的，不从文学作品中寻找母体的电影成功的也很多。我的意思是电影和文学作品可以有联系也可以没有联系。如果说电影缺乏好剧本的原因是文学不够繁荣的话，文学环境不够繁荣的原因又是什么呢？

城市经济报：也就是说，在你看来，未来，电影和文学的关系并不会太过紧密。

杨争光：不知道。我不清楚（未来的事情）。电影缺好剧本，不仅是在中国，全世界都缺。文学环境为电影提供的仅是很小的一部分。

"想象力和精神资源的贫乏是全世界的问题"

城市经济报：你以前谈过，说电视剧剧本比电影剧本赚钱，是现在很多编剧放弃做电影而做电视的原因之一，但是电视同样翻拍成风，四大名著又都被拍了一遍，为什么会如此？

杨争光：我说过这样的话吗？我不记得了。应该没有。我们那时候，电视剧刚刚热起来，但写电影剧本的大都不愿意去写电视剧，认为电视剧的艺术含量低，许多人都有这样的偏见，包括我在内。

城市经济报：为什么会有这种偏见？

杨争光：认为电影比电视剧精致嘛！

城市经济报：电视剧为什么会出现这种翻拍成风呢？

杨争光：电视剧的翻拍成风是另一个话题。要说吗？

城市经济报：翻拍成风是不是也因为缺乏剧本？

杨争光：不知道。不一定吧。

城市经济报：那还是说剧本吧。在电影的制作过程中，听说编剧拿到的钱很少。

杨争光：比过去好像多了点儿，但在我看来，还是不成比例。

城市经济报：剧本是电影的基础，一剧之本，为什么编剧的所得不成比例？

杨争光：原因很复杂吧。其中有一条就是剧本作为创意没有得到足够的尊重和鼓励。影视是一个特殊的行业，一般来说，明星的所得比导演高，导演比编剧高。把这三者相比，明星对票房收入的影响是排在第一位的。如果导演对票房收入的影响排在第一位的话，这个导演肯定也是明星级的。编剧是谁对票房收入不具影响力。这么一说的话，编剧在收入分配上不成比例又有了它的合理性。这种合理性是不顾和不鼓励创意的。剧本是电影的蓝图，是最初的创意，如果它在收入分配上得不到鼓励的话，编剧这个行业也就不具有吸引力了。

城市经济报：是不是可以这么说，由于编剧的收入不成比例，许多能写好剧本的人不愿意去写剧本了？

杨争光：不是。就写作来说，写剧本的所得比写小说要好很多很多。曾经不屑于当编剧的作家里，有许多已经成编剧了。许多作家没"作"出名堂，却"编"出大名堂了。电影电视不缺编剧，缺的是好剧本。文学世界里不缺作家，缺的是好文学。在我看来，这不仅是中国独有，整个世界都是这样的。

城市经济报：欧美也缺好文学吗？

杨争光：我所说的，一半是根据我目力所能及的现实，一半是"推理"。现在要全球一体化，全世界的人都朝着一个目标奔，要在一个村庄里生活，就需要一致性，五个人在一起容易一致，十个人就难一些了，六十多亿人就难上加难。如果要容易一点的话，扔掉的只能是精神和个性，把很多拖泥带水的，很多鲜活的东西都给放下了，人就变轻了。这就是人的物质化。人就是这么不断地快速地被社会和自己物质化的。我们都身在其中，自"化"和被"化"。在我看来，所谓全球一体化的结果就是人的高度物质化。政权、政党和利益团体都在利用人永无休止的欲望这一天性强化和加速着这一过程。在这种大环境下，想有好的文学作品，怎么可能？如果说现在好的文学作品比过去多的话，那一定用的是和我不一样的标尺。如果你问我：《哈利·波特》不好吗？我会说：也好。如果你说：这就是世界经典，是人类到现在目前最伟大的精神发现！我就会想：那把托尔斯泰一类的人往哪放？《哈利·波特》也有想象力也有精神，但和我看重的精神和想象力是不一样的。人的高度物质化也是需要想象力也是需要精神的，但和我看重的精神和想象力就更为相悖。我只能自说自话了：想象力和精神资源的贫乏不仅是电影和文学显得贫乏的根本原因，也是整个人类越来越乏味的根本原因。所以，它是人类的问题，不仅仅是某一个行业的问题。

城市经济报：那能不能说现在这个时代不是一个属于文学的时代？

杨争光：文学早就被边缘化了。文学也被自己边缘化了。它跳不出自己的时代。

"我更喜欢写小说"

城市经济报：作为一名编剧，同时是一名作家，你认为编剧和作家最大的区别是什么？

杨争光：编剧是为电影服务的，剧本是电影的蓝图。小说是独立的完成品。

城市经济报：那是不是说剧本在写作时限制因素更大一些，因为要考虑拍摄。

杨争光：编剧不可能不考虑拍摄，编剧要考虑写作以外的许多因素。当然剧本也可以有相对的独立性、可阅读性，就是我们所说的文学剧本。但剧本写作首先不是为了阅读。

城市经济报：那么小说呢？

杨争光：小说相对而言就比较单纯，就是我这个故事，我这个人物，我想怎么写，想往哪走，都是我一个人说了算——如果不考虑能否公开发表和出版的话。

城市经济报：当下听说您现在自我认同的身份更倾向于作家，而非编剧？

杨争光：我没有不认同编剧，事实上我就是一个编剧，我也是一个作家。这两个我都认，我不认不行，我两样都做嘛。

城市经济报：那剧本和小说你更喜欢写哪一种呢？

杨争光：我更喜欢写小说，但并非是只认同作家不认同编剧。事实上有些时候写剧本还挺来劲的。只是总体上而言，我更喜欢写小说，因为不可控的因素更少。我的对手是很明确的，我就是自己跟自己打仗，小说是一个完成式，写完了就是一个完整的作品。剧本不可控的因素很多。一个编剧，你只能说：那部电影是我写的；不能说：这部电影是我的。

2011年

《欲望大明宫》的可能性
——答《深圳特区报》记者问

深圳特区报：创作剧本时为何选择从外国人、现代人的视角看"李杨"，创作过程是否遇到瓶颈？

杨争光：在这个项目开始的时候，就有跨国合作的意向。我想尝试一下如果让一个外国人来讲述中国这一段历史会有什么样的效果。这样做有一定的冒险性，但我还是这样做了。目前还没有得到否定性的意见。但就这个项目来说，现在才开始正式踏上轨道，还存在许多变数，变成什么样子我无法预测，但我希望它朝好的方向变化，现在也具备这样的条件。

深圳特区报：《欲望大明宫》多少带有西安官方宣传性质，您的创作可以多大程度还原历史？演绎的成分有多少？如何取舍与拼接历史碎片？

杨争光：创作一部电影，是不敢和具体的功利性的宣传联系在一起的，它有危险性。我的剧本不是这样做的。说到"还原历史"，这不论是对创作还是对历史叙述都是一个很大的题目。有人说过：一切历史都是当代史，都是当代人眼中的历史，历史是不可以复制也无法还原的，这也是我创作这部剧的理念之一。但我依据的史料都是正史的史料，不采用野史和民间传说。

深圳特区报：叙述这么一段人尽皆知（但其实人都不尽皆知）的历史，您说您讲述的还是大家都知道的那部分，如何在讲述节奏与方式上实现巧思？

杨争光：这是技术性问题，从整体结构到细部处理，都需要"巧思"，而且不仅仅只是"巧思"。很可惜的是，我现在无法向你透露具体的信息，作为一个工程，它正在进行之中，甚至还在前期阶段。我前面也说过了，有很多变数。

深圳特区报：您希望《欲望大明宫》是传统的还是现代的？是稳扎稳打的还是另辟蹊径的？

杨争光：我希望它是好看的，又是有内涵的。不光中国人能看懂能喜欢，外国人也能看懂也能喜欢。就我自己来说，我从来没有过商业片还是艺术片的意识，只有好看的和不好看的，有意思的和没意思的，有趣味的和没趣味的区别。我相信，好看的，有意思的，有趣味的就应该是能赚钱的。事实上，有很多在我看来没意思的电影也赚了钱，我不知道是我的问题还是电影的问题，或者是我和电影之外的问题。

深圳特区报：您是纯文学作家，也写过不少商业剧本，你觉得二者有什么不一样？更喜欢哪种创作？《欲望大明宫》明显是商业片，怎么把握它的商业性与艺术性的度？

杨争光：这个问题上面其实已经回答了。我在写小说或者写剧本的过程之中，更愿意把心思放在"有意思没意思""有趣还是无趣"的地方。

深圳特区报：您1990年担任电影《双旗镇刀客》编剧，算是最早引起世界范围关注的中国武侠片之一，借着这种国际经验，如何将《欲望大明宫》写得国际化？

杨争光：如果让我自己说的话，我更愿意说《双旗镇刀客》是一部中国西部传奇片，与"侠"无关。它在几个国际电影节上得了奖，很多中国观众也喜欢这部电影，但还没有到我认为的"国际化"的程度。我希望这部是。让中国和外国喜欢电影的人都能看到它并且喜欢它。

深圳特区报：您不仅是一个作家，还是一个陕西人，这种情感在你创作中会有何倾向？创作《欲望大明宫》是纯粹工作还是处于作家与陕西人的"使命感"？

杨争光：我在写我喜欢写的一个电影剧本，在写的过程中，我没感觉到我是陕西人，也没有陕西倾向，这个故事是中国的，也是人类的。比如"爱"和"爱的毁灭"，在世界的每个地方，每天都在发生。这个故事的特殊之处在于：它的主人公是具有特殊的身份，它的发生、发展和结局恰好在中国历史一个重要的节点上，如果说它是"惊天动地"的，这个"惊天动地"就不仅仅是个形容词了。

深圳特区报：最近电影《盛唐危机》（韩国郭在容导演）开

机，也是讲述李杨之恋，也是外国人导演，并全部启用韩国演员，您怎么看？

杨争光：我听说了。我不知道他们是怎么做的，所以没有看法。

深圳特区报：您排斥外国人演"李杨"吗？你心目中谁比较接近这两个经典人物形象？

杨争光："李隆基"和"杨玉环"是中国人，如果中国有合适的演员，为什么要舍近求远呢？但我这样说的意思并不是说外国人就不能演"李杨"。事实上，我的排斥与不排斥并不重要，重要的是观众。最后决定让谁来演这两个人，谁就更接近这两个人物，我相信导演和团队的眼力。我的眼力不行，看人常常走眼。

深圳特区报：《李杨之恋》改名《帝国的情感》，又改名《欲望大明宫》？为何？

杨争光：就我写的这个剧本来说，没有用过《李杨之恋》这个名字，我剧本的名字是《帝国的情感》。英文名字也是《帝国的情感》。《欲望大明宫》是投资方的提议。拍成后最终使用什么名字，现在还不知道。

深圳特区报：由外国导演说了算，怕不怕中国"历史"，尤其是"价值观"被误读？能否谈谈你和安东尼导演的"一致性"有哪些？

杨争光：电影是团队艺术，需要集体的智慧。请外国导演来导这部片子，是希望这部片子能有更好的结果。就我和安东尼导演初步的交谈，我们对人物的理解在很多方面是一致的，并不存在原则性的分歧。将来有分歧的话，我想我们会经过沟通达成一致的。

深圳特区报：如何看待这种中外合作模式的前景？（中方从演员参与升华到资本介入）

杨争光：这已经不是新模式了，早有人做过了。我认为将来会越来越多，有益于中国电影的发展和提升。

深圳特区报：有人说，中国电影工业的环节中，最差的就是制片和编剧，您怎么看？

杨争光：在我看来，所谓的中国电影工业还没有形成"工业"的规模。和电影工业先进的国家相比，如果说中国电影工业还有差距的话，是整体的差距。在这个整体中，找哪个更差，哪个最差，是没有意义的。

深圳特区报：您认为中国有哪些好编剧？

杨争光：编剧很多，好作品不多。

深圳特区报：您认为，剧本创作和小说创作哪个更难？

杨争光：都难。

深圳特区报：由于现在故事的匮乏，很多人都选择古代的题材或者是旧的影视剧来翻新，您怎么看这个现象？

杨争光："翻拍"不能算问题吧，问题在于是不是能"翻新""翻好"，"翻"出新意和趣味来。如果说"匮乏"的话，我觉得，不是故事的匮乏，是创造力和想象力的匮乏。

深圳特区报：请谈谈您最近的其他创作。

杨争光：写了一个中篇小说《驴队到了奉先畤》，年底可能会在《收获》发表。正在做一个电视剧，几个少年的传奇故事，也还要继续"杨争光文学与影视艺术工作室"的几个项目。身体时不时会跟我闹意见，我也不能不管它。借此机会，还要对关心我的领导和朋友们，说声谢谢！

2011年

第五辑

其 他

与《老旦是一棵树》法文版译者石雷湘蓉的通信

通信（一）：来信及答复

石雷湘蓉：故事发生在什么年代？是佛教思想的暗示？解放前还是20世纪50年代？

杨争光：《老旦是一棵树》和我大部分中短篇小说一样，没有具体年代，也就是说，我隐去了故事的时代背景。我以为，这些故事发生在什么年代并不重要，也可以说，在中国，这样的故事有可能发生在任何年代。我在写这些故事，企图并不在具体的时代，而在人类的某种内在精神。我不想让我写的故事发生误读，也不想招惹麻烦。

石雷湘蓉：您同时也是剧作家，是什么将您的影视剧创作和小说写作联系起来的？在您写作小说如《老旦是一棵树》的时候，文学创作过程是否和剧本创作过程有联系？

杨争光：我写过十多年诗，然后写小说，我的小说引起了电影界的朋友的关注，他们鼓动我创作电影剧本，以为我的小说有动作感和画面感，于是我又做电影剧本了，做了《双旗镇刀客》，然后调入西安电影制片厂任职业编剧。和电影结缘给了我许多的冲动，也使我的小说创作发生了一些变化。在此期间，我写了一些读者以为好看的小说作品，如《赌徒》《棺材铺》等。这些作品可以看作电影给我的提醒。中国文学界一直有所谓的"纯文学"，也称之为"严肃文学"的说法，严肃倒是严肃的，但没有阅读快感。

在创作《棺材铺》的时候，有一个曾经想用的场景没有使用，就是后来在《老旦是一棵树》中出现的那一片白菜地，它成了我写作《老旦是一棵树》最初的冲动。冲动漫延开去，就有了老旦，然后有了大旦和赵镇。它的创作本来和电影没有关系，但后来，它被一位塞尔维亚汉学家翻译成了塞文，一位法国籍导演把它拍成了电影，老旦变成了哈里，故事也从中国移到了爱尔兰。可见，不同国度不同民族的人是可以沟通的。这部电影是那一年威尼斯电影节的参赛作品，还参加了几个电影节，并获得了奖项。你们在法国也许可以找到这部电影。中国已有了盗版碟片，这使我对中国的盗版行业大为惊叹！

石雷湘蓉：您试图通过小说在读者中引起什么样的反响？

杨争光：小说艺术可以是一个时代的人类精神和智慧的标志，尽管我没有这样的力量和高度，但我在努力。一个物质和精神都已极度贫困的民族长久渴望富足，并把这种渴望付诸行动的时候，它首先扑向物质。在崇尚物质和享乐的时代，小说艺术不但是孤独的，也是尴尬的。但我已做出了选择，我宁愿是老旦，以小说寻找对手和朋友，如果扑空，那我就把我的小说当成我的自言自语。

石雷湘蓉：您小说中的叙事方式似乎源自电影的叙事手法。是否正因如此，您运用了闪回、画外音、大量的对话、音响效果、动作的描写？

杨争光：小说和电影是完全不同的两种艺术，但都是叙述：人在叙述；叙述人事人世。我不喜欢心理描写，不喜欢形容词。我更喜欢让人物自己去说去做，让他们在自己的言行中展示自己，完成自己。这和电影倒有些接近。事实上，当电影成为一种独立的艺术之后，它和小说就在互相影响。我脚踩两只船，处境很危险，我必须小心，不让它们把我撕裂。

石雷湘蓉：幽默的背后通常是令人心酸的教训。您的小说涉及一些社会问题，如自杀、谋杀、邻里之间的杀戮、恐怖主义、残杀动物。《老旦是一棵树》和其他短篇一样让人想起报纸上的社会新闻专栏，人物灵感源自现实事件，甚至是个人的经历。简言之，在您的作品中，创作和现实之间的张力如何？

杨争光：小说是虚构的艺术，而不是现实的呆板记录。但小说家不是天外来客，别人经历的，他也在经历。不同只在于，他是有心作小说的人，更为敏感一些。他关注自己所经历的，也关注别人所经历的；关注现在也追溯过去。他试图把正在经历正在发生的，和过去曾经发生的，没有发生但有可能发生的，放在一起考察。也就是说，他经历现实，但要和现实保持一定的距离。他相信自己，也要警惕被自己欺骗。近看是一群人在打架斗殴，是仇恨，是血腥和死亡；远观也许是一场游戏。把远观和近看放在一起考察又会是什么呢？我以为，这就是小说艺术。中医讲究望、闻、问、切：望人之气，听人之说，问人之事，切人之脉。小说家可以和医生一样，要做望闻问切的工作。

石雷湘蓉：在《老旦是一棵树》中，我感受到人和自然的共生共存，抑或是死亡或者轮回。这中间是否是佛教思想的暗示？

杨争光：人首先是一种自然存在，然后才是社会存在；人和人之间也是如此。如果要给这种存在关系找一个说法，我更倾向于中国文化中的相生相克，而不是佛教中的轮回。

2006年8月30日

通信（二）

石雷湘蓉：

你们好！好长时间没有联系了！

你们翻译的法文版《老旦是一棵树》已寄到深圳，很高兴这本书终于有了一个好的结果。谢谢你们！但是我还没有看到这本书，因为我一直在陕西，上半年写的电影剧本已经拍摄完毕，现正在筹备下一个电影剧本，可能会是一个大制作，准备工作得做得充分一些。我下月十号回深圳。今年写的中篇小说，已在《收获》（第六期）发表，和过去的有些不一样，现在发给你们看看，不知你们会不会喜欢。小说在附件。

为果果祝福！

杨争光

2007年11月30日

通信（三）

杨大哥：

你好！

法文版《老旦是一棵树》终于问世，我们特别兴奋，并且这本书已经出现在法国国家图书馆以及巴黎市多家图书馆的书架上，会有更多的人读到这本书，这更令我们兴奋。

不知你上半年拍摄的电影剧本叫什么名字？我们很感兴趣。不过可能等到电影发行还要有一段时间的吧？上次听你说《公羊串门》要改编成电影，不知会是哪一个公司制作，会不会也是一个大预算的片子？

我们看了你的中篇《对一个符驮村人的部分追忆》，非常喜欢，尤其是结尾部分。虽说这不是一个新的题材，但是叙事手法却很独特。最近网上总有大批的人在讨论"凤凰男"，就是指文中主人公这种类型的人吧？不过他那个年月还没有"凤凰男"这种新名词呢。

再说说我们的果果，9月份满一岁了，已经成了大孩子了，法语、中文都能听懂，也能说简单的单词。果果活泼、聪颖，是我们的骄傲。附上他的近照两张，让杨大大好好瞧瞧。

祝一切好！

石雷湘蓉

2007年12月5日

通信（四）

石雷湘蓉：

看了果果的照片。如果说世界上还有宝贝的话，你们的就是果果。

我非常遗憾的是《老旦是一棵树》的法文版里，没有我对你们表示感谢的文字。就是再好的作品，要变换成另外一种语言，并能得到认可，那一定是翻译者手里有一支传神的妙笔。法文版的《老旦是一棵树》是我们共同的作品。我希望在你们下一本译作中，我能有机会做这样的表述。

《公羊串门》将由一家北京的公司明年拍摄，投资的大小现在不能确定，关键在于请什么样的演员，到时我会把情况告诉你们的。上半年写的剧本十天之内就会做完后期，片名定为《生日》，是一部很个性化的作品，投资方希望它能够在国际电影节上有所斩获，并准备为此付出努力。我已接受西安曲江影视集团公司的邀请，正在做一部电影，投资在一个亿人民币以上，也许还会更多。故事的主体内容是唐玄宗和杨贵妃的情感，背景是安史之乱，一个帝王的情感和一个王朝由极盛到衰落的呈现。我希望能做好它，做出新意。然后我可能会继续和他们合作，做一部四十集左右的大型电视连续剧，主要人物是刘邦。然后，如果一切顺利，我还会和他们继续合作，再做一部电影，有关庄子的一段传奇。继续写小说的打算只好往后放一段时间了。但也许会在做影视的间隙，再写一个中篇小说。

《部分追忆》发表之后的反应出乎我的意料，不断有人和编辑部打电话，发E-MAIL，当然说的都是好听的话。昨天通知我，2007年的小说年选已经选入，还有几家刊物要转载。"凤凰男"我不太了解，我想写的是中国所谓的礼教文化，在生活中常常是以"纠缠"的形式呈现的，我深有体会，并常常为此痛苦不堪，几近抑郁。但没办法，因为我也是中国人。你们能喜欢这篇小说我是非常高兴的。

希望你们翻译的下一本书能够顺利出版。我十号左右回深圳。很幸运有一个朋友正好在我的身边，能帮助我很快给你们回复。

祝你们和果果一切都好！

杨争光

2007年12月5日

从《少年张冲六章》说起

——与一位青年朋友的通信

争光叔叔：

读了叔叔的《少年张冲六章》，我有诸多感慨，我问自己——为何一个人生下来就不属于自己呢？中国的孩子要为所有人活，就是不能为自己活。

为何成人总是想把自己的想法强加给孩子？我思考的结果是人们对于生命自发主动性的无知。在第五章里，对于课文张冲总是有自己的理解和思考的，其实老师和父母也可以谈他们对于课文的理解，他们之间的观点对立也无妨，因为每个人的经验都是不同的，但问题在于父母和老师给张冲的好奇和想法贴上"错"的标签并且始终有一个考试的标准放在那里，人的创造力慢慢就毁减了。

我们教育上都说卢梭发现了儿童，我发现其实卢梭是在发现人的同时发现了儿童，他喊出人生而自由平等，这就让孩子和成人站在了同一天平上。"人生而自由平等"这是人之为人的前提，我们的文化就是没有这个前提，这样孩子永无超生之日。所以我们看到的只有一个个奴才。

父母以爱的名义去奴役孩子，可是到底什么是爱呢？几千年来中国的文化里有真正的爱吗？爱一定首先是让孩子独立起来的，爱一定是让一个人成为他自己的，爱是一个多么值得我们学习的东西。

我是一口气读完《少年张冲六章》的，叔叔的幽默气质在文中有多处显露，我总是时不时地笑出声来。叔叔艺术地通过六章从六个方面立体地让张冲的个性跃然纸上，我感受到一个很有生命力的个体以及他的正义感和抗衡。在我看来，张冲在各方面的逼迫下应该已经敢于直面死亡了，他的"天才犯罪论"我觉得像是一种必然，他总要做点什么，作为他这样的人怎么可以不做点什么呢？

我一直觉得对生的沉思需要直面死亡，人只有消除了对死亡的恐惧才可以生活得更好。中国人有太多的恐惧，中国人总是习惯从家人、父母、朋友、爱情、金钱、地位、权利里寻找安全感，可是那些安全感都是虚假的，如果一个人不能从自身的内在中寻找到幸福快乐，他必然要去控制别人。中国的大多数父母都是这样的。

叔叔，我越是思考，便越发现经验和理性的限度——人们的经验并不能告诉自己以外的其他情况以及以后的情况，人们理性的结晶也不具有普世性；我又思考到人类所写书本的来源与意义——一个人寻找自己对这个世界的理解。我们应该寻找自己对这个世界的理解。

可是这个世界只有爱是有意义的，爱超越一切。人类的救赎在于爱。于是我终于也学会了爱我的仇敌，这时候我也解脱了。

真相总是可怕的，可是我想未来毕竟是未知的，冒死而活冒死而创造，活在未来之中未尝不是一种强悍的人生态度。

叔叔在最后关于爱情说的话——在我的想象里，少年的爱情比成年的爱情更像爱情。乡村少年的爱情比城市的爱情更具浪漫的气质——我也很有感触，以后再跟叔叔继续聊吧。

祝叔叔中秋快乐！一定要保重身体啊！

车晓莹

晓莹：

看了你的文字，很好。有些我们在聊的时候已经说到了，很佩服你的独立思考和自主精神。要给你说的有几点：

一、小说中的张冲对由父母和家庭、老师和学校、体制和模式所构成的社会的反抗是盲目的，青春的冲撞，它和理性距离还很遥远。成为少年犯不绝对是社会的责任，也有他个人的原因。反抗是没错的，但不择手段的反抗是危险的。这危险不仅是对个人，也是对道德理性而言的。

二、伟大的思想家的艰苦努力大多都是想找到一种普世的东西，让全人类受益，问题是全人类是由不同的文化、不同的教育、不同的道德准则、不同的诉求的个体组成的。普世的和个体的冲撞可能是永远的，我们不能因为这种冲撞是永远的就停止思考甚至不作为。

三、即使我们掌握真理，我们也要学会合适地使用它，包括使用的场所、情境、对象等等，避免我们在使用真理的时候走向初衷的反面。真理不仅是理性的，也是善的，有情感的，对真理的使用最好不构成对对象的伤害，如果出现伤害，我们的使用和努力就是浪费，甚至会和我们的初衷相悖。我还要重提那天我说过的一句话：错误只能也应该由智慧者停止。以张冲为例，如果他有足够的智慧，他的反抗和冲撞对父母、对老师、甚至对那个公安局副局长，就可能是另一种样子、另一种风貌、另一个结果……

在祝你中秋快乐的同时，我还要继续说：快乐学习，健康成长。这对你和对我来说都是要终生坚持的。

争光叔叔

2010年9月21日

答深圳大学研究生王华勋问

"履历"与写作

王华勋："文革"是您的亲历，作为一段历史，现在的年轻人又很想了解它，我们就从"文革"说起吧？可否谈谈你那时候的深刻记忆及事件？

杨争光：文革开始时我九岁，结束时我十九岁。把这十年的经历梳理一下，可以写几本书。事实上，我已经把自己的很多记忆写进了小说里。对一次长达十年的民族灾难，个人的一个两个深刻记忆是可以忽略不计的。就是说出一件两件事来，我也无法判定它是否是"深刻的"。我没有安全感，这可能是文革留给我的后遗症。

王华勋：您在您的自传《杨争光》中说"1964年，我在我出生的村庄上小学。两年后，是世界瞩目的文化大革命。我记忆最深的课文是'小猫钓鱼'和'年四旺狠斗私字一闪念'"。为什么会对这两篇文章有深刻印象？

杨争光：文革开始时我已经上了两年学。《小猫钓鱼》是"文革"前教材里的课文。《年四旺狠斗私字一闪念》是文革期间新编教材里的课文。前者是有趣的，后者是想起来让人恐怖的。"诛心"是中国的传统，到了《年》的时候，诛心已经成了全民性的，不但互诛，还要自诛。《年》篇里的那位"年四旺"就是自诛的代表。脑子里闪过的一个念头也要斗，可谓诛心之极。"吾日三省吾身"推到极致，就是"狠斗私字一闪念"。所谓文化大革命，其实是和几千年文化中最腐朽的那一部分的气息是贯通的。

王华勋：您说"四年级，我作为全县学习毛主席著作积极分子，被老师吊在裤带上，在县城里招摇了好多天"。您是怎样成为学习毛著的积极分子的？怎样和老师在县城"招摇"？现在回忆起来当时是一种什么样的心情？

杨争光：所谓的"学习毛著积极分子"，就相当于后来的"三好学生"。事实上，我学的都是课文上的东西。老师并没拿裤带吊我，是走到哪儿都领着我。给我的感觉是我是他喜爱的，想给人炫耀的一样东西。

王华勋：当全县学习毛主席著作积极分子的经历，对您以后走上文学道路是否有影响？有多大影响？

杨争光：我觉得回答类似这样的问题，需要很高的学问。我知道一个人后来从事的工作，和他当初吃的一口馍、一碗饭和走过的一段路应该有关系，但到底有多大的关系，我不懂。

王华勋：应该说是"文革"中断了您的学业，中学毕业回家后有没有想到以后还会有机会上大学?

杨争光:没有。那个时候的大学只有工农兵学员,我不可能成为这样的幸运者。

王华勋:回家种地后,您是什么时候开始为考大学作准备的?怎么想着上山东大学中文系?

杨争光:恢复高考以后,第一年没考上,原因很综合。第二年考上了。报山东大学是我们村一个老高中生给我推荐的,说山东大学文史哲名气很大,所以就把山东大学报成了第一志愿,第二志愿是北京大学。那时候的我们哪有你们这么聪明。上中文系是因为我想当作家,后来才知道这也是一个误会。大学中文系是不培养作家的。只有后来的所谓作家班好像才培养作家。其实这也是个误会,作家不是这么培养出来的。

王华勋:您说大学期间"我买最便宜的牙膏,抽廉价的劣质烟草"。为什么要这样呢?是否家境特别困难?困难是作家的沃土这种说法你是否认可?

杨争光:是因为困难。我不认可困难是作家的沃土这种说法。在快乐生活和困难的沃土之间,我愿意选择前者。

王华勋:您是1982年被分配到天津市政协工作的吧?这应该是您真正城市生活的开始,从乡村到城市在生活观念、习惯都要有一个转变,您有没有真正融入城市,这中间用多长时间来适应城市的生活?后来为什么要调回陕西?

杨争光：环境是很快就会熟悉的，生活习惯是很难改变的。我不知道什么样的程度就算"融入"。调回陕西的原因是我突然想调回陕西了，又恰好有一个机会。

王华勋：1979年，您发表了第一首诗。是您的处女作吧？那是一首什么诗？当时怎么想着当诗人？什么时候开始迷恋诗歌，是否是受哪位诗人的影响？

杨争光：不是处女作，是"处发表"作。是写钻天杨的。一个人迷恋什么是很难说清楚原因的。就觉得诗好。说不清是受哪位诗人的影响。为啥要谈恋爱呢？不一定非要受谈恋爱的人的影响吧。

王华勋：1980年，您发表了第一篇小说，写那个作品的动机是什么？您认为是什么契机使你走上文学这条道路？

杨争光：那是先一年的暑假，我妹妹结婚了，我有一种非常复杂的感受，就写了那篇小说。也可以说那是为我妹妹写的。一个校友把它推荐给了编辑部，就发表了。没有契机，小时候就喜欢。

王华勋：您创作的《站在北京的大街上》在读者中曾引起很大的反响，据说因为喜欢您的这首诗，曾经有读者从北京跑到天津，为的是站在您面前给您朗诵一次。您认为是什么打动了那位读者？您当时和那位读者就这首诗进行哪些交流？

杨争光："是什么打动了他"得问他。前一段时间我们还见过面，我很喜欢他，但从来没问过他这个问题。读一遍那首诗，就是最好的交流。

王华勋：您的诗很受读者欢迎，您后来怎样将诗歌创作与小说创作作了打通呢？

杨争光：我的诗没有"那么多"的读者欢迎，正像我后来的小说一样。写诗和写小说都是写作。小说能表达的，诗不一定能表达。碰到了诗不能表达的，又想写出来，就开始写小说了。

王华勋：您在陕北的一个小村里住了整整一年，当时是为了体验生活吗？这一年的农村生活对您以后的文学创作有多大的影响？是一种怎样的影响？

杨争光：是下乡扶贫。身份是省上的扶贫干部。你后面要问的两句，我已经在你看过的那篇短文里说过了。

王华勋：从作家到编剧的转换是主观意愿还是客观促成？

杨争光：先是朋友的鼓动，后来也就有了主观意愿。至今还处于这两者皆备的状态之中。

王华勋：您对于自己的作品大概如何评价？觉得不足的地方在哪里？到目前为止，自己最满意的作品是哪几个？

杨争光：我喜欢听朋友的评价，自己没评价，也没想到它们的"足"和"不足"，在它们之间也没做过比较，也觉得自己没有必要做这种比较。我是猴子掰棒子式的，掰一个，扔一个，手里永远是正掰的那一个。

小说与剧本

王华勋：您是从什么时候开始喜欢上读文学作品的？最初读的是哪些作品？

杨争光：上小学三四年级的时候，读了很多长篇小说，都是借来的。有的干脆连书皮也没有，有的前后缺很多页，看完也不知道那个小说叫什么名字。胡读，乱读，也记不清楚最初读的是哪一本。

王华勋：比较喜欢哪些作家？

杨争光：喜欢托尔斯泰的博大，雨果的汪洋恣肆，海明威的简洁，契诃夫的智慧，司马迁庞杂的精致，大观园里水一样的女人，鲁迅的决绝……

王华勋：我了解到您看报看得很仔细，那么对于文学作品现在您是否也读，读得比较多的是哪些作家的作品？

杨争光：我看报偶尔会仔细，但大多不仔细，只看个题目。读书和写作是我的生活，过去是逮到什么读什么，喜欢了就读下去，不喜欢了就扔掉。现在的阅读，有一些是我自己想读的，但更多的是和我的工作联系在一起的。比如我要写刘邦，我就得读《史记》；我要写唐明皇，我就得读《唐史》。

王华勋：您常看国内的文学期刊吗？如《人民文学》《收获》

《小说月报》《花城》之类的？比较看重的是哪些期刊？

杨争光：不常看。碰到了也会翻。每期的《收获》我都能看到。《收获》是比较稳定的。

王华勋：您曾说"只要我还写小说，我就需要评论的关注。也正因为我还写小说，我希望我能读到令我心动的评论，不管它评论的是哪位作家，哪篇作品"。您读到了哪些让您心动的评论文章？您比较关注或认可的是哪几位评论家？

杨争光：很少看到。我和评论家的交往很少，几乎没有。近一些年来，我的感觉是，没有真正的文学批评。

王华勋：有没有什么理论文章对你的创作观念产生较大的影响？

杨争光：理论和创作是两回事。没有这么厉害的理论文章。

王华勋：有记者曾回忆说，如果说为文学干杯，您会一干到底。这其中当然有幽默的成分，但也足见您对文学情有独钟，能谈谈您对文学的感受吗？

杨争光：对文学的感受？文学是个概念，具体的文学是一部又一部作品，只要看了就会有感受。不同的作品感受不同。在这里没法说。

王华勋：当代女作家虹影说："我写小说的时候，有点儿不正常，我放音乐，而且极大声，震得整个房子像一面鼓，我要一边震着耳膜一边写作。写作全靠一个字：气，所以要听瓦格纳的音乐，把自己与世界隔离开来。写诗则更不正常，我要把小房间里所有的家具都搬走，只留个床垫在地板上。那几天叫'孵诗期'，脏衣服乱堆在一起，被子也不叠，床单挂在墙上，像表现主义的舞台背景。突然一天，房间里一切复原，窗明几净，诗也就写成了。"那么您写诗、写小说和写剧本时分别是一种什么样的状态呢？

杨争光：找个地方躲起来，拉上窗帘。

王华勋：您在接受记者采访时曾说："我没有文思泉涌的时候。我写得很苦。"当时是一种怎样的生活和精神状态？

杨争光：我所说的"苦"是针对"文思泉涌"而言的。相对于"文思泉涌"的作家的痛快，我就是苦的，因为"我没有文思泉涌的时候"。

王华勋：对您来说您认为文学创作是一种纯粹的兴趣爱好还是一种职业？

杨争光：就现在来说，是爱好也是职业。

王华勋：您曾说过，优秀的小说是由优秀的小说家和优秀的评论家、优秀的读者共同创造出来的。所以，从某种意义上说，小说的钥匙不一定在小说家的手里。优秀的小说，可能挂满了锁——它需要钥匙。那会是什么样的钥匙？

杨争光：这得问那些拿着钥匙的人。锁在小说上，他们要打开，打开的是哪一把锁，就得看他拿的是哪一把钥匙了。我从来都认为，批评家拿小说说话的时候，是他有自己的话要说了。小说只是给他提供了一个说话的契机，给了他触动，使他有了想法，有话想说。

王华勋：比如说《黑风景》，如果说这个钥匙在您手里，该是一把怎样的"钥匙"呢？

杨争光：就《黑风景》来说，我是制作"锁"的人。一篇小说，可能有多种解读，作者的解读在这多种解读中，只能是一种，也不见得就权威。面对《黑风景》，要我把我手里拿的这把钥匙变成文字和话语，可能得说很多。我又以为，《黑风景》要说的话，我都在《黑风景》里说了。再说也有多余的嫌疑。

王华勋：您曾回忆说"1986年，我在陕北的一个小村里住了整整一年。那段生活对我的影响非常巨大，所以我觉得在中国跟土地最接近的人是农民。中国的市民文化是从土地文化、村社文化演绎过来的"。您是从那时开始了解农民和农村文化的吗？您认为农民精神实质和农村文化的特征是什么？

杨争光：我自己就是一个农民，是在土里滚大的。要把农民的精神实质和农村文化特征说清楚，那得写专著。我自己的作品里有这些东西，我能说的也只是用小说去说。我说过了，我没有写那种专著的能力。

王华勋：正如您上面所说，作家的创作离不开他所生活的土地的滋养，您觉得您的作品从《黑风景》《赌徒》《鬼地上的月光》《光滑的木橛子》《棺材铺》《老旦是一棵树》到《从两个蛋开始》，是否全面展示了您对农民和农村文化的理解？

杨争光：就是写到死，我也做不到"全面展示"。我估计其他人也不行。

王华勋：您是以诗歌成名的，又以《赌徒》《鬼地上的月光》《光滑的木橛子》《棺材铺》和《老旦是一棵树》等先锋小说为读者和评论家所推崇，这些作品给人耳目一新的感觉，在当时的文坛确实引起不小的反响。但当时的先锋派作家包括您在内现在在创作风格上都有了不同程度的转变。能谈谈您对先锋派作家及其创作的看法吗？

杨争光：我对作家的流派不关心，碰到这样的词我就头大。我看过一些这样的文章，我觉得他们好像也说不清楚。

王华勋：《从两个蛋开始》在表现手法上和您前期的作品确实有了不小的变化。让小人物来演绎大历史，是对以前文学创作思路的突破。我也了解到您在创作这部作品之前是做了大量准备工作的。您想提醒读者，"书中所写的一切，都是我们刚刚经历和正在经历的，我们不要因为生活的过于匆忙而忘记它，记性不好也是我们这个民族的一个特点。"我特别同意您说的"记性不好也是我们这个民族的一个特点"。但有很多人根本不了解那段历史，您觉得作家是否有责任去向读者还原那段历史呢？另外，文学的真实区别于生活的真实，您觉得读者会在多大程度上相信作品中所写的就是那段历史？

杨争光：历史是无法还原的，但可以试着讲述。作家是不同的，有的作家会认为自己有责任去讲述历史，有的作家更关注当下，不能要求所有的作家都去承担那样的责任。后面的一个问题，是问读者的，我无法回答。

王华勋：在人民文学出版社出版的《从两个蛋开始》封面上，写着这么一段广告语："喜欢剑走偏锋，专好奇幻一路；会讲故事专讲故事，独门技法招数诡异。《双旗镇刀客》《水浒传》著名编剧杨争光之最新小说。"您是怎样看待出版社的这几句话？

杨争光：他们想多卖几本《从两个蛋开始》。

王华勋：您说："中国是一个农业文明积淀深厚的国家，可以说每一个中国人身上都有农业文明的气象和血液。写家（作家）和说家（评论家）也不例外。写农村的人和事的小说和写城市的人和事的小说相比，更有重量，更智慧，更有趣一些，读者的认同更容易一些，这似乎是一个事实。当然现在情况有所变化，新的写家和新的读者有新的兴趣，新的说家还没有成气候，已成气候的说家都是新时代的旧人，旧人喜欢说旧事，也属正常。"您觉得"新时代的旧人"还应该有怎样的建树？另外，您估计新的写家会在哪些方面有所突破？

杨争光：这不是应该不应该的问题，是能不能的问题。新的写家会有什么样的突破，在我预计的能力之外。

王华勋：《双旗镇刀客》和《水浒传》等剧作，让您名扬海内外。您现在也主要是从事编剧工作，您觉得编剧和小说创作的区别是什么？您最近有没有新的剧本问世？

杨争光：这个问题太大。笼统地说会空洞，详细地说需要篇幅。最近正在写一个电影剧本，还没有片名。

王华勋：作为一位作家和编剧您一直在实践着小说和剧本的打通，《黑风景》是先有剧本而后改编成小说的吧，在小说和剧本间的转化过程中，哪种情形是受限较多的，能详细说说吗？

杨争光：就人物来说，小说和剧本都是一样的。但要讲述这些人物，小说和剧本是很不一样的。小说使用的是文字语言，电影需要声像语言。小说的文字是小说，剧本的文字是声像的描述。不管是把小说变成剧本，或者是把剧本变成小说，都是艰难的。有一些甚至是不可转换的。《黑风景》当然也有这种情况。事实上，《黑风景》是先有剧本，然后有小说，然后又有剧本。要把你的问题说得很具体，在这里是很麻烦的，因为你看到的是小说，没看到剧本。这个剧本到现在也没有拍出来，原因连我自己也说不清楚。

王华勋：《双旗镇刀客》应是您比较满意的一部影片，能具体说说您的满意之处么？

杨争光：要具体说，就得写文章，还可能是一篇长文。简单说：它是一部好看的电影，能经得起时间的考验。一部真正的中国西部传奇。有人把它划归为武侠片，我并不这样看，它的精神与"侠"无关，还可能是对"侠"的颠覆。

王华勋：电视剧《水浒传》年年都被各地的电视台播放，备受观众喜爱，作为该剧的编剧，您觉得在改编过程中原著中有没有不容易通过画面演绎的东西？

杨争光：有啊。比如"鲁提辖拳打镇关西"一场，鲁提辖的三拳，在小说原著中有精彩的描述，一直是语文教材中的范文。要把这三拳的文字变成镜头，几乎是不可能的。在改编这场戏的时候，我做了很艰难的努力，我让这三拳在运动中完成，这符合影像艺术的特点。根据郑屠的职业，让镜头在描述中也携带了这三拳击打时的环境。还有色彩。还有声响。我们几乎做到了。它把小说的文字语言转换成了声像语言，它没有改变小说语言描述的气质，但它是声像的。

王华勋：对于四大名著的不断"新版拍摄"您是怎么看的？您有没有参与新版的《水浒传》的拍摄？

杨争光：我没"怎么看"，我也没有参与。

王华勋：一部好的剧作固然需要高水平的演员去演绎，对于当前各种热闹非凡的演员选秀活动，能谈谈您的看法吗？

杨争光：没看法。

关于深圳

王华勋：据说您是2006年开始真正来深圳居住的，怎么想到要来深圳？

杨争光：是2005年。深圳愿意调我到深圳，我也愿意来深圳。两个条件加在一起，我就到了深圳。

王华勋：深圳最初给你最深的印象是什么？现在呢？

杨争光：年轻，有生气。现在依然年轻，但拥挤，渐显老气，创造力在下降，对内地体制的复制已经完成。这几句话可能不好听，但是我的真实感受。

王华勋：从西安到深圳您觉得两个城市的优劣分别是什么？

杨争光：这又是一个大题目。概括一点说，一个古老，积淀深厚；一个年轻，精力充沛；都是好城市，都有我喜欢的东西。

王华勋：您曾说："我不能在深圳居住，就无法靠近它、感受它的气息。有了这套房子，我就可以触摸它了，这是我工作的前提。如果说我还曾经有过幸福感的话，是因为写作。我希望我来深圳之后的写作也能给我带来这种感受。"现在是否在深圳找到了生活和创作的感觉？

杨争光：你给我的话里面加了"生活"两个字，我的话说的只是写作。我在深圳的创作条件是历史上最好的。写作依然能给我带来幸福感。

王华勋：你觉得深圳的生活有没有给你带来一些新东西？

杨争光：肯定有，但没梳理过。

王华勋：对于"深圳是一块文化沙漠"之说您怎么看？如果说深圳是文化的沙漠，那么我觉得您就该是治沙人之一，可以这样说吧？

杨争光：文化和文学是两个概念。深圳这座城市，不仅仅是经济的产物，也是文化的产物。每一个深圳人都是一个活跃的文化体，我不认同"深圳是文化沙漠"的说法。不是"沙漠"，我当然也就不是"治沙人"了。和古老的城市相比，深圳少有代表性的作家和作品，这倒是个事实。但会有的，只是个时间问题，我们得耐心一点。

王华勋：打工一族是都市较为活跃的一个群体，许多作家在当下都把创作的目光放在了都市，反映这个特殊群体的打工文学也应运而生，能谈谈您对打工文学的看法么？

杨争光："打工文学"的概念是理论家和批评家提出来的，如果一个作家把自己局限于为"打工文学"写作的话，我想象不出他能写出什么样的"文学"来。

王华勋：作为深圳市作协副主席，谈谈您对深圳当下的文学创作和影视制作的看法好么？

杨争光：我是挂名的副主席。深圳的文学创作和影视制作都在进行之中，有可能出现能真正代表这个城市创作和制作水平的标志性作品。现在少有，这是正常的，这需要时间，也需要耐心和潜心。

2009年

注：小标题为作者收录本文时所拟

半路上的"边缘人"

——答某报记者问

希望《从两个蛋开始》能让人笑出声

记者：您作为人才被深圳引进，担当文联副主席与作协副主席职务，最近在写什么新作？事务性的工作是否和创作的工作环境有冲突？

杨争光：文联副主席与作协副主席都是挂名的，不承担具体的行政事务工作。我的实际身份是文联创作室的专业作家，文联没有给我规定具体的创作任务，写什么，怎么写都是我自己的事情。最近什么也没写，休养生息，但很快可能要写一个电影剧本。

记者：您发表于2003年的长篇《从两个蛋开始》出了台湾版，他们怎么看这本书呢？怎么想到要引进版权？

杨争光：《从两个蛋开始》在台湾出版是朋友的推荐。他们有几段话可以作为他们对这本书的一个代表性看法："以一个村的发展见证一个国家的发展史，时间从四零年代末到现在，以小见大，在黑色喜剧的氛围下，举重若轻，展示时代和人的本相。""用独一无二的透彻、犀利和诡谲目光，写下这部令人叫绝的长篇小说。全书共分三十六节，每一节都可以设为独立的小说，符驮村五十年的历史，串联在每个故事之中。透过一个个富有意味的场景，饮食男女的情事性事，戏谑嘲讽地裸呈在读者眼前。""剥开历史的谎言和荒谬，用幽默书写悲剧，笑中带泪，让人毕生难忘！"和大陆版本相比，多了一篇《符驮村近五十年大事记》。符驮村虽真有其村，但人和事都是小说家的虚构，所谓的大事记也是有虚有实，煞有介事的。

记者：写农村题材的小说似乎不见得受读者喜爱，却受评论家好评，比如今年鲁迅文学奖获得者中多部作品都是写农村的，您怎么选取创作题材？这部小说有很多读者并不了解，是写什么的？据说您自称这部书为"一个人的编年史"，怎么解释？

杨争光：以题材给小说分类从来都是评论家的一厢情愿，比如农村题材、城市题材、工业题材、军事题材等等，大概是为了好说吧。写小说的人似乎不太这样来界定他们的小说，他们关心的是他们要写什么样的人和什么样的事，发生在什么地方。农村人和城市人有区别，但还都是人。写农村人的小说也不见得不受读者喜爱。阅读是一种交流，一种窥视，我相信不管写什么人，写什么事，只要智慧有趣，读者都会喜欢的。中国是一个农业文明积淀深厚的国家，可以说每一个中国人身上都有农业文明的气象和血液。写家(作家)和说家(评论家)也不例外。写农村的人和事的小说和写城市的人和事的小说相比，更有重量，更智慧，更有趣一些；读者的认同更容易一些，这似乎是一个事实。当然现在情况有所变化，新的写家和新的读者有新的兴趣，新的说家还没有成气候，已成气候的说家都是新时代的旧人，旧人喜欢说旧事，也属正常。

我写什么都是按照我的兴趣选择的，当然也是我熟悉的，我能把握的，我觉得有意思的有趣的。《从两个蛋开始》，按你所说的，是一部农村题材的小说，写的是一个村庄五十年间发生的人和事，我觉得它很重要。"一个人的编年史"是别人的说法，但我也认同。还没有人用小说的形式认真地梳理过中国的这五十年。当然，任何叙述都是一种解读和重构，我的梳理是按照我的兴趣和方式完成的。

正如你所说的，这部小说还不为许多读者了解，但我有自信，了解需要时间和过程。阅读一本书也许是一个偶然的选择，我把这看作缘分。还在写这部小说的时候我就告诉自己，写作的过程可以是苦涩的，但阅读必须愉悦。我希望阅读这部小说的朋友在阅读的时候能笑，最好能笑出声。我以为这是我获得自信的唯一来源，也是我珍惜读者选择的唯一方式。

我写电视剧也不纯粹是为了钱

记者：你最希望自己的作品传达给读者什么？

杨争光：小说里所写的都是我希望传达给读者的，否则就不写。没有"最"。

记者：你的长篇《越活越明白》被有些评论者认为是"一部失败的作品"，"拘谨、干瘦、缺乏想象力"，是写的什么？你自己认为呢？

杨争光：判断一部小说的成功与失败是很困难的。认为《越活越明白》是一部失败的作品自有他的道理。面对读者的感受和判断，作者的任何辩解都是苍白的，代替作者说话的只能是他的作品。小说的主人公叫安达，救世的理想主义者，这也是中国的读书人的自我认定。他和社会合谋，塑造了自己的生命历程，直至中风失语，以遗嘱的方式按照自己的理想完成了自己对自己的设计：一、不开追悼会；二、丧事从简；三、骨灰撒在祖国的江河湖海里。《越活越明白》写的就是这个吧。说实话，《越活越明白》到底是成功还是失败，我真说不准。

记者：陕西作家有着很强的创作实力，也名声在外，陈忠实、路遥、贾平凹自是代言人，年轻作家中在全国有影响的却不多，您是一个，您怎么看陕军的创作特色？担心后继乏人吗？

杨争光：把作家按地域划分叫做什么军什么军，我不知道这有什么意义，听起来好像军阀在检阅他的军队。事实上一个地域的作家创作的个性和风貌都是各不相同的，都有自己独特的几把刷子。写作不是一场赛事，也不是组建军队，写作更多的是一种自发的行为，人为的组织和训练很少收到功效。后继乏人不乏人应该是自然的，担心也没有用。

记者：你最早是写诗闻名的，现在诗歌创作明显不够红火，有人说是"写诗的人比读诗的人要多"，您怎么看？

杨争光：诗不够红火，小说又何尝红火？文学和艺术从来都是奢侈品，在一个崇尚物质、讲求实用的时代里，务虚的东西如果红火的话就不正常了。写诗的人比读诗的人多也没关系呀，毕竟还有人在写，也毕竟还有人在看，反正诗不能吃不能穿不能当车坐当房子住，它不过就是诗。也好，这样的处境可以让诗清醒一些，不再发烧感冒，更不再癫狂，不再以为人离了它就没法活一样。但有人需要它，所以它还存在，并没有离开现场。

记者：你的文学之路走到今天，回首来路，自己认为算走到哪儿了？

杨争光：走到半路上了。

记者：你曾说过写电视剧是为了挣钱，而写小说则是为了真正的文学，有许多作家如阎连科等都是这样的生存状态，这种现象是否有些不正常？

杨争光：我说过写电视剧与挣钱有关，但我写电视剧也不纯粹是为了钱，写电视剧也是一种写作，写作总是有原则的，不是所有的电视剧我都愿意去写。在国外有好多作家一边做生意，一边写作，这种现象是否正常呢？

希望读小说的和看《水浒》电视剧的一样多

记者：人们知道你更多是因为《双旗镇刀客》《水浒传》这类影视作品，相反，许多"纯文学"作品却并未被大众所熟知，您是否感到遗憾？有一种说法叫做：不为我所知，就等于不存在。一部作品毕竟还是希望被更多的人读到。

杨争光：没有遗憾，但有过臆想：如果读我小说的人和看《双旗镇刀客》《水浒传》的观众一样多，那该多好。这很可笑但确实这么臆想过。就作家和阅读的关系来说，"不为我所知就等于不存在"的说法似乎是成立的，如果改成"不为我所知就约等于不存在"我就完全同意。

记者：西安与北京都是古都，如今生活在一个改革开放的新城市深圳，你从文化与生活两方面感觉最大的不同是什么？习惯了深圳会在此终老？

杨争光：西安和北京都是古都，但都在改革开放啊。当然，和北京、西安相比，深圳是新城市，它年轻，似乎更具活力和生气。还有，空气湿润，一年四季有花有草，养眼啊。前七八年来深圳的时候街道上的美女多，现在似乎少了，问深圳的朋友，答曰：老一代的美女老了，新一代的美女跑到长三角去了呵呵。是否在此终老，我不知道，以后的事谁能说得清。我老家人有一句话叫做"过河么脱鞋，上山么打柴。"视情况而定吧。

记者：深圳的文学创作有什么特点？

杨争光：我来深圳真正居住是从今年开始的，至今七个多月，连方向都还没搞清楚，对深圳的文学创作进行评价非我力所能及，这应该问深圳的作协主席。

记者：有人说浮躁是当今作家身上普遍存在的毛病，您有吗？

杨争光：有啊。在一个浮躁的时代，你不浮躁行吗，谁愿意被时代抛弃呢。这样说似乎有些调侃，但确实是事实，准确地说，应该是：在浮躁的人里我算不浮躁的，在不浮躁的人里我算浮躁的。

记者：下一步如何调整你的创作步伐？如果给自己定位，您怎么评价自己？做个一流作家？

杨争光：步伐就不调整了吧，一步一步走。给自己定位？我是一个边缘人。

记者：对您来说，生存与创作的理想状态是什么样的？

杨争光：有吃有喝，有余裕，有朋友聊天，写想写的东西。

2006年1月

那些久远却新鲜依旧的歌声

——答陕西诗歌网王可田问

王可田：1970年代末，也就是在你的大学时代，你已经开始写作并发表诗歌了。那时，中国社会刚刚"解冻"，振奋，迷茫，焦虑，阵痛，成为一种社会的情绪和思潮。有人说，1980年代是一个启蒙的时代，理想主义盛行的年代，你同意这种说法吗？作为一个亲历者，你能描述一下你心目中1980年代的思想文化氛围和写作环境吗？

杨争光：先说"启蒙"。百年间，中国有过两次"启蒙"。一次是五四，一次就是你提到的1980年代。两次"启蒙"都夭折了，都是灵光一现式的，很可惜的。五四的那一次是因为"救亡"，1980年代的这一次是因为"经济建设"。理由都很现实，也符合"现实优先"的自然生存律。所谓"启蒙"，要的是民族、国家和人的"现代化"，要的是"自由"和"进步"。比之"救亡图存"和"要温饱"，不但遥远飘渺，也很不实惠。当然要闪开要让路了。但我实在就是不服气。我总是以为，现实的"救亡图存"、"要温饱"和看似遥远的"启蒙"并不必然相悖，在一个极其讲究统筹兼顾的民族和国家里，怎么就一定相悖了呢？不能统筹兼顾了呢？我还以为，放弃"启蒙"，只顾"救亡"的"图存"，"存"下来的我们，其所以是这样的我们，正和放弃"启蒙"是有关的。放弃"启蒙"，只"要温饱"，"温饱"之后的我们，其所以是这样的我们，也和放弃"启蒙"有关。缺了的课是一定要补上的，不在这时候，就是在另一个时候。以什么样的现实理由拒绝补课，造出来的现实都是畸形的。

两次"启蒙"，我更看重五四的那一次。它虽然因"救亡图存"而夭折，却有着潜在的延续性，一直延续到一个历史时代的结束和另一个历史时代的开始。也正是那一次"启蒙"，不仅给我们这个民族造就了一批具有自由意志和独立精神的精品人物，也使我们这个民族终于有了珍贵的"现代意识"，并成为精神遗产，可以承接的精神遗产。1980年代的"启蒙"，就是对这一精神遗产的一次承接。我相信，这样的承接，以后还会有的。除非我们这个民族、这个国家和我们自己拒绝进入"现代化"。

1980年代，可以看成是一个时代和另一个时代的节点。以国家名义发动的，七亿人民参与的"文化革命"，演变成了一场悲剧性的社会动乱和残暴的历史浩劫。国家和人民都受到了伤害，都需要疗伤，需要改变，需要发展，也就需要反思。"反思"是那个时代的主旋律，也是"启蒙"的起始。蜂拥而来的各种"主义"和"思潮"，在思想文化领域和文学艺术领域都能得到呼应。仅就文学领域，不到十年的时间，先后就有伤痕文学、反思文学、寻根文学、先锋文学等等等等，让人眼花缭乱，又不觉其烦。这就有乱象了。而乱象是会影响秩序的，这就出现了"反精神污染"、"反资产阶级自由化"等等等等。

这就是我记忆中那个时代的文化氛围和写作环境。

诗和诗的写作，与其它思想文化、文学艺术领域在同一个处境里。一会儿鼓满风帆，破浪前行，一会儿在翻卷的浪涛中挣扎哭喊。各种社团，油印的、铅印的民间诗刊，很多，互相应和。我们在大学的诗社叫"云帆诗社"，有油印的"云帆"。

王可田：在你早期的诗歌中，大海、太阳、星星、海岸、血等意象，很引人注目，象征派、意象派的写作技法已在娴熟地运用。其中交织着对理想的追寻，痛苦的思辨，焦灼和热望，甚至挣扎。这与我阅读"朦胧诗"群体的那些作品有类似的感觉，而你的写作时间和他们基本相同。是不是可以这样说，那是整整一代人的思考，你通过个人命运的反思参与了整个时代的话语构成？你当时的诗歌思考和意象元素的设置，也请谈谈。

杨争光：被愚弄后的愤怒，愤怒中的反叛、控诉，很容易情绪化。情绪化的反思、反叛、控诉，激情大于理性，意象多于内质，这就是那个时代的写作。不仅是一代人，而是几代人的共同参与。是青春的，激情的，狂热的，既合着"启蒙"的脚步，又乱着"启蒙"的节律——"启蒙"的过程有反叛和激情，但"启蒙"要的是庄严的理性。这也是你所说的"大海、太阳、星星、海岸、血"等意象在我的诗中出现的来由。象征派、意象派在诗的领域，也是外来的思潮，我运用得并不娴熟，也不可能娴熟。但这种不成熟，却是我在那个时代青春生命的真实记录。

王可田：写于1981年的《沙滩奏鸣曲》不得不提。这首诗通过对自我的审视与确认，表达了自我与世界的关系。整首诗奔放舒展，开阔浑然，洋溢着乐观豁达的精神，这也是生命意识的自觉与张扬。对于这首诗，你能具体谈谈吗？

杨争光：这首诗是对惠特曼的模仿和致敬。就诗来说，是青涩的，但致敬是由衷的，真诚的。

在我的心目中，惠特曼是几百年来人类最伟大的抒情诗人。

他是一个"新大陆"的发现者，也是这"新大陆"的毫无保留的歌者。

他的"新大陆"不仅是自然地理的，更是精神的、情感的、意志的；是现实的，也是理想的；是一个象征，甚至，在我看来，具有某种新的精神原型的意义。

在他那里，自由、平等、博爱不再是抽象的概念，而是实有的存在。每一块石头、每一片林木、每一个生命、每一个生命的器官，都在呈现着人类最为珍贵，最具美感的存在之境。是当下的，也是将来的。

驳杂；饱满；丰富；奔放；自信；舒展……用不着谋篇布局，遣词造句，脱口而出，随笔流泻——正适合他要呈现的对象。

也是惠特曼，修正了我对赞歌的偏见。赞歌和谀诗的本质区别也许在于：真赞歌，是给有真价值的东西的。它不会放错地方，给错对象。

《沙滩奏鸣曲》也是那个时候的一个青涩的生命，用青涩的笔，对惠特曼的那个"新大陆"表达的一种向往。

王可田：但很快，你就把目光转向故乡乾州，抒写大平原上的人和事。叙事成为诗写作方式的主体，语言简约洗炼，更加注重节奏和语感。比如，《外祖父》《母亲》《我站在北京的街道上了》的朴素动人，《流浪汉小调》的民谣风格，《黄河》《黄土高原》《大西北》《鼓阵》的厚重大气，这一时期的诗就像一张张风味独具的年画，带着那个时代特有的气息扑面而来。从最初的注重隐喻，以凝重的意象传达思想和情感，到这一时期的贴近生活和土地，彰显地域风情，这种转变你在当时是怎么考虑的？

杨争光：看样子，你好像真把我当成诗人了。我只是一个做过诗人梦的家伙。那时候，我觉得我是和诗一起行走的。我走到哪儿，我的"诗"就会在哪儿生长。你提到的那些诗，大都和我的生活履历有关。从大学校园，走到天津，从天津到北京，到渭河平原，身体和精神都在游走。不同时期的生命，对世界的感应是不同的。兴奋点也会转移。手里的笔就会显出不同的"个性"。还有，表达和呈现的东西也需要不同的笔法。

我不相信刻意出来的"风格"。如果想有自己的"风格"，也应该让它自然成形。我以为，创作者是无须为所谓的"风格"劳心费神的。

王可田：写于1988年的《交谈：自言自语》就有些不同，明晰节制但更趋理性的语言，举重若轻地表达了一种普遍的人生境遇；时隔20年写的《给我的蟑螂兄弟》，经过提炼的口语化的表达，以鲜明的幽默反讽意味，带给人出乎意料的阅读快感。关于这两首诗，你想说的一定很多吧？

杨争光：没有什么特别想说的。

《交谈：自言自语》首先是写给自己的。是写一种境遇。那时候，快到世纪末了，都在说"世纪末情绪"。可能也有一种"世纪末的情绪"在里边吧。

《给我的蟑螂兄弟》是蟑螂兄弟要我给他写的。他说你不是写过诗吗？给我写一首吧。就写了那一首。我有很多诗是写给朋友的。我感到很庆幸，因为这些诗不是为写诗而写的。

王可田：从写诗改写小说，你是不是感觉诗歌在表达上的局限性？因为，面对广阔的社会生活，小说是一种更具包容性的文体。

可不可以说，你的小说是你诗歌的叙事特质的延续和深化？

杨争光：事实上，还在写诗的时候，我就客串过小说写作。写小说并不是因为感到诗的局限性，是因为想写了，想写的东西，更适合小说。每一种艺术形式，都有它的局限性。极端一点说，它的局限性也证明着它的不可替代性。没错，小说比诗更具包容性，但小说并不能代替诗。在我看来，优秀的小说，都是有诗性的。如果说我的小说有诗的延续性，延续的就是我说的那种"诗性"。我喜欢描述性的诗，这可能对我转写小说带来了某种好处。

王可田：如今，你的小说创作已是蜚声文坛，改编的影视剧也已走进寻常百姓家。这些声誉掩盖了你的诗人身份，或许诗人从来就不是一种身份。回望诗歌陪伴你走过的那些岁月，你最大的收获是什么？诗歌对你的小说和剧本创作有怎样的影响？在你的一生中扮演什么样的角色？

杨争光：诗不但陪伴我走过了我的青春岁月，更让我感到了"诗性"的珍贵。发现诗性，保持诗性，不仅在后来的写作中，也在我的日常生活中、生命中都显示了它的贵重。"诗性"并不抽象，它很具体，只要你有诗心，并能留心，就能和它相遇。缺失"诗性"的生命是没有弹力的。

王可田：你的诗歌写作集中在1980年代，持续了近10年时间。如今，我们回过头来阅读这些作品，依然能感受到你的那份真诚，感受到那有些久远却新鲜依旧的歌声带来的感动。离开诗歌的日子你依然关注诗歌吗？你对新时期以来的中国新诗的发展持怎样的态度？对于诗坛上涌现的种种潮流和现象，作何评论？

杨争光：对我来说，对诗的关注可能是永远的。对诗的阅读，虽然少了，但没有和它完全隔绝。我在即将出版的诗集后记中，对几十年来中国诗的行走路径曾说到过我的看法。摘几句话放在这儿吧：

无话可说的诗人堆积来的语言是与诗无关的，无论你摆成多么崇高的姿势，扮成多么神圣的面孔。

"拒绝崇高"是一个误会。中国的诗从来就没有涉及过这一领域，自己也并不拥有这种东西。本就没有，何来拒绝？

就诗而言，中国没有真正的民间写作，也没有真正的知识分子写作。如果有，诗就不会有那么多的怪相了。

汉诗的纯正不纯正，不是洋人破坏的，汉语写作的尊严，也不是洋人扭曲的，更不是汉语译文。汉诗的纯正和汉语写作的尊严，要靠实实在在的作品维护和捍卫。我们有吗？我们的汉诗更需要的是丰富，甚至庞杂，还远谈不到纯正。

写什么和怎么写从来都是一个问题的两种说法，只有在初级写作教程的意义上，它才是两个问题。

诗不是行为艺术。

世俗的写作与诗无关。

诗，一种无法与叙事艺术争夺世俗眼球的文体，只能无奈而尴尬地退到边缘。诗人们在马桶上沉思，还是在床上跳舞，几乎已无人关注。也许，经济动物在物质文明化和精神世俗化的进程中是不战而胜的。诗不属于经济动物。

生活资源的贫乏和情感失血，大面积的精神萎缩和思想枯竭，是诗颓败的症结。也包括其他艺术。也包括艺术批评。曾经的诗人们大多换了面目，也许新换的才是真面目。

　　但诗还在。它不仅见于真诗人的笔端，也跳跃在小说、随笔、甚至回忆录等作家作品的字里行间。这足以证明诗心未死。

行了，摘过来的已经太多了，我自己都烦了。

王可田：你曾说过："富有诗意的生命才是有美感、有价值的。"离开诗歌，再看诗歌，就会有一种全新的视角，或许就能看得更清，也就更加珍视诗性在个体生命和当下社会中的存在意义。是这样吗？

杨争光：应该是的。诗性，还是诗性。它比诗重要。我们看重诗，看重的也正是这个东西。

王可田：在一篇文章中你也写道："这个时代可以是世俗的汪洋，可以没有诗，但不可以没有诗心。诗心在，我们和我们的时代就不会在物欲和肉欲中腐烂，甚至相反，还要在物与肉的拥堵中冲动。"写诗或不写诗都不重要，关键要有一颗诗心。在结束这个访谈的同时，也愿你诗心常在，更期待有新的诗作问世。

杨争光：谢谢。

我更在意中国诗在中国的影响力

——答《深圳特区报》记者问

深圳特区报：怎样理解诗歌与生活、生存、生命之间的关系？诗歌对你意味着什么？

杨争光：在大学期间及以后的许多年，我读诗，写诗，想当诗人。诗是我年轻时挥霍与享受生命的组成部分。后来，我写小说，继而又写电影剧本了……诗的写作几乎被放逐于我写作的空间之外，仅仅是偶尔为之。我和诗保持着亲密又隐秘的关系。我不想失去生活、生存和生命过程中的诗性，哪怕是在面对和亲历复杂又龌龊的生活事件时——这是我要感谢诗的。我以为，保持而不是毁坏，发现而不是踩踏诗性，比写诗更能让我掂量和感受到生命的意与味。

深圳特区报：近来您个人阅读生活有哪些？诗歌创作有什么心得？

杨争光：我现在的阅读是：与写作有关的实用性阅读，和兴趣性阅读并存。这两种阅读都带有某种强迫性，所以，兴趣阅读也不很随意。我无法阅尽所有的好书,必须有所选择。我发现,许多非诗的文本比许多诗人的诗作更有诗性。我偶尔或不再写诗,所以没有新的心得。

深圳特区报:您怎么看待中国诗歌在国际诗坛上的影响力?您认为中国诗歌"走出去"的最大障碍是什么?

杨争光:可能已经有影响力了吧。每年都有中国诗人走出国门,参加各种诗的节日,就是一个现实的佐证。但我更在意中国诗在中国的影响力——先走出诗斋,在中国产生影响力。"肌无力"患者是走不了路的,硬抬出去,其影响力仅只是媒体上一条新闻的影响力。

深圳特区报:您的作品被翻译成外文的情况,(若有的话)您觉得满意吗?

杨争光:有译成外文的,但不是诗,是小说。我不懂外文,没有评判的资格。

深圳特区报:前来参加本届《诗歌人间》,有何准备和期待?

杨争光:《诗歌人间》为一个城市保留了诗的空间,难能可贵。希望能继续坚持,而且还要扩大。汉语抒情诗曾经是世界文学的极品之一,那才是我们真正的国粹呢。我准备带一首诗去。几年前写的,但对我来说,是最新的。

2011年11月16日

兴趣更在"原住民"

——答《深圳商报》记者问

一个作家是应该困守书斋，还是该游历天下？从博尔赫斯到海明威，似乎没有什么可以悬定的标准。但如果要记录一个地区的变迁与生态，并使自己成为当地的一个文化节点——那么，"进入大地的深处"就成为一个作家的选择。

2007年6月19日，作家杨争光成为深圳首个在地方挂职的作家。这位国家一级编剧、深圳市文联副主席，挂职深圳龙岗区布吉街道办副主任，一个看乎"越界"的头衔，意味着一个作家身份在社会的双重跨越，也探索着文学精品"深圳制造"的一种可能性路径。

希望我的写作能跟这座城市发生关系

记者：你在深圳文联任职多年，为什么现在会有到下面挂职锻炼的想法？

杨争光：我调到深圳多年，从去年开始有了房子，大部分时间在深圳常住了。我想我是深圳人了，可是我对深圳不了解，就是坐在咖啡馆里，看到身边的人，我也不知道他们都在谈论什么，他们都在想什么，我觉得我和这座城市很隔膜。我想了解我的城市，我希望它的一切能在我的作品中得到体现。要和这个城市互相有所了解，到地方上挂职是一个途径。内地作家一直有挂职的传统，我在陕西的时候，陕西的很多作家，比如高建群、红柯等都在地方上挂职。这种方式便于他们了解生活。

记者：我想这对您未来的创作一定很有影响。

杨争光：应该吧。我希望我的写作和这座城市发生联系，就要去了解这个城市，和真正的深圳人在一起生活，而不是老是关在屋子里。当然，关在屋子里也是一种生活，也能写作品，但这不是我的愿望。我不敢说去了基层就一定能写出好作品，但会有所感，有所动，有所发现，这却是写作的开始。也不是了解深圳就必定写深圳，去了布吉就必定写布吉，但这种了解和体验一定会对写作产生影响的。

记者：您在城市生活的时间不短，但至今为止好像写的都是农村题材作品，您曾说这是因为你的兴奋点还没有转过来，那么这次到龙岗布吉去是不是一个转变的机会？

杨争光：我只是在为自己的工作创造一种可能性。如果你不去尝试，你永远不知道行不行，但这种尝试能不能成功我还不知道，那要看我有没有这个造化了。

文学精品的"深圳制造"

记者：有一种说法认为，深圳之所以至今没有产生真正意义上的撼世之作，是因为缺乏优秀的作家来写深圳，应该请外面的优秀作家来创作关于深圳的作品，您怎么看这个问题？

杨争光：一个地方有优秀的作品就一定有优秀的作家，有优秀的作家就可能有优秀的作品。一个地方的优秀作家作品却不一定写的就是这个地方，但是，一个地方的作家作品不管写的是什么，都可能带有这个地方的某些特色，就是说作家作品和他们生活的那一块土地，那一座城市，有潜在的血肉联系，否则，对地域文学和地域作家群的研究就是一件荒唐的事情了。我同意这样的说法：深圳作家写深圳，是深圳制造，深圳作家写别的，也是深圳制造。退一万步说，深圳是一个辉煌的存在，有没有作家写它，是不会影响它的辉煌的。如果说有遗憾的话，只能是作家的遗憾。

深圳作家就只能写深圳，不写深圳就不是深圳作品，这种看法是狭隘的。深圳是个移民城市，本身就携带着全中国各个地方的地域文化，它应该是最有包容性的，一个城市应该有宽广的胸怀。很可能我写的不是这块地方，但我在这块土地上的生活经历肯定和我的作品是有关系的，这块土地上的精神已经内化在我的作品里了。

记者：您在深圳文联任职多年，但很多人还是不能把您的作品看成深圳作品。

杨争光：对，我也感到奇怪，其实我从1999年就调来深圳了，《从两个蛋开始》是2000年开始创作的，是我作为深圳作家创作的

第一部作品。

深圳出文学作品不应该总是把希望寄托在某几个人身上。有一个健康的文化氛围，创造有利于作品作家生长的土壤，这是最重要的。内地作家挂职已经形成传统，甚至一些非专业作家，比如陕西师范大学的红柯，也可以到地方上挂职，这种传统使得作家能和他感兴趣的东西生活在一起。我希望深圳的作家，不管是专业的还是非专业的，也能有这种参与生活的机会。

我更感兴趣的是深圳的原住民

记者：深圳有很多距离您更近的地方，为什么会选择布吉？这个地方是不是更具有典型意义？

杨争光：我想去一个跟深圳这个城市的历史联系比较紧密的地方。这个地方以前可能是渔村或者是农村，但现在已经城市化了，这样的地方我想它可能更能代表深圳这个城市的历史，那里的人经历的一切可能也是这个城市的经历。去龙岗布吉是许多朋友和有关领导推荐的。

记者：到任以后有些什么打算？

杨争光：现在还很难具体预测，我可能会查阅一些当地的文字资料，也可能参与一些具体工作，最重要的是要和那里的人交朋友，我想知道他们是怎样生活的，他们都经历过什么，他们正在经历什么，他们都有什么样的感受，尤其是他们的精神状态。我希望

能认识很多新朋友，通过他们我能够更快地了解深圳，我想这应该
会是我最大的收获。

记者：您所想了解的人是现在居住在深圳的人吗？

杨争光：我更感兴趣的是深圳的原住民。这个地方从农村变成
城市，这里的人从农民变成城里人，几十年就完成了，但完成的是
什么，还有没有没完成的，还有没有我们看不见的东西，比如精神
困惑的问题、身份认同的问题，等等。他们现在的生活和过去完全
不同了，失去了乡村家园，住进了水泥楼房，他们的生活中有没有
不变的东西，有没有失落，富裕和金钱带来的都是欢乐吗？还有他
们在这个过程中遇到了什么？有过什么样的经历，他们的婚姻、家
庭、爱情是怎样进行的，他们的子女是怎样生活的？这些都是我想
知道的。

2007年6月

文化创造的力量在民间

——答某记者问

记者：作为深圳文化的一个深入者和观察者，你怎么看待"深圳是文化沙漠"的这一说法？

杨争光：首先我要声明我并非深圳文化的深入者，但说几句话还是可以的。深圳作为一个地方的历史，可能悠久，但作为一个城市，它的历史还很短，才20多年，就文化来说，还需要积淀。但据此就说深圳是文化沙漠，我不敢苟同。把深圳单独作为城市和别的城市相比，我们就可以发现深圳的整体素质还是比较高的，除了高学历这一因素外，深圳人大多都有想法，各具特色。文化的内涵是非常宽泛的，不是一句两句能够说清楚的。

深圳不是自然发展的结果，更多是人为的因素。一方面，经济在飞速的发展；另一方面，文化沉淀不够，文化建设相对薄弱，文化和经济发展的水平的确存在差距。所以，我们可以这样看待深圳的文化，它在发展，但是，还没有形成可以和它的经济影响力相匹配的优秀文化。深圳市政府已意识到文化滞后的现象，所以，才有了"文化立市"的战略。

记者：那你怎么看待深圳文化发展的前景？需要具备什么要素？

杨争光：深圳人把握住了经济发展的机遇，把深圳这个小渔村建设成了一个标志性的经济强市，我相信深圳人也有能力抓住文化发展的机遇，创造出属于深圳的优秀文化。我以为文化建设最重要的是营造健康的人文环境，它应该是和谐的、宽容的、平等的，具有竞争力的，它可以让每个人都有被认同的归属感，每一种价值观都可以在这里并存。要避免人才的流失，要吸引更多的人才，这是文化建设的基础。

文化建设相对于经济建设来说，更显其长期性，不会一蹴而就。因为只有上帝才有能力点石成金，化沙漠为绿洲。我们是凡人，只能脚踏实地地积累。

记者：衡量一个城市是否有优秀的文化，它的标准是什么？

杨争光：有人的地方就有文化。深圳也不是文化沙漠，只是和历史悠久的城市相比深圳的文化积累还不丰厚，还没有产生出足够多的让人瞩目的标志性文化大家和文化产品，包括文学、音乐、舞蹈、戏剧、电影等等方面的作品和艺术家。如果深圳有鲁迅这样的人，有一个优秀的作家群，谁还能说深圳没有文学呢？而文学就是文化的重要组成部分。造就这样的群体需要时间，也需要努力。经济上一个大的台阶也许只需要三五年时间，而我们努力二十年时间，文化也许只是刚刚起步。但这并不是舍弃文化的建设的理由。作为一个城市只有经济的发展而没有文化的建设，就不可能是一个健康的城市，一定是畸形的。

记者：你觉得深圳文化发展的优势是什么？

杨争光：深圳年轻啊，可以没有顾虑和负担。以西安为例，一提起来就是周秦汉唐，大文人若粲然群星，随便去古人堆里舀一勺子，就够你吃一阵子了。吃古人当然也没有什么大错，但最好还是吃了古人营养自己，然后自食其力，像古人一样给后代子孙留下他们能吃的东西，让他们引为自豪。拥有丰厚的历史文化，是优势也是包袱。深圳作为一个城市，没有西安一样的历史文化优势，也没有包袱，年轻就有活力和冲击力去创造自己的文化和历史。

深圳是移民城市，深圳人来自全国各地，都携带着各自地域的文化元素，这可以和美国作比较。美国的历史不长，却出了那么多的大作家、大艺术家、大科学家，文化产品风行世界，一个重要的原因就是，它是全世界最大的移民国家，吸引了全世界的优秀人才，容纳了各种优秀文化。优秀人才集约，优秀文化杂交，创造和发展了美国文化。从这个角度说，我们有理由期待深圳会出现让人惊喜的文化建设前景。

记者：你怎么看待政府在文化建设中的作用？有些人认为在文化建设中，政府的行为只是在作秀。

杨争光：创造文化和发展文化的主要力量，应该在民间，它的主体应该是全体市民。但也不能否认政府在文化建设中的作用，它可以加速推进文化建设的进程。现在深圳的许多文化品牌，如"读书月"就是政府倡导推动的产物。你可以说有人作秀，有人投机，有人赚钱。但我还是认为，有"读书月"，比没有好，至少，市民多读了几本书。这也是文化建设。就像我们搞经济建设一样，有人请客送礼，有人贪污受贿，但是我们不可以因此就废弃经济建设吧？

记者：作为一个小说家，你最想给深圳爱好文学的人说一句什么样的话？

杨争光：在一个高度物质化的时代，还有人爱好文学，好像很稀罕，其实很正常，这也证明了人确实不是单一的动物。如果要我说几句话，那就是，读自己喜欢读的书，读好书，好书不会败坏你的胃口。如果想写了，也不妨就去写，也许就写出了深圳出品的优秀作品。

2006年

说"深圳制造"

——答《深圳商报》记者问

真正的精品要由时间来检验

记者：近年来，深圳影视剧创作成果斐然，涌现出一批优秀作品，如《钢铁是怎样炼成的》等"红色经典"系列，还有《家风》《绝对权力》《婆婆》《亲情树》《花季·雨季》等等。多次获得全国"五个一工程奖"、"飞天奖"、"星光奖"等等，在播放时也取得了很高的收视率和不错的票房。对于近年来"深圳制造"的影视作品，有哪些是您最欣赏的？

杨争光：我看到的第一部纯粹深圳制造的影视作品是电影《花季·雨季》。那是1998年，我担任那一届的电影"华表奖"评委。我喜欢这部电影，喜欢它洋溢着的青春，活泼泼的生机，这也是我对深圳的最初印象。我1997年第一次来深圳，只一条深南大道就让我喜欢不够。深圳真年轻啊，真是花季雨季。一部电影能散发出一座城市的气息是不容易的，这部电影做到了。它赢得了那一届的华表奖，是有含金量的。后来还看到过一些，《过年》《空镜子》都是不错的作品。

记者：在您看来，什么样的影视剧是真正的精品，能够流传后世？

杨争光：我没有这样的判断力。我估计也没有人能有这样的判断力，自以为有的也未必能算数。权威的判断者是时间。当下的判定只能管当下，是否是传世之作还得看它有没有传下去的耐力。创作者大概都希望自己的作品能够传世，但这只是一厢情愿。要我说，还是管当下的好，把要做的尽可能做到最好，才有获得将来的可能，做不好现在不但没有将来，连现在也会失掉。还没抬脚起步就满脑子将来和传世，很可能要碰壁的。既然传世之作要有传世的耐力，做作品的在做的时候也得有点耐性。

我赞成这样的话：金杯银杯不如老百姓的口碑。倒不是要否定金杯银杯，而是说受众的口碑更紧要。如果要制作影视精品，那就要想办法花心血制作既让金杯银杯认可又让受众认可的作品。这很难，但不去想不去做就什么也没有。

要有好作品，先有好团队

记者：近年来，深圳影视业把弘扬主旋律与市场运作完美结合，取得了不少成功的经验。但也有不少人认为深圳还是太年轻，在很多方面都缺乏积淀，您认为深圳有条件创造更多的影视精品吗？

杨争光：二十多年了，没有积淀吗？深圳是一个奇迹，在中国也是独一无二的。还有，城市虽然年轻，可每一个深圳人呢？他们来自四面八方，都有他们的风雨沧桑，都携带着自己的历史，和这座年轻的城市同甘苦共患难，创造了虽不久长但完全可以称之为波澜壮阔的新历史。如果说人是历史中最活跃的因素，那么，深圳人就是深圳这座城市的精灵，他们的生活就是这座城市的生活，他们的精神就是这座城市的精神，他们的眼泪也是这座城市的眼泪。就是外国人吧，在这里生活、工作、奋斗，有眼泪也是砸在这块土地上的，也就带着这块土地的味儿。影视作品不就要写人生故事吗？他们的故事就是这个城市的故事。如果这不是我的异想天开，那么，深圳的土壤是可以生长出让人为之动容的影视作品的。

如果提倡深圳制造，深圳也拥有影视创作和制作的人才，这也是深圳的资源。当然，要把资源创造成作品，要有艰苦的操作和劳动。

记者：您有什么建议？

杨争光：整合人才资源，形成优化组合。影视创作是集体劳动，没有好的团队很难产生好的作品，雄厚的资金财力也可能打水漂。好的团队能优势互补。都是优秀的公鸡，但聚在一起总是扑斗，就不是好团队。不但优秀还能合作互补，这才行。谁来组织呢？有关部门吧。如果想做的话，那就得有有效的组织。事实上，每一部影视作品都是从组织开始的。

做影视，剧本是首先的。要有好剧本就得有好的策划，策划就是调查研究，是互相碰撞。要想感动别人，首先得感动自己。我是主张走出去、沉下去的，关在屋里当然也能创作，但创作出的可能不是我们想要的东西。先让生活把自己触动了，再坐下来碰撞碰撞，大概也就有想法了，有冲动了，这就是创作的开始。

再多说几句吧。别想着一部作品就能表现一座城市的生活和历史，这样的创作者没有，这样的作品也不可能有。再伟大的创作者也伟大不过他的时代，再丰富的作品也丰富不过生活。一定是多部的组合，多声部的合唱，就这样能否尽如意，还都很难说呢。这不是丧气话，而是说不能急功近利，要有思想和心理准备，要想得多一些。

改编有偷懒的嫌疑，原创更有价值

记者：现在很多成功的电影、电视剧都是从文学作品改编来的，这是不是一条捷径？

杨争光：这确实是一种很常见的运作方式，也有不少成功的例子，但就我个人来说，我还是比较看重原创。改编文学作品虽然便捷，但也有偷懒的嫌疑。有人说文学是影视之母，但也有"弑父"的可能，改编之后的影视作品跟文学原有的精神和品质完全不一样了。当然改编也不容易，同样需要艰苦的创造性的劳动，我自己就深有体会。

记者：深圳在文学创作方面还比较薄弱，在全国有影响力的作家和作品还不太多，这对影视业的发展可能也是个不利条件。

杨争光：写深圳题材的成功作品确实比较少，外地作家对深圳不太了解，让他们在短时间内把深圳写好也不太可能。画家画一个模特，也要仔细看着才能画得像嘛。深圳本土作家的创作队伍和力量跟北京、上海等城市确实没法比，但不能因为弱就不做啊。深圳总要有自己的作家艺术家群体嘛。队伍是在磨炼中成长起来的，如果不做，就永远是个弱。

现实题材要把握好尺度

记者：现在电视上最多的还是清宫戏、戏说历史等等，表现现实题材的作品不太多。您曾经担任《水浒传》的编剧、《激情燃烧的岁月》总策划，还担任过电影《双旗镇刀客》的编剧，涉猎过很多题材。在您看来，是不是写现实题材的正剧最难？

杨争光：现实题材的影视剧的确不好写，条条框框多，容易引来非议。就说写深圳吧，哪怕是虚构一个城市名，也有人会对号入座的，这就是麻烦。

记者：照您这么说，要创作这样的作品是非常难了。

杨争光：如果做，那就尽量把握好尺度吧。我觉得无论是政府行为、企业行为还是个人行为，都要尊重艺术规律，要创造影视精品生长的氛围。

好作品未必要大投资大制作

记者：打造影视精品，是不是应该多出一些正面反映深圳改革开放的作品?

杨争光:能全景式地表现当然好,但比较难,也需要更大的人力物力投入,风险也大,但不是不可以尝试。

记者:是不是多进行大投入大制作才更容易出精品?

杨争光:那也不一定。作品品位的高低不是由投资多少、制作大小来决定的,大制作未必都能拍出好作品。不能为了大制作而搞大制作吧?

写自己最有感触的题材

记者:您曾经做过专职电影编剧,也编过电视剧,近年来深圳的电视剧似乎比电影成绩更突出,您对此有什么看法?

杨争光:我没有跟深圳的电影公司合作过,对他们的具体运作不太了解。不过从全国的情况来看,这也是一种普遍现象。现在电影业的市场不如电视剧成熟。投资电影的风险可能比电视剧大。但深圳有电影厂,总要拍电影吧?希望电影市场能够好起来,更希望深圳能不断生产出好的电影。

记者:您曾说自己最喜欢写纯文学,如果请您参与深圳的影视剧创作,您会同意吗?

杨争光：我很愿意参与，不过我来深圳的时间还很短，真正在深圳生活还不到10个月，对这座城市还缺乏了解。我希望能对深圳多一些了解，找到适合我自己创作的题材。

2006年

说"少儿读经"
——答深圳某报记者问

从继承传统文化的角度看，读经是有积极意义的

记者：我们今天访谈的话题是深圳学者蒋庆教授所倡导的读经运动。多年来，深圳行政学院教授蒋庆先生努力呼吁青少年要学习、继承祖国的灿烂文化。他认真研学儒学，编纂了12册"中华文化经典基础教育诵本"，从《诗经》《孝经》，到王阳明的《传习录》，共19部儒家经典，洋洋15万字，832课。提倡3到12岁的孩子去读经。要求当代儿童接受"经典教育"。蒋庆倡导的读经运动在国内外学界文坛掀起了轩然大波。美国耶鲁大学教授、历史博士薛涌在报纸撰文认为，蒋庆的想法和做法是一种"走向蒙昧的文化保守主义"，不可取，难以达到振兴中华之目的。不久，一名叫秋风的学者又发表了《西方孩子读"荷马"，我们孩子读什么》的文章，反驳了薛涌的观点，认为我们没有理由不去阅读古代经典书籍。那么，作为一名很有成就的当代作家，你对蒋庆先生掀起的"读经"运动如何看待？如何评价他的做法？

杨争光：蒋庆教授编这样的诵读教材，自有他的想法。从继承我们祖国光辉灿烂的文化遗产的角度看，有其积极意义。同时，这毕竟是一次出版行为，是一次个人行为，是一次民间行为，不是政府的教育部门的政策行为，即国家行为，所以，是可以理解的，允许的，不要一棍子打死。但这样的古典经书是不是要放在小孩身边，是不是必须让孩子们来读，让社会和实践去检验吧。我们的学术还是要提倡百花齐放，古代经典的东西可以拿出来让当代的孩子们看一看，要让孩子们自己去选择。我相信，我们的孩子比我们聪明。青少年要树立正确的读经观，有取舍地读经。

记者：那你认为3—12岁的孩子有这个鉴别能力吗？

杨争光：也可让孩子的父母帮他们选择。教科书是孩子们的必读书。像蒋庆先生编的《中华文化经典基础教育诵本》，孩子们既可以买，也可以不买。在古代，读经是必须的，但在当代，孩子们对读经应有自己的选择，要帮孩子们树立正确的读经观。

记者：那你自己的孩子读经书吗？

杨争光：我的孩子没有这种要求，但我自己经常看一看经书。我不主张我的孩子过早地去读经书。父母对孩子是有影响的，对一个人的教育更多的是社会的责任，孩子是我的儿子，更是国家的公民。我不会要求他去读经的。

记者：实际上，读经也不是由蒋庆首先倡导的。上世纪20年代以来，国内有梁漱溟、张君劢、漆园老人熊十力、牟宗三、冯友兰、贺麟、钱穆、徐复观、唐君毅等先生，海外华侨中有美籍华裔学者杜维明、余英时以及东南亚一带的海外华裔学者，早就提出"新儒学运动"，"当代新儒学"的发展已有70多年的历史。他们认为应发扬中华文化中之精粹，倡导以古代经书为内容的儒学教育，以使华夏文明在世界上发扬光大。从这样的意义上看，蒋庆倡扬读经运动，就不是一种个人行为，而是沿袭了上世纪20年代以来"新儒家"、"新儒学"的精神脉络。"当代新儒学"的代表人物牟宗三先生就说，少儿读经是中华文化的储蓄所，中华文化最好的货币就是经典。你如何理解这些观点？

杨争光：蒋庆先生倡导读经运动，由于不是教育部门强令执行的教育任务，只是一部分学人的呼吁，这样的想法是允许的。但我自己的孩子是不会读的。让3—12岁的孩子去读经，可以，但要有取舍地读。我希望我们的孩子活得轻松些，活得健康些。在一定意义上，我更认同鲁迅先生的观点，中国的青少年最好少读或不读中国古书。

按兴趣读书，不当迂腐的作家

记者：你不主张读经，这就有了一个困惑的问题。中国二三十年代崛起的一批文化大师，如鲁迅、胡适、梁实秋、徐志摩、闻一多、周作人、施蛰虫、钱钟书等，都是从三五岁就接受传统的国学教育，都是在私塾里一边挨着先生的板子、一边诵读经书中打下扎实的国学和古代文化的基础；然后，到十四五岁，又早早地渡洋留学，或日本，或欧美，这样才成为既有深厚的国学根底，又饱腹西学、学贯中西的一代文化大师。据说，文化大师的成长，前提必须是学贯中西。"中学"、"西学"的功底都要扎实。被誉为"新时期文学的领袖"的作家王蒙早在上世纪80年代中期就多次奔走呼吁，提出"作家学者化、学者作家化"的口号，认为新中国成立以来的这批当代作家的国学、西学功夫都很浅薄，许多作家排斥学问，仅仅凭个人感觉在做着思想浮浅的文字游戏。90年代以来，当代文坛一直在呼唤大师，但我们的大师就是"犹抱琵琶半遮面"，羞羞答答，迟迟不肯露面。事实上也根本不可能露面。对文化大师，是可遇而不可求。仅仅凭个人的艺术直觉，而没有强大深厚的中学、西学的知识根基做依托，当代作家就永远是一批"小师"，而成不了大师。从这个意义上看，你作为当代著名作家，却主张不读国学中的精粹——经书，是不是有点说不过去呢？

杨争光：你所说的，是要当作家的人去读经，那是应该的。但蒋庆倡导读经运动，主要对象是3—12岁的蒙童。3—12岁的孩童里，将来能当作家的有几个？这个必要性有多大？读经，精通国学，对作家、对所谓文化大师，也许是必要的，但对孩子来讲则未必是必须的。作家只是社会的一部分，而且是一小部分。况且，很多作家也未必读过经书。另外一个问题是，国学是经书吗？西学是什么？恐怕也不能简单地画等号。

记者：那么，你认为应该如何去读书呢？

杨争光：我主张按兴趣读书，不要当迂腐的作家。如果作家写书，从事文学创作是为了让人受罪，还不如不写，不当这样的作家。大师出不了也不怕，不能急。

记者：像《诗经》《春秋》等诸子百家的书、王阳明的《传习录》、程朱理学等古代经书，你自己读过多少？这些经书对你的创作有影响吗？

杨争光：这些古代经书，我大部分都翻阅过，虽然有些只是浏览，做不到精读，但我在写作之余，还是经常翻一翻这些古籍的。在浩瀚的国学海洋里，我只涉猎了一些。其中，我最喜爱、对我的文学创作影响最大的是老子、庄子的书。我读了愉快，受益匪浅。

作家、读书人要走出家门，到外面呼吸新鲜空气

记者：这么说，你对经书还是很感兴趣的。另一个问题，经过20年改革开放，深圳现在已到了出作品的时候，尤其是那种能够深刻地表现特区20年改革开放伟大变革历程的黄钟大吕式的现实主义长篇力作，还比较缺乏。深圳的当代作家，或醉心于历史题材文学的王国，或沉溺于描写男欢女爱、生命欲望的河流里，很少将笔触转向深圳改革开放的伟大实践。许多不懂文学史的作家，一提史诗性作品，就认为是歌功颂德的主旋律作品，认为是急功近利的创作，从而不屑一顾。难道上世纪80年代初中期所涌现出的蒋子龙的《乔厂长上任记》、柯云路的《新星》《夜与昼》《衰与荣》，本世纪陈国凯的《大风起兮》等一批被称作"改革文学"的现实主义力作，也是急功近利的文学吗？从文学发展史的角度看，历史和人民永远不会忘记的，不是那种浅薄无聊的风花雪月与时尚写作，而恰恰是像陈忠实的《白鹿原》、路遥的《平凡的世界》《人生》这样一些具备史诗品格的鸿篇巨著。事实上，在深圳当代作家群里，能艺术地驾驭这种大制作、大构思的作家非常少。您作为深圳作家

群里比较优秀的代表，下一步是否想转换一下写作的方向，从大西北农村题材转向深圳火热的当代改革开放题材、浓墨重彩地深情抒写这座青春城市20年发生的翻天覆地的可喜变化上呢？

杨争光（微笑）：我想说的是，一个作家，只能写他能写的，不能写他想写的。作家不是全能人士，想写什么就写什么。我希望以后的作品与深圳有关，但这个转变有一个过程。不能性子太急了。深圳现在提出呼唤表现20年改革开放变革历程的史诗力作，用意良苦，但也不能太急了，毕竟深圳只有20年的历史，市民大多是从四面八方移民过来的，需要时间，需要缓慢的等待。有了史诗力作，当然更好；没有了，也没关系。即使没有这样的文学，是一个缺憾，但深圳作为一座独特的现代化城市，是一个不能忽略的存在。人的生命不仅仅是为了写作，还有更多更多。

记者：你既然认为可以不写深圳当代题材的作品，那又何必调到深圳来呢？

杨争光：人应该动起来，不要将自己圈在家里不动。俗话说："秀才不出门，便知天下事。"事实上，很多时候，即使秀才出了门，也未必知天下事。当今"天下"，五光十色，眼花缭乱，变化实在太快了。读书人、作家必须要走出家门，到外面看看，呼吸一下新鲜空气，给大脑以营养。

过去文人地位高，是因为读书人太少。读书在过去是一种特权，读经同样是一种特权，并不是每个人都能读的。现在不一样了，人人皆在读书。深圳还有全民读书月。适当读点经书，也未尝不好。但作家也别把自己太当回事。你是一道菜，但你不是唯一的菜，也不是最香的菜。

在读经书的同时，也读一读"五四"新文化运动的书

记者：蒋庆先生认为，1912年西方文化进入中国，与中华传统文化发生冲撞，在一定意义上颠覆了中国传统文化。这是中国文化的悲剧。"五四"新文化运动时期，现代学者们提出了"打倒孔家店"的口号，蔡元培1912年任教育总长时，也有意去掉了小学的读经课。现在，蒋庆又将"五四"新文化运动时期推倒的东西重新树立起来。这样，我觉得蒋庆是一个复古主义者。读经，学习和继承古代先贤的优秀传统文化，是应该的，但不加分辨、不加选择地全盘拿来，这样的读经观则是值得商榷的。如果将所有古代经典视作当代公民的人生指南，奉为行动圭臬，则更是与现代文明格格不入的。毫无疑问，从当代人的思想道德建设和人格培养上看，古代经典中无疑有许多宝贵的值得借鉴的资源；从文学成就的角度看，古代经书所达到的高度也是现当代作品所不能望其项背的，值得今人永远学习。但是，古代经书中也有大量封建主义的糟粕，这是读经时必须剔除的。历史不能后退，古人就是古人，今人就是今人。古代经典再好，也是古人的；作为精神遗产和文化遗产，我们应持"去其糟粕，取其精华"的态度来为今人所用，不取舍地、一股脑儿地拿来，将封建伦理思想当做宝贝来享用，显然不妥。尤其是中国封建社会的"君君臣臣父父子子"、"君教臣死，臣不得不死"的等级伦理观念，更是与现代文明社会所倡导的民主、人本的人文思想格格不入。蒋庆教授提出复兴中华文化，切入点就是在蒙童中普及经典教育，以古代经书的教育来取代当代的教科书教育。那么，你是否觉得做一个现代文明、理性的中国人，就一定要记住《诗经》《易经》《春秋》《论语》等古代经典呢？按蒋庆先生的说法，倒是"五四"新文化运动引"狼"入室，颠覆了我们的母语

文化。我觉得这种认识是欠妥的。

杨争光：很多人认为"五四"新文化运动是要把中国的传统文化打倒。事实上根本不是这样。反对文言文、提倡白话文，反对读古书、经书，是"五四"新文化运动的表象和手段，它的精神内核还是要自由、要民主、要科学、要进步，要建设中国的新文化，建设新的民族精神。俗话说"矫枉过正"，"矫枉"的时候，难免过火，过火一点，也许才能达到一定的效果。温开水解决不了问题。"五四"新文化运动所倡扬的"打倒孔家店"，也不能狭隘地理解为要全面地否定祖国的传统文化，它更多的，是对封建主义糟粕的一次集中清理。"五四"新文化运动的精神是应该发扬的。

记者：文化是一种历史的传承。不可能经过"五四"新文化运动以及近代化、现代化的历史进程，传统文化的东西就从我们这里消失了。那是不可能的。实际上，传统文化的因子已渗透在我们每个华夏子民的血液里，那是一种天然的血脉关系。文化是无法用外在的、强制的运动和手段割裂断的。

杨争光：是的。文化的精髓还是价值观念、行为观念。自"五四"新文化运动以后，很多人不读经了，但事实是要读的书更多了，种类更多了，选择的自由度更大了，思想更丰富了。读经是表面的，更多的要看到人的内在心灵深处的价值观念和行为实践。按蒋庆先生的说法，自1912年以来，我们不读经了，传统文化似乎被割裂掉了，形成了断层。实际上，即使不读经了，不读古书了，只读现代书籍了，但我们血脉深处和灵魂深处的观念、意识能没有一点传统的东西吗？中国人特有的思维方式和价值观念能改变吗？那种骨子里的东西是什么运动都没法改变掉的。

记者：这样说来，你觉得应让孩子们读什么书呢？

杨争光：让孩子们读古书的同时，也读一读"五四"新文化运动的书，对照一下，也让父母们鉴别一下。把鲁迅、胡适的书与孔子、朱熹的书都拿出来，让孩子和家长比照着去读。然后再去下结论，我们到底要什么？

记者：你对自上世纪20年代以来兴起的"新儒学"有何看法？

杨争光：一些学者对新儒学有浮浅的理解。我觉得，"新儒学"不仅仅是读古书，而是另有企图。如果"新儒学"只是停留于读古书，也太浅了。那么，还不如不搞。我更愿听到的，不是"复兴"中华文化。为什么我们非要回到过去？兴就兴嘛，未必要复。再回到古代，回到经典的象牙塔里，我是不同意的。"新儒学"的内核，仍是振兴中华民族文化和民族精神，关注国民道德建设，宏扬天地正气，探求民族振兴之道，而不仅仅是读古书。

2008年

每个人都有一块自留地

——答《女报》记者问

"我是转身了，但并不华丽"

记者：无论是小说还是剧本都是一种创作，在这二者转换之间，您个人创作情绪有什么不同？

杨争光：不同的不是情绪，是形式和表述。小说的自由度要大得多，形式也可以极其多样，但剧本不行，有许多限制，在很多情况下，不是编剧一个人就能说了算的。小说是终端产品，剧本是产品的第一道工序，是比较详尽的蓝图。但两者都需要饱满的情绪。

记者：今天影视文学更容易被读者接受，是一种喜闻乐见的文学形式，很多读者都说您由作家到编剧是华丽转身，您怎么看？

杨争光：第一，不是影视文学更容易被读者接受，是和文学相比，影视更容易被现在的读者接受。我们所说的影视文学一般指的是电影文学剧本，喜欢阅读电影文学剧本的人并不多。第二，我是转身了，但并不华丽。说"随意"可能更准确一些。几个朋友怂恿我写电影，我说我不会写，他们说你随便写，肯定行。我说写出来的不是电影剧本怎么办？他们说你随便么。我说那不行既然要写电影剧本就得像个电影剧本的样子，拿几个电影剧本让我看看。他们给我看了几个电影剧本，我说明白了，写呗，就写了，也就成了。拍了第一部片子就是《双旗镇刀客》。

记者：莎士比亚很多优秀的作品，创作之初就是为了钱，是在金钱的牵引和激励下，诞生了很多惊人之作，是众人皆知的，而中国文人清高，不谈钱，您是否介意，能谈谈吗？

杨争光：现在不谈钱的文人已经很少了，也不怎么清高。如果清高的话，大多都是假清高。我写电影或者电视剧的程序一般是这样的：第一：让我写的东西我有没有兴趣，能不能拿动，没兴趣或者拿不动就不写。有兴趣也能拿动那就第二：多少钱，分几次付，多长时间完成，把这些都写在合同里边。然后就趴在桌子上一行一行地往过写。先大提纲，再写细一点的提纲，觉得差不多了就开始写剧本，当然，也是一行一行地往过写。我不会用电脑，原来用钢笔，现在用签字笔，写完一支再换一支。

记者：和曲江影视集团合作，是您有了剧本之后，才有的投资，还是在投资方给定了题材，您根据要求有的剧本？我觉得创作是一种情绪、诉说、认知，而作为编剧，因为有商业因素，这个是否影响您自己的写作情绪和表达？

杨争光：跟我联系的时候，是说想做一个和大明宫有关的大片。我问他们大明宫是主场景还是只要有大明宫就行。他们说有大明宫就行，也不一定非要是主场景。后来我又了解到，以大明宫为背景只是做这个电影的初衷，电影是可以完全独立的。大明宫建筑群是人类的艺术杰作，这座建筑见证了大唐帝国由盛至衰的历史进程，把它作为一部大片的场景之一，应该是有意思的。和大明宫有关的可写的事情很多很多，写什么呢？当时，中国拍出了几部商业大片，我觉得很乏力，就想能不能写一个不乏力的，饱满一些的，写一个情感大片是否可行呢？如果写情感大片，又要和大明宫有联系，当然应该是宫廷中的人事了。写谁呢？武则天？她当然是一个极具重量的人物，她的情感经历应该是极其丰富和复杂的。但在我关于武则天的有限的知识储存里，总觉得她和我理解的经典爱情有距离。然后就想到了唐玄宗和杨贵妃和白居易的《长恨歌》。虽然唐玄宗主要的活动在兴庆宫，但重大的仪式和重要事件都是发生在大明宫里，那就写他吧。我做了一个完整的策划，提交给投资方，他们同意了这个策划。大概过程就是这样的。

在我的意识里，没有商业片和艺术片之分，只有好看的和不好看的，有意思和没意思的，有趣味和没趣味的，我觉得好看的有意思的有趣味的就是大家喜欢的，大家喜欢了，就愿意掏钱了。

记者：您个人是怎么平衡投资方的要求和文人情怀的。

杨争光：不用平衡，投资方要的是一个好看的有意思的有趣味的电影，我很怀疑，一个无趣的没有意思的不好看的电影有多少资格说什么人文情怀。

记者：爱情是艺术的母题，《欲望大明宫》诠释的是家喻户晓的爱情故事，透过层层历史烟尘，钩沉古今，属于"杨氏"编剧的看点可以聊聊吗？

杨争光：电影是团队艺术，剧本是蓝图。"杨氏"编剧也只是蓝图的描绘者之一。当然，"杨氏"肯定有"杨氏"自以为的看点，但将来在电影中能够体现多少，是无法确定的。观众要看的是电影的"看点"，让"杨氏"说他自己的"看点"是没有意义的。何况，说大了，让人觉得笼统；说细了，让人觉得啰嗦，还有"泄密"之嫌，还是不说的好。

"把皇袍穿在身上，都是一个农民"

记者：一切艺术源于生活，能谈谈本色的您吗？

杨争光：把皇袍穿在身上，都是一个农民。不拘小节，率性随意，把写作看得很重，像农民种自留地一样。

记者：在家庭生活中，每个人都有多重身份，您对自己的多重身份，怎么看？

杨争光：哪个身份都不彻底。就是说，做得不好。

记者：您的朋友一般都怎么评价您？

杨争光：各种各样的评价都有，说在我当面的，顺耳的居多；不顺耳的可能都是在朋友们中间互相说的，那我就不知道了。其实这个问题应该问我的朋友去，最好让他们悄悄给你说，可能会说得中肯一些。也有当面说我坏话的，这可能是我们汉语里边所说的那种"诤友"吧。

记者：您写作的姿态和生活的姿态相近吗？

杨争光：有时候相近，比如，常常刻迫自己；有时候距离远一些，面对写作，总是认真的，仔细的。在生活中，会给自己许多的宽松，甚至有一些不良的嗜好，比如抽烟，经常遭到不喜欢烟味的人的白眼。听说现在好像对抽烟有立法限制了，我觉得很害怕，我不想犯法。

记者：除了写作，您最大的乐趣是什么，而且乐此不疲？

杨争光：喝茶聊天。

记者：写作很多时候是把日常性的生活放大或者缩小，您日常生活通常怎么消解琐碎或者享受琐碎？

杨争光：我可以写琐碎，甚至有时候觉得写琐碎的东西很有意思。但在生活中，我可烦琐碎了，我享受不了琐碎，我喜欢干脆。

记者：刘震云在《手机》中，出演一个小角色，您会吗？为什么？

杨争光：我演过电影，也演过电视剧，很可惜，都不如人家《手机》出名。还在电影里面唱过歌呢，赵季平作曲，张子良作词，也很可惜，那么好的曲和词让我没唱出名来。

记者：很多读者通过您的小说影视作品，认识到您，本次专访去除了这层介质，您对读者说点什么。

杨争光：你们的报纸是《女报》，希望男人多看看。如果要我给男女分工的话，就是，男人赚钱，女人打扮。

记者：《新水浒传》正在各大卫视热播，您在和演员接触时，有没有个别演员和剧中人的元素不谋而合的演员，或者和一些演员接触，发生一些让您难忘和感动的事。

杨争光：我参与编剧的《水浒》，是老版的。我觉得那一台演员挺不错。《新水浒传》我没看过，没法评价。

记者：回头看自己的创作之路，您对哪一段历程比较兴奋念念不忘?

杨争光：常常兴奋，常常沮丧，在这两者之间像荡秋千一样，没有特别兴奋的阶段。如果硬要说个兴奋的阶段的话，应该是上大学时写诗的那一段吧。几乎每天要写一首诗，是不是诗管它呢，我觉得是诗就行。

聊聊"家常"

记者：在这次专访中，您个人最想表达的心声在上述问题中没有涉及到，您畅聊一下。

杨争光：如果是喝茶聊天好像还可以畅聊，是采访，就不敢了，怕浪费读者的时间。"畅聊"没准会胡说的，而胡说往往是不好的，小范围的。

记者：给年轻人一个建议的话，你会给什么建议？

杨争光：我自己在年轻的时候都没做好一个年轻人，现在年轻不再了，我觉得，不适合给年轻人提什么建议或忠告，这绝不是谦虚。

记者：推荐一两本影响了您的书，从而影响当下的有为青年？

杨争光：影响过我的书很多，是我们那个时代的读物，现在流行什么样的书，我不太了解，也不知道什么样的书值得并合适推荐给现在的年轻人。我是主张随兴趣阅读的，喜欢什么读什么，不是低级趣味的就行。

记者：在西安，您生活中的西安地图的地标有哪些？

杨争光：建国路方圆两公里，桃园南路方圆两公里。

记者：您会亲自去购物吗？

杨争光：很少。实在没办法了，也只好自己去。但我会亲自去理发的。

2009年

注：文中标题均为收录时所拟

人生也是一个不断"认账"的过程

——答《优悦》杂志记者问

生活是有诗性的，文学就不会寂寞

优悦：您是什么时候来深圳的？对这个城市感觉怎样？

杨争光：我是1997年来到深圳的，很喜欢这里的清新和独有的包容性，这是让人有主动性的地方，很适合我的个性，我不喜欢被动。

优悦：我曾经感受过文学狂热时代，到了上个世纪九十年代中期后，文学就被边缘化了，作为作家，会不会有关注度降低舞台变小带来的困惑？

杨争光：过去很长一段时间，我们的文学承担的不单单是文学本身的功能，它被无限的放大化，成为政权政党的使用工具，这种情况在上个世纪三十年代就显现出了，文学承担了很多承担不了的东西或不该承担的东西。现在，只是回归到了它的本源自然状态，因为本身它就是很个体的行为，喜欢文学的，成也罢，穷也罢，富也罢，把文学作为媒介成为敲门砖的越来越少了。只有在这种自然的情况下，才是理性和健康的。

优悦：今天，文学远离公众视野，文学本身会不会呈现出寂寞后的萧条？

杨争光：过去社会的不正常影响到了文学的不正常，加剧了人们对它的期待，我认为文学是生命中非现实非物质非功利性的，不是提高生存生命质量的必需品。反之，如果你的生活是有诗性的，文学就不会寂寞，就会找到知音。也就是说，如果你是一个热爱生活的人，文学就会与你同在，这与你看不看小说，写不写诗歌并没有关系。由此看来，也就不存在萧条不萧条之说。

优悦：我是从长篇小说《老旦是一棵树》知道您的，颇有卡夫卡式的荒诞，很多人认为它是您的巅峰之作，您认同这样的说法吗？

杨争光：即便是荒诞的，但是很多人都会从中找到一种存在的真实。所以我说，事实与当事人有关，真实与每个人都有关。老旦这个人物也许不是事实，但是真实的。很多人往往把这两个真混淆了，是拎不清的文学理论。至于《老旦是一棵树》是不是我的巅峰之作我没有想过这个问题，呵呵。大家这样认为，也许就是吧。

优悦：您认为作家应该怎样表达自己？

杨争光：现在很多人或者是写书的人，他们只说书话，不说人话，或自话自说，我觉得关键一点，作家还是要说"人话"，这很重要。

优悦：有人说，中国的电影就像中国的足球，让人忍不住想去看，看了又很失望，您是怎么看的？

杨争光：中国电影目前的状况是多种原因促成的。上个世纪八十年代的时候，它曾经率先于文学，走出国门，我们都知道出了些好作品，像《红高粱》等影片走向了国际，虽然没有走向国际的公共视野，但毕竟踢出去一脚破了门，遗憾的是只是灵光一现。

优悦：是什么原因造成的？

杨争光：管理体制问题是一方面，意识形态上的偏见，与国外互动合作的少，有相互渗透的机会彼此才能相互影响，就像我们的乒乓球球员教练的输出，不但带动了我们的水平，也提升了世界乒乓球的整体水平。

优悦：该怎样打破这个局面？

杨争光：中国电影也应该参考乒乓球的经验，目前看，世界的电影并没有影响到中国。所以，我们要打破偏见，降低门槛。我们与国际差异性太大，只有长期的磨合才能促进合作，求同存异共同发展电影事业。市场化与国际化的接轨，多沟通多交流，我们要有心胸。真正的强国应该是文化的强国。

优悦：您本人喜欢看哪些电影？

杨争光：其实我看电影并不多，也很随意，我觉得看电影不如看书亲近，我最近看了《十诫》，是关于爱情的短片，还有《红白蓝》等，好莱坞的多些；感觉欧洲的个性化些，更具有选择性也更有味道。

优悦：阅读占您很多的时间吧？能否向我们读者推介您的枕边书？

杨争光：阅读是我生活的一部分，也是生活的习惯，我会重复阅读我认为好的书，比方我刚刚又读完了《鲁迅全集》，霍金的《时间简史》以及《凯恩斯传》《停滞的帝国》《政见》《交叉询问的艺术》《世界史》等，文史类的比较多。

优悦：深圳是个移民城市，故乡对于很多人是不能释怀的情结，这，对于您意味着什么？

杨争光：故乡，喜欢不喜欢都是没有办法摆脱最基础的教育，一生都带有它的文化元素和地域精神，在作家身上都有体现。文化的血脉不管你喜欢不喜欢，都会在你身上流淌，它的主导地位主流价值观我是不喜欢的。所以，故乡对于我，不是温柔之乡，不喜欢也不认可。但，我经常回去，我的胃喜欢那里，一段时间不回去，我的胃就会呼唤那里的面条、锅盔和豆花……那里有我的家人，很多喜欢的朋友，但不是传统意义上，抒情性的东西比较少。

优悦：在您的作品里，我看到您对故乡特有的情绪或者说是情怀，更多感受的是沉重和具有批判性，为什么？

杨争光：是的，我文字里体现出的故乡是没有美感的，村舍文化、家族文化、功利文化都是我所不喜欢的，一直到现在都是如此。时间也许会改变一些东西，但，从本质上的改变是很难的。

人生就是不断认账的过程

优悦：亲情带给您的感受呢？

杨争光：母亲是聪明坚韧个性很强的农村妇女。父亲去世很早，很少与他有交流。上大学后，我们才深入地谈过一次话。那年暑假我没有回家，和同学一起凑钱去杭州旅游，给父亲买了一两龙井茶，回到家的时候，父亲却得了重病。

优悦：他喝到龙井茶了吗？

杨争光：他喝到了，好像是为我喝的，因为那时候他已经快不行了。那一刻我体会到了什么叫无奈、无助和绝望。那是我对亲情最深刻的体验。

优悦：您是怎样看待当今爱情的，相信爱情吗？

杨争光：我相信爱情也相信爱情的美好，同时更相信爱情的脆弱；它是易感、易污、易折、易异的；是我们无力控制有时候是在毫无预警的情况卜发生突变的，会给我们带来撕裂感沉痛感，所以，我曾经说过，如今的爱情远没有远古时期生活在森林里的人爱情更具有自然的美感。"愿天下有情人终成眷属"。这应该是非常久远的，直至现在也显得极其诚恳、极其美好的一种愿望，依然具有让人怦然心动的效力。但这恰恰也证明了"有情人不成眷属""有情人难成眷属"依旧是一种现实的存在。

优悦：您怎样看时下都市人的婚姻现状？

杨争光：常听人说，"没有爱情的婚姻是不道德的"。这应该是婚姻的一条准则，尤其是现代婚姻。但这一准则是严酷的。在面对现实的时候，经常显出理想化的色彩，尤其是中国的婚姻，也包括现代中国的婚姻。据我自己的观察和经验，用这条准则去衡量中国现代婚姻的话，"不道德"的比率应该是非常高的。甚至，大多数的婚姻都经不起这一条准则的考量。

在我的观察和经验里，中国式的婚姻总给我一种"不爽"的感觉。纠缠、粘稠、甚至潮湿，让人望而生畏。身历其间，易生疲惫。原因很综合，既有传统的，也有现实的。让我感觉最强烈的是：我们给婚姻附加的东西太多，牵绊太多，它承担了很多爱情很难承担的东西。负力太重，身体就容易变形，甚至扭曲，甚至畸形。

优悦：您怎样看当下表现婚姻问题的影视作品？

杨争光：我不喜欢诸如"保卫爱情""捍卫婚姻"一类的呼唤和呐喊。如果有爱情，是不需要保卫的，有爱情的婚姻，也无需捍卫。它本身所具有的力量已足够保持自己——是保持，而不是维持。因为婚姻实在不是"维持会"。

"投之以木瓜，报之以琼瑶"，"滴水之恩，当涌泉相报"，

"人敬我一尺，我敬人一丈"等等，对于我们几千年流传下来的这一类所谓的"美德"，我不欣赏。诸如"感恩"、"送人玫瑰，手有余香"以及看重"平等""权利""自我"一类的东西，我以为，这也是美德。我更欣赏这样的美德。我觉得这两类不同的"美德"，不仅和我们面对社会，面对个体有关，也和我们面对爱情和婚姻有关。如果把后一类的"美德"真正灌注到我们的爱情、婚姻和家庭之中的话，婚姻即使有矛盾，爱情即使有磕碰，它都不会对婚姻和爱情带来根本性的损伤。即使解体，也是健康的，少有病态。

我不是一个好丈夫，也不是一个好父亲。但我相信我上边所说的一切，也愿意按照我相信的去做。

优悦：作家的爱情，是不是带有更多的浪漫色彩和理想主义？

杨争光：作家首先是一个人，然后才是一个作家。作家也是常人，他的爱情应该和其他人没有什么不同，不同的仅仅只是职业、工作和劳动。不要以为吃作家饭的一类人，他们的爱情就会比其他人更浪漫，更理想主义。面对爱情和婚姻，无所谓理想主义。如果在这一领域还有理想主义存在的话，证明真正的爱情和道德的婚姻还没有和他在一起。

优悦：怎样看待自己走过的路？有过遗憾吗？

杨争光：我想，人在现实生活中是不断"认账"的过程，生命作为个体有他的无力或有限性，遗憾总会有，这就是生活也是生命的必然。

优悦：目前的创作状态怎么样？

杨争光：创作处于一种收敛和递减的状态。

2011年12月

真爷们……

——答《爷们（YES MAN）》记者问

记者：我们杂志的名称是《爷们（YES MAN）》，您在您的很多影视作品中塑造过很多"爷们"形象，比如《双旗镇刀客》《水浒》《激情燃烧的岁月》等，作为一个塑造过很多硬汉形象的作家，你认为一个真正的"爷们"，应该具有哪些特质和素养呢？

杨争光：一个男人被人，尤其是女人，认为"是爷们""够爷们"的话，应该是一种很高的褒扬和奖赏。是男人可能都喜欢听这样的话，很乐意接受这样的褒扬和奖赏。在我们的文化里，也有很多词是和爷们能联系在一起的。比如侠肝义胆；除暴安良；扶贫济弱；慷慨悲歌；路见不平拔刀相助——近似于现在的见义勇为。还有：怜香惜玉；儿女情长；爱江山更爱美人等等等等，都是些好词。如果细想一下，也是能想出一些"不好"来的。比如与前面的那一组词有关联的"爷们"，可划为粗放型的一类：虽豪放但可能有粗疏，有肝胆也可能有鲁莽；和后面的那一组词有关联的"爷们"，可划为柔韧型的一类：软骨柔肠又似乎带点酸味，有浓情蜜意也可能有迷失。建议YES WOMAN们和前一类的男人交朋友，和后一类的男人谈恋爱——请注意，我没说结婚啊。

其实，我没想过什么是真正的"爷们"这个问题，现在是头一回想。怎么说呢？我觉得，"真爷们"应该敢于担当，也能够担当，行世做人有章法，能摊得开，又能抓得住。是朋友的臂膀，需要的时候能纵横捭阖；是爱人的什么呢？打个比方吧，是有力的框架，框架里面的东西留给爱人去填充和布置。

记者：您是影视编剧，平时接触的人都是明星大腕级的，在男演员中你最欣赏谁？您能举几个例子点评一下这些人的表现吗？谁很爷们很仗义？谁比较不讲理比较霸道？谁比较果断？谁比较沉稳？谁比较率性？

杨争光：我虽然在影视界文学界混了很多年，跟明星大腕级别的人有深交的很少。更多的时候，我只是一个工具，一个有点自主性的工具。但肯定也知道一些明星大腕，共同经营过一些事情，也听过一些逸闻趣事。你提的那些问题我不能回答，原因是，一己之见常常是偏见。光说他们的好话我不愿意，说不好的他们不愿意。但有一点是可以说的，影视界的很多人，尤其是那些有些成就的人，大都有率性的一面，这很可能是他们能够成功的一个原因，也应该是"真爷们"的一种品性。

记者：您平时看杂志吗？像《男人装》一类的男性杂志您会有兴趣看吗？我们这样一本专门办给男人看的杂志如果您第一眼看见了，会有想翻一翻的冲动吗？您对我们杂志有什么建议？

杨争光：我很少看杂志。《男人装》一类的男性杂志我没看过。你能赠送我一本最好，让我见识见识。你们的杂志，如果看见了，我一定会看的。朋友办的嘛，就凭这一点，一拿到手就会有好心情的。我有个脾气，只要朋友做的事情，我都有兴趣。如果能帮上忙，也会凑热闹的。

记者：能谈谈您的父亲是一个什么样的男人吗？您成长的家庭环境是一个什么样的模式？是严父慈母型的吗？您走上写作的道路，受父亲的影响深一些还是母亲的影响深一些？是什么样的原因使您开始对写作感兴趣的？人生的关节点在哪里？

杨争光：这几个问题不敢深想，一想就沉重。粗线条说吧，我父亲是个好男人，活得很纠结，纠结在家庭、亲戚、朋友之间，很早就纠结死了。在我看来，他是个好男人，但不是个真爷们。在我的青少年时代，我们几乎没有过朋友式的交流。我上大学的时候，去劳改农场看他，曾经有过一整夜的交谈，使我终生难忘。我给他拿了两包烟，他只抽了一根，剩下的我全抽了……我母亲不识字，但很聪明，很智慧，她前半生的聪明和智慧都消耗在了和我父亲一样的纠结之中。现在好了，活得很健康，从身体到心理。从我十五六岁的时候，她就把我当大人看，因为我是长子，我生命中的很多东西，可能来自于她。

写作是我自己的选择，很早就选择了，小学四年级的时候。

活了一把年纪了，人生的关节点是很多的。有职业的关节点，也有生活的关节点。从写诗到写小说写电影，每一次转型都是关节点。谈恋爱结婚生孩子，每一次角色的变更也都是关节点，都很纠结。纠结得实在受不了了，就以手做刀，闭着眼睛，往下一砍，关节点就过去了。

记者：有一种说法是作家都是比较感性的，有一点女性化的，您觉得您有女性化的一面吗？您觉得您做过的最"爷们"的一件事情是什么？最不"爷们"的一件事情是什么？

杨争光：我不同意"作家都是比较感性的，有一点女性化的"这种说法。优秀的作家，有感性更有理性。至少，他们要写的是什么东西，写出来的是什么东西，他们是清楚的。也许有女性化的作家，女性化的"爷们"作家写出来的作品我大概是不喜欢看的。我不知道我有没有女性化的一面，让我仔细搜索一下吧，咱们下次再说。

我的生活是很平淡的，甚至是乏味无趣的。读书，写作，聊天，还有些不良嗜好，比如打麻将。抽烟算不算不良嗜好呢？我不确定。麻将现在少打了，但抽烟依旧。我觉得男人要是不抽烟的话就会少点什么。所有的宣传都说抽烟不好，没人说烟的好处，我不信。世界上没有全身上下从里到外都坏的东西，难道烟是个例外么？我不打算戒烟，也不反对戒烟运动，等到全世界所有的地方都不让抽烟的话，我想抽烟的时候，就把自己关在自己的屋里抽行不？这也许是个错误，但我准备把它坚持到底。"真爷们"也应该有坚持，我从小处坚持起，坚持到死，我觉得这也挺"爷们"的。我可不是在鼓励别人抽烟啊，你们都戒吧，我一个人抽。这也可能算很不"爷们"吧，管它呢！我头一回把"爷们"和我联系在一起，这么想的就这么说给你了。

记者：我注意到您在《水浒》里并没有把潘金莲写成一个荡妇，而是充满同情，自古中国男人对女人的忠贞要求都非常之高，时下因张艺谋的《山楂树之恋》引出清纯女已经在现在的社会上绝迹的话题，您觉得这是不是男人的大男子主义在作祟？您骨子里有大男子主义倾向吗？

杨争光：我到现在都不理解，为什么中国人那么看重女人的忠贞。从字面看这两个字，都是好字。但中国人对女人的忠贞是有特别含义的，比如从一而终，守身如玉。男人们恨不得让和他谈恋爱结婚的女人变成石女和侍女。石女是对别人而言的，侍女是对自己而言的，真卑鄙，真丑恶。

清纯女只是艺术里的存在。别按照艺术里的人物来安排自己的生活和情感，别上男人的当，别上中国文化的当，别做傻瓜。这算是我对女性同胞的一个忠告吧。

我是中国人，从小接受的是中国教育，吃的是中国文化，不可能没有大男子主义。如果我一旦感觉我有大男子主义的话，我就可羞愧。说羞愧还不够，应该是羞耻。我经常和自己作斗争，我希望我能变得健康一些。

记者：您和张艺谋关系不错，他现在的争议蛮多，您能评价一下他近期以来的影视作品和他本人的性格吗？

杨争光：我和张艺谋没有深交，曾经有过两次没有进行下去的合作机会。他很优秀，在我有限的接触中，他也挺爷们的。他距离现在最近的作品还没放嘛。就是你提到的《山楂树之恋》，只能看了以后再说。

记者：我看到过一些您以前的采访资料，您说选择来深圳是因为这里的漂亮女孩多，环境好，可以延缓衰老。但是据我所知您现在大部分时间还是回老家进行创作，是那里的环境更有利创作还是因为那里的美女更多呢？

杨争光：到深圳以后，我发现街道上的漂亮女孩很少。问资深的深圳朋友，回答是，资深美女都住进别墅了，或者在车里。资浅美女都到长三角去了。事实上，到处都有美女。我回老家写作，不是因为花痴，而是因为我的胃。

记者：你平时的娱乐是什么？深圳有哪些地方是你最爱去的？您的业余爱好？您有什么特殊的嗜好吗？比如收藏之类的？可以讲一讲心得体会吗？平时喜欢做运动吗？都做些什么运动？你平时的时间都是怎么安排的？如果在写作、家庭、旅游、交友等等之间做选择的话，你的轻重顺序如何？

杨争光：我已经说过了，我的娱乐大多是不良嗜好。现在想变得健康一些。麻将少打了。我喜欢和朋友喝茶聊天，有时，也写写毛笔字，最近又学会了打太极拳，觉得挺怪的，我怎么能打太极拳呢？但确实在打，一边怪着一边打着。

我不喜欢收藏，所以没有心得。

我很少运动，我喜欢的运动是胡思乱想。

我没法给你说到的那几项排个顺序。写作是我的职业也是喜好，我大部分的乐趣跟它有关。我不喜欢身体旅游，喜欢精神旅游。我到过一些地方大都是因为工作关系。我是一个家庭观念很薄弱的人，喜欢四海为家。不能说我不喜欢交友，但在我这样的年纪，把交友当成一件事情，已经很困难了。能交到可心的朋友，就更困难。只能是碰了。

记者：原来您给人的印象一直是非常朴实，朴实得像个农民。有人说在中国能读出农民味道的作家并不多，陈忠实是一个，您是一个。但最近在网上看到您的一位友人说您"杨争光这几年阔了，身上的羊绒衫是澳大利亚的，裤子是美国的，皮鞋是英国的"，您现在也开始关注时尚了吗？您对时尚怎么看？您买衣服看牌子吗？平时喜欢逛街购物吗？喜欢奢侈品吗？喜欢开名车吗？

杨争光：我确实比过去"阔"了一些，因为物质条件比过去好多了嘛。但所谓的"澳大利亚""美国""英国"是朋友对我的编排。我穿衣服是没有品牌意识的，把品牌服装拿到我跟前我也不认识。有朋友说，把再名牌的衣服穿到我身上，都会变味，看不出好来。他们说的是对的。

把"时尚"作为一个问题，我还是关注的。但我不时尚。

我最头疼的就是进商店。如果进商店，都是被迫的，也很直接。直直地跑到要买的东西那儿，买了就走。

我喜欢看朋友的奢侈品。喜欢朋友拥有名车，好车。我自己喜欢越野车，但我没有，也不准备有。我对机械一类的东西很白痴。如果要买一辆车的话，要么整天和交警吵架，要么就会开到沟里去，也不敢有。还有，车太多了，烦死我了，少一辆是一辆，给咱质量和数量都不咋样的柏油马路减点负吧。

记者：现在大家都在用博客、微博，您也开始用了吗？国内很多知名作家据说都是从不上网的，写作依然是用手写，甚至不用手机的也有，比如余秋雨。我知道您也是一直习惯用传统的笔和纸来创作的，在这样一个互联网时代，您不怕您没有与时俱进会被"OUT"了吗？在您认识的人里，在作家圈子里，不用电脑的现象普遍吗？能不能说一说他们都是基于什么理由拒绝接受这样一个先进的写作工具的？

杨争光：有博客，也赶时髦开了微博，但几乎不上，要上，也得请朋友帮忙。

我是用手机的，而且是双卡的，但会用的功能只有接打电话，收发短信，短信是手写的。

我很羡慕能使用先进写作工具的人，但我不会。觉得学起来可难。

回答你这些问题，是请朋友帮忙的，因为我不会打字。我问她才知道，"out"是落伍的意思。我在很多方面是与时俱进的，在很多方面已经"out"了，有的"out"是我很无奈的，有的是我甘愿的。

据我所知，现在作家不用电脑写作的现象已经不普遍了，但确实有人还是纸笔写作，他们拒绝接受先进写作工具的理由我不知道，我不用，是畏难。但又为自己找了一个好听的理由，我喜欢听笔在纸上摩擦的声音，和我喜欢听陕北民歌一样。

记者：您最欣赏的作家是谁？您最讨厌的作家是谁？对韩寒怎么看？前两年韩寒批评作协，有人称作协被韩寒一个人就给"挑"了，您是深圳作协副主席，您当时是什么立场？您怎样点评这一事件？

杨争光：我欣赏的作家很多。在喜欢的作家里边，多是外国的，多是已经不在了的。中国的作家不在了的喜欢司马迁、曹雪芹、鲁迅。还在的作家很难说喜欢谁，但有我喜欢的作品，也很多，列举起来麻烦，也都是我的偏爱，说给别人也没用。

我没有讨厌的作家。喜欢不喜欢作家，主要是从作品说的。一本书拿到手，喜欢了就看下去，不喜欢了就不看了，不看了也就没讨厌了。

韩寒很聪慧，也很勇敢。韩寒一个人是"挑"不倒作协的。但我相信，现行的作协的体制迟早会"倒"的，至少会有根本性的改变。作协作协，有时候确实觉得它挺邪乎的，就是现在"倒"了，也没什么可惜的，但问题是它现在"倒"不了。希望作协"倒"的人要有点耐心。

记者：在我们这个年代，您觉得作家或者编剧应该承担什么样的社会责任？您的《少年张冲六章》是不是您对社会责任的一份承担？

杨争光："真爷们"就应该有所担当，作家就更应该了，是不是"真爷们"，都应该。担当你能担当的。仅仅为自己担当的作家，应该把自己的作品放在自己的抽屉里，自己看。

我在其他场合曾说过，《少年张冲六章》是我距离现实最近的一部作品，如果没有承担的话，我就不写这部作品了。

2010年

注：标题为收录本文时所拟

文艺的跨世纪

——答《各届导报》周末版记者问

记者：有人说：陕西有作家没文化，有小说但没品位，有刊物但上不了档次，文化大省名不副实。那么，陕西文艺状况到底如何？陕西文艺究竟如何跨世纪？

杨争光：有作家但没文化——如果说作家的创作与文化有关，陕西的作家何以例外？如果说陕西的作家没有文化，他们又何以创作？有作家的陕西是确实的，没文化的陕西不曾有过。那些高鼻子蓝眼睛们漂洋过海来到这里绝不是瞎逛。即便是"瞎逛"，不管在"东线"还是"西线"，只要他睁眼，目之所及都是文化。陕西的农民有目不识丁的，但一开口，也许就会溜出一溜"文化"。提把镢头挖下去，也许就能挖出一大块"文化"。被誉为世界八大奇迹之一的所谓兵马俑，就是临潼的一位杨姓农民用镢头不小心挖出来的。所以，能和陕西比"文化"的省，在中国屈指可数。只是这里的"文化"，只能透着干尸的气味。祖先的干尸给了我们许多饭碗，或者，使我们碗里的饭稠了许多。吃文化，是我们的一大景观，也是陕西现代文化的一种。陕西的作家没能例外，是另一种吃。他们的吃，吃物在他们的身子骨里是否会产生出些干尸的气味，则少有人考察。

有小说但没品位——小说是什么？什么是小说的品位？陕西的小说为何就没有品位？又何以没有品位？这大概不是某位超人所能一语断定的。但陕西的小说的品位我是见过的，比如柳青的巨著，比如王汶石的短章。陕西的小说得过茅盾文学奖，有的将要得，以后恐怕还有要得的。这可是目前中国文学的最权威的奖掖。

有刊物但上不了档次——陕西刊物有档次的我也曾见过，比如曾经的《延河》。近二十年的《延河》也有过上档次的时候。以发行量论，陕西有跻身于全国大刊之林者。上不了档次的刊物有大的发行量，奇而怪么？这都不是陕西所独有。

文化大省名不副实——还是名副其实的吧。

陕西文艺状况到底如何——是它应该有的状况。它不可能有别样的状况。除非它有孙猴子变的本领。但即使孙猴子的能变，变到底还是一只猴子。

陕西的文艺究竟如何跨世纪——这不是如我之流的人所能回答的。陕西省委有宣传部，陕西省政府有文化厅，广播电影电视厅，还有文联作协。这些地方都有人在操持。不管如何的跨法，陕西文艺的跨世纪是一定的。即使没人操持，大家都躺在床上，陕西文艺的跨世纪也是一定的。这是我的一个小小的却毫不动摇的信念。

1997年10月30日

网上一"聊"

——答东方网网友问

网友：能介绍一下您目前的生活状况吗？

杨争光：我的生活很单调，绝大部分时间都与写作有关，但我最喜欢的是和朋友聊天，也喜欢打麻将。我经常在北京和西安之间游走，两地时间差不多，这都与工作有关，但我的单位在深圳。我不常游走到深圳，是因为我目前在深圳还没有房子，没投宿之处。北京显得比西安大气，眼睛大就视野开阔。西安背的历史包袱比较沉，比较呆板，但它也有好处。如果说北京是大眼睛，西安是小眼睛的话，眼小聚光。

网友：《从两个蛋开始》写的是农村题材，你认为现在城市人还有耐心看一部关于农村的长篇小说吗？你在城市生活的时间不短，为什么不写关于城市的小说？是因为你的眼睛在城市里缺乏智慧的发现吗？

杨争光：我一直有一个观点，中国的城市到现在为止依然是都市村庄。我觉得城市人依然有兴趣读和农村有关的文学作品，但我不能保证他们一定都喜欢。我经常把目光转向农村，不仅仅和我的兴趣有关，还因为，我们民族的根在那个地方。我有写城市人的打算，但现在还没写出来，与我的兴奋点还没有转过来有关，也与我没有智慧的发现有关。

网友：剧本是剧本，电影是导演的艺术，你写的剧本和后来它们成为的模样想必有很大差异吧？有你满意的吗？人们都会有挑战自我的愿望，在影视上，你以为你还可以挑战什么？还是你仅仅把它的写作当作获得优厚报酬的方法？

杨争光：首先，我自己从来没有把写电视剧和电影作为自己获得报酬的便捷途径。电影和电视剧自有它的规律，要做好其实是很不容易的，一点也不比小说容易操作。我的剧本拍成成品之后，有的差异小，有的差异很大，比如现在正在播放的《关西无极刀》，和我的剧本差异就非常大，可以说它并没有尊重我的劳动。但这个是我没有办法主宰的，我没有主宰它的能力，也没有主宰它的权利，留给我的只有无可奈何。有的拍出来我满意，比如《双旗镇刀客》。有的拍了得了国际电影节的大奖的，我也不见得满意，但我能够忍受的原因是它毕竟是一个集体劳动，而不是个体的。这是它和文学创作最大的不同，比如小说和诗歌，可以绝对自我，电影和电视剧就没法做到。一部优秀的影片需要每一部门、每一环节的工作人员，包括编剧，都要付出智慧的劳动，而这些智慧还要组成个和谐的整体，哪一个环节出了问题，都会给这部作品带来重大的缺陷。

网友：当前，各地在改革的形势下，纷纷对专业作家的这种体制，提出了不同意见，想听听你对这个问题的看法，毕竟你也是其中的经历者。比如：对专业作家，是只管养着，还是既要养也要考核，还是流水不腐，应该有进有出？

杨争光：据我所知，现在绝大多数国家都没有专业作家。所谓的专业作家是中国特色或者说是社会主义国家特色。有进有出并不能改变中国专业作家这个行当存在的本质，它有很大的不合理，但是，又似乎是一种现实的需要。为什么是一种现实的需要？应该问我们的组织者和领导者。我想，以后很可能就只有作家而没有专业作家了。

网友：请问你对于最近发生的珠海日本买春团的看法如何？对于历史（二战）留给我们的你觉得该不计较还是一定要深记？

杨争光：珠海发生这件事，我通过新闻报道知道了，我心里确实很不是滋味。因为对详情不了解，对这一具体问题很难下判断。说到历史，人类在面对历史的时候常常处于一种尴尬的境地，就是遗忘和记忆。有人说忘记过去就意味着背叛，又有人说永远活在过去就没有今天和将来，他们都说得很对。我曾经写过一篇小说，就是受到中日上个世纪的历史的启发，想写的就是：应该记住？还是遗忘？你说中国人遗忘了过去吗？我们现在生活中很多事情都证明我们没有忘记过去，比如：和日本人打官司，慰安妇的官司，毒气弹的官司。你说我们没有忘记过去吗？我们现在又在不断做工作，让我们下一代和日本的下一代要世世代代友好下去。历史对我们来说是一种负担，但也是一种警示，有时让我们非常为难，左右不是，前后不是，这可能就是人类普遍的一种处境，我们无法摆脱，也得不到解脱。

网友：我们老师说他写完一篇文章后，都不想看第二遍，但他没告诉是为什么，我不知道是不是写得不好，您创作完后会不会有这种感觉，您觉得您现在处于创作的什么阶段？高峰还是低谷？

杨争光：如果我对我的文章不想看第二遍的时候，绝不会拿出去给读者看。我估计你老师写的文章和你的判断一样，你的判断可能是准确的。我是个两栖动物，当我小说写作准备不足的时候，我可能在写电视剧或者电影剧本，当我对电影和电视剧本没有感觉的时候，我就琢磨着去写小说。我很难说我现在是高峰还是低谷，应该属于正常期吧。

网友：请问，你在构思作品的题目时，是如何把握其内在分寸与读者之间联系的？我指的是你将读者置放在一个什么样的位置。因为现在许多作家号称，他们的作品不是为读者而写的。你又是如何看待他们这样的说法。你是一个理性的、独特的作家，很难准确地把你该划分到哪一类作家群。你的小说既有对现实生活的深刻介入及思考，又仿佛远离现实而不作任何评论。你那么冷静又那么热情地诉说细节，让人惊心动魄地感受到了生活的许多东西。

杨争光：就我个人的写作来说，我都是写完之后再起题目的。当然，我要写什么我是清楚的，但我当时还没有一个好的名字给它，就跟小孩生下来才起名字是一样的。要读者认可首先得让作家自己认可，如果作家自己都不认可，很难想象会得到读者的认可。如果有的作家认为自己的写作是给他自己写的，他就不应该把作品拿出来发表。如果有作家说他完全是为了读者写作，从来不考虑自己，这类的作家肯定是骗子，他在说谎。划分到哪一类作家里去不重要，重要的就是你后面说的那些话。你已经给我做了总结，我很高兴。我经常对文学批评家的归类划分不以为然，我更看重类似你这样的感受。

网友：好的小说读了就永远记得，譬如读你的小说《老旦是一棵树》《越活越明白》等。可能忘记小说的具体内容，却永远不会忘记小说具有象征意义的题目以及精彩的细节，也不会忘记阅读时所产生的惊喜与快感。很遗憾，我是前不久看文学会馆的介绍，才知道你就是这些优秀的小说的作者。请问，就目前文坛存在乱炒作的现象，作为一个作家，你对我上面说的作品与作家对不上号的问题感到委屈和难过吗？

杨争光：我觉得就一个作家来说，最大的快感也可以说幸福就是能让读者记住他的作品。他的作品和他的名字是一个东西，暂时发生的这种错位说明不了什么的，甚至永远的错位也说明不了什么。作家的存在靠的是他的作品，而不是他的名字。当然，我希望读者不发生这种错位最好，但是有这种错位也没关系。

网友：如何才能很好地提高自己的写作能力？

杨争光：就我自己的创作来说，第一，不要相信任何作者的经验介绍。第二，不要相信文学导师，多看，多写。如果你自己对你的生活、生命有与众不同的发现，在你多看、多写的基础上就能成功。作家的经验介绍，再伟大的作家的经验介绍，都是他自己的，只适合他自己。当然，他有可能给你一些启发，但他替代不了你。文学导师的意见，往往是不可靠的，如果他能写出伟大的文学作品，他就不当文学导师了。

网友：据说，"华山论剑"后的不久，杭州也有过"西湖论剑"，南北论剑应该对文坛产生很大的积极的影响，你认为呢？你觉得当前的文坛最缺少的是什么？现在还有多少作家在潜心写作？作家也该像商人一样时刻惦记着作品如产品一样成批成量地出售并获取最大的利润吗？

杨争光：这个与文学活动无关。它对真正的文学创作的影响是微乎其微的。有些作家确实很关心自己作品的发行量，经济利益，但也不是全部，也有一些作家不关心这些。关心经济利益的作家是越来越多了，这是个事实。实现最大的经济利益和较好的经济收益有两种可能，一种是借助媒体的大肆炒作，作品质量不高，但读者会去买，因为读者受到媒体的影响，买来看过之后会失望，会愤怒。另一种可能是作品质量本身能赢得读者。后一类作品，一般的情形是，不会一哄而上，它比较耐久，每年都会被新的读者发现，它的销量常年能保持一定势头。潜心创作的作家很可能是这一类的。不是所有跟着风向转的作家，都能获得很好的经济利益，因为读者到底喜欢什么样的作品，作家其实是不知道的。有相当一部分所谓聪明的作家，常常是聪明反被聪明误。

网友：文学创作，需要的是生活积淀，也需要写作技巧。到了你现在这个份上，你觉得更主要的是需要什么呢？

杨争光：如果就这两条来说，当然前者比后者重要。如果一个人对生活失去了感受，没有了生活的积淀，有再好的技术也创作不出好的作品。但是，这个积淀不是生活内容、生活经验的堆积，更多的是在这个堆积里面，作家要有他独特的智慧的发现。

网友：华山论剑你觉得更多的是一次炒作呢，还是真正的文学聚会呢？不是都说文学创作是一个非常个体化的劳动么？

杨争光：华山论剑与文学创作无关。它是一个电视节目，所有参与者都是这个电视节目的表演者之一。在那种场合，也不可能进行严肃的、高质量的文学讨论。是不是炒作，我很难回答。当你参与这个节目的时候，你就是一个电视人，他和作家是两回事。当然，创作确实是一个极其个人化的劳动。

网友：今天早上，中央电视台采访电影导演何平时说到，一些观众认为他的新片《天地英雄》还没有《双旗镇刀客》拍得好。我想问的是，那是不是因为你的剧本写得好的缘故呢？另外，你怎么看待你在电影创作中的作用呢？

杨争光：首先，我没有看到《天地英雄》这部电影。你所说的，我在其他场合也有听到过类似的意见，但我确实没法比较，因为我确实没有看过。就剧本来说，我个人认为，剧本是一剧之本，现在的行业界经常忘记这一点。一个好剧本是可以拍出一部好电影的，一个烂剧本让再好的导演拍也拍不出好电影来。《天地英雄》是不是这么回事情，我不知道。我是编剧，是写剧本的，做剧本跟盖房子打地基、画蓝图一样，如果这个地基和蓝图得到大家的认可，主创人员的认可，在拍摄的过程中，其后的每一道工序，导演、演员、音乐、化妆等，都有自己的创造性和智慧的参与，这样拍出来的电影应该是比较有保证的。还是原来那句话，一个好剧本应该是可以拍出一部好电影的。但也未必一定能拍出一部好电影。

网友：杨老师您好，我是一名文学爱好者，也是您的一名乾县老乡。首先向您表示我的尊敬。您能不能简单谈一下您的创作历程？您认为文学有用吗？

杨争光：在网上能和老乡见面非常高兴。就实惠的角度来说，文学是没用的。文学是在衣、食、住、行都解决之后的一种生命活动。就基本的生存来说，可以没有文学，但是有了基本的生存之后，没有文学的话，生活就有可能枯燥乏味。有人曾经说到文学的有用没用，鲁迅的说法好像是：文学作品怎么也比不过一枚炮弹，但是经过很多年很多年之后，制造炮弹的和打炮弹的人都烟消云散了，但文学作品依然存在，而且还记录下了打炮弹制造炮弹的人的活动，告诉后人在以前曾经有过这么一些人活跃在我们的历史之中，这就是文学的用处。

……

能来东方网参与这个节目，我很荣幸也很高兴。我的绝大部分重要作品都是在上海和读者见面的。我一直写和农村有关的小说。上海是中国的一个大都市，我的小说能在上海得到认可，这也是我能够把写作坚持下来的一个重要原因，我很感谢上海，感谢上海的朋友。

2003年

注：本文是网站的速记稿，收录时对作者的话做了少许字句上的修整

文化心态和思维方式的分野：中国当前文学大势
——与评论家李星的对话

　　题记：李星读了杨争光的几篇小说，杨争光有些鬼使神差，想听李星几句金玉良言，便约李星开口，谈话时杨绍武在座，正玩一台袖珍录音机，他似乎有些好事。于是便有了这一篇"谈话"，后来杨争光对李星大呼上当，离题了。李星说没有没有，李星笑了两声。

　　李星：你的小说我读得不多，在《延河》上读过两篇，后来在《中外文学》上又读到两篇。搞评论的看作品，也有个进入和没进入的问题，浏览式地看，再好的作品也会变得没意思。读作品必须在情感上进入，抱着一种庄严的心情。这样也许才能感受到作品中真正独特的东西，才能和作家相通。"诚则灵"，特别是在现在小说中情节性因素越来越不明显的情况下，评论家似乎更应"虔诚"一些，庄重一些。我是有些"进入"地读了你的小说后，才感到了一些东西。开始时，还仅仅是文体意义上的。《延河》上的那两篇，我读出的还是争光的时空意识。作者把时间性的东西完全变成空间性的东西，把时间凝固在空间中，在有限的空间能感到时间（历史，现实）的交织。读《中外文学》上那两篇，继续强化了这种感觉。我感到这也许是争光的小说在构思上的一个最大的特点。我看你对故事好像不屑一顾，而是把故事作为一种背景，把故事框在特定的空间里。通过《中外文学》，我能读到争光这个人了。我感到争光在"突围"。在一种沉重的，令人窒息的传统的氛围里，有一股强烈的面向未来的力量，空旷，抑郁。比如《伙伴》，潜意识左右着人的行为，人从自我的潜意识中想突围出来。《大糜子地》也是这样，还能感到人和人之间的隔膜和不可相通。争光的小说和李锐的不同之处在于，你没有把注意力固定在以批判者的姿态写什么民族文化心理，而是力图通过对个体人的生命状态的把握，透视整个民族甚至人类生存的困境。对这一点我还没有吃透，但我感到你有这么一点味道。李锐在问题和语言上有诸多革新，但就其对民族文化心理及其劣根性的把握来说，不算很新。读李锐的作品，还有郑义等作家的作品，能强烈地感到主观观念的干扰，文化意识太明显，太强烈，从后台走到前台，干扰了形象的整体性。你的小说粗一看，很容易让人把它归到文化心理一派。但我明显地感到，你的把握不是单一的文化把握，似乎更宽广一些。我不知道你对这些问题是怎么想的？

杨争光：说我的作品，我感到还为时过早，因为我写得少，也没发几篇东西，经不起你们理论家的评论。但我愿意说说我的一些想法。我以为，对一个作家来说，应该把认识、把握和表现分开。认识和把握的时候，批判意识也许是必不可少的，但表现时，应该有一种广阔的包容意识。理性地认识、把握的意义在于"清晰"，它基本的程序是条理化的分割，这样，和"清晰"并生的就是对具体事物的生命的折损。这却是艺术表现上的大忌讳。从这一角度来说，表现的过程也许是一个还原和恢复生命的过程，把被分割的世界还原，让它恢复生命。要说理性地认识和把握有意义的话，只能说它对艺术表现的总体意向有一种范导作用，除此而外，任何理性的东西在艺术表现过程中都是一种噪音。我对理念一类的东西总是不信任。我喜欢描述人的言谈举止，描述场景。有一件事就这么发生了，有人说了些话，给别人说，也给他自己说，还有些动作。我以为这就够了。我以为要写好这些东西是很不容易的。不存在好或坏，不存在应该不应该，其中也许有许多原因，也许还有严重的后果，但这不是我能说清楚的，所以我不说。

李星：刚才说到李锐和郑义，我感到他们走到了一种褊狭的状态，（目前李锐似乎意识到了这一点）是由他们的生活经历决定的。这一批人没有农民生活的根。他们在城市中度过了童年时代，和农村长大的人相比，他们很少受到物质上的困扰，感受到典型的农民文化氛围。后来他们被"抛弃"了。他们没想到当作家。他们以一个城里人的心态感受了山里人的贫困，愚昧，落后。进入新时期，他们返城，当作家。他们过多地接触了一种时髦的理论，加上他们的反思精神。这种理论和精神与他们曾经感受到的那些东西很容易地结合起来了。其实，他们和他们所描述的对象往往隔着一层。他们对农民的把握和认识是单面的。他们太迷恋一种理论和意识。

杨争光：中国作家似乎有一个自视圣哲的心理习惯，正儿八经一副导师和布道者的面孔。

李星：反省应是双方的，反省民族，也反省自己。鲁迅就是这样做的。他对中国文化抱有一种彻底的反省和批判态度，但他是连自己也包括进去的，而不是局外人。过去我们以为鲁迅对农民的态度就是"哀其不幸，怒其不争"，这是不了解鲁迅，没有把握鲁迅的精神。从《阿Q正传》中就可以看出，他也在反省自己，是对中国文化的一种全面的反省。我认为，中国作家是否有出息，不在于他借鉴和接受了多少文化观念和哲学思想，而是他是作为民族的一员生活，感受于民族的生活之中。

杨争光：就这一点说。我们以前提出的所谓"深入生活"的口号是有些可笑的，因为谁也没有在生活之外。在生活之外，你深入也没用，就如同你跳进水里，你仍然不是水一样。

（杨绍武插话：所谓的"深入生活"是从一种生活形态体验另一种生活形态，这种体验就决定了你是旁观者的体验。只有你体验你自身，比如张贤亮之于劳改，从精神到物质都是劳改犯的生活，他的体验式自身的独特的体验。我感到争光在这一点上也不同其他作家，他不是作为一种人写另外一种人。他是土生土长的农民，祖辈都是农民。他对农民的体验和感受是血液和骨子里的。他自己骨子里就有农民的东西。他写的是他自己和他的同类。另外，他又不是农民，他具有自身的自觉意识。他身在其中，他的体验比较准确；他不出乎其外，又使他的总体把握成为可能。这种对自身的体验是任何外在的了解和感受所不能代替的。）

李星：有两种作家，一种像屈原、曹雪芹一类，写自己和他的同类。一种是作为旁观者的文人雅士一类。前者灌注了自身的体验，后者比较注重理性。我说，我们是否把眼界放宽一些，放到当前的中国文坛，能否从文化心理上找到这两种作家的位置，刚才已涉及到了，能否再上升一点，说得比较准确些？我刚读过一篇鲁枢元和曾镇南辩论的文章，我感到由于思维方式不同，对同一事物的评价、判断的差异就很大，像鲁枢元从思维状态的角度把握和曾镇南的不同一样，我们能否从文化心理上来把握中国不同时期的作家？中国文坛从五十年代的"五·七"战士到蒋子龙、陈忠实、柯云路、路遥等一批现实主义作家，到韩少功、郑义、李锐等一批具有文化反思意识和眼光的作家，再到现在的一批寻找自我生命感觉的一类作家——这类作家在诗歌界较明显，小说界还不太突出，现在还很难说他们在文化观念和理论观点上是站在哪一边的，不能说是站在尼采的哲学上，也不能说是站在弗洛伊德的精神分析一边，也不能说是站在文化学或者从社会历史角度来把握现实，好像都沾了一点，但又不全是。

杨争光：我感到，企图把握我们这个民族的历史和现状，确定我们在这个世界中的位置，这种意向在新时期文学中是很明显的。作家们几乎无一例外，但路子不同，相当一部分作家是以批判者的姿态来构筑他们的艺术工程的。他们反思的趋向是批判。他们都有一种潜在的激愤。我们的民族为什么是这种而不是另一种样子？他们都作出了自己的回答，或从封建集权统治对人性的摧残，或从民族的劣根性，或从儒家道德以及民族文化传统对民族意识、民族心理的塑造和固定等角度。他们都做得不错。但就我来说，我不太欣赏，我以为他们缺少一种包容精神。他们过高地估计了自己的判断能力，也过于看重理性分析在艺术表现中的力量。

李星：像王蒙一批的"五·七"战士一类的作家，他们的起步是一种政治反思，而后来的韩少功以及贾平凹、李锐等，则是文化反思。后者比前者似乎新鲜了一些，实际上是从一个单一走向另一个单一。政治反思的那一批作家和作品达到了相当的深度，充满了人道主义精神，人的意识，人的自觉，像张贤亮的作品。文化反思的作品在促进人的觉醒，人对自身的认识方面到底能达到什么样的程度，目前我还看不出来。

　　（杨绍武插话：两种反思只是角度不同，思维方式是一样的。）

　　李星：文化反思也许能打破中国文化所造成的那种平衡和安乐感，产生一种忧患意识。但我们建设什么？仅仅忧患意识就够了么？还得建设。就是说，一味地批判是不够的，是否还存在一个承认的问题，至少你得承认我们现在的立足点。在这一点上，我感到莫言倒是值得注意的。还有马原、洪峰等人。他们和那一类狭隘的文化眼光的作家有些不一样。莫言的作品中有一种生命的激情，有对于民族精神活力的一面和惰性的一面的总体把握，我看至少有向这一方面接近的趋向。

　　杨争光：他们另开辟了一个战场，是另外一种思路。

　　李星：在莫言的作品中能看出对生命的热情的礼赞，甚至有一种原始生命的热情，似乎在理性上有些欠缺。人们在沉睡，民族被各种外在的社会观念、愚昧以及过去的、现代的民心所限制，而莫言唤起的是一种生命的热情。问题是，把这种热情，甚至是原始的生命热情唤醒之后，人到哪里去？

　　杨争光：如果莫言真达到了你所说的程度，作为一个作家，我以为也就够了。你们这些搞理论的总是对作家苛求，甚至让他们做力所不能及的事情。就我看，中外文学史上还没有发现过那么一位能够指引人类前程的伟大作家。当然，如果莫言有那种能力的话，那他尽可以指引。不过我还是以为，你太苛求于作家了。

　　李星：你也找不到出路。

杨争光：是的，而且是必然的。路永远在后边。就现在来说，人对世界的认识，对自己的把握还是局部的。人每前进一步都带有很大的盲目性。

李星：我感到我们前边所说的，对中国作家的把握还没有达到文化心理这一层次。我给李天芳写过一篇文章。我以为李天芳在文化心理上是把个体的理想化成一种社会理想，把个性化入共性之中，以爱和理解召唤社会的责任，这是由文化心理、文化人格使然。

杨争光：在这一点上，王蒙、张贤亮等一批作家都是相同的。他们在文化心理上有一种求同意识，在个体和社会之中寻求共同的东西，在社会认同的基础上稳固个体的位置。而新的一代作家，虽然为数还不多，但反差已极为明显，他们不求同，而是立异。他们注重个性，通过对个体的宣扬和肯定来寻求一种理解。就我看，莫言的作品绝不是写民族的历史和生活，而是个体生命的力量的张扬。如果把它当作对民族历史和生活的把握，它就是极不真实的。中国人从来也没有像《红高粱》里的人们那样活过。

李星：他在塑造、抒发他心目中理想的人……

杨争光：他自己，他自己的生命热力。

（杨绍武插话：从文化心理上说，莫言是一种过渡。他的注意力是个人的生命意识，民族的历史和生活只是一个背景。他把一个土匪故事写得那么潇洒风流。到了马原洪峰们，这种趋向就有些明显了。在他们的作品中能看出生命个体和社会的矛盾和不协调。）

杨争光：这也许是在中国确立个人主义观念的先声。个人主义是对个体，个体生命意识以及独立的人格的肯定。马原洪峰们的不彻底之处在于他们往往倒向西方的某些哲学概念，让它们牵着鼻子走。

李星：这是向自己的生命意识、生活感受、人生经验以外的东西认同了。还有些作家向政治认同，把作品当作敲门砖。他们的作品是写给权势者的，以捞得个一官半职。有的作家的心态是暴发户式的功利主义的心态，爆个冷门，获得爆炸性效果。我以为中国作家存在的最大问题是心态上的不自由，不是充分焕发自己生命的创造性，今天把自己拴在权势者的裤带上，明天又拴在某种时髦观念的裤带上。

杨争光：心态上的不自由使得处境很尴尬，很难受，便到处找朋友。

李星：当然，创作也是一种社会对话活动，归根到底还是要有知音。一方面宣泄情感，一方面也需要理解。

杨争光：这没错。问题是不能出卖自己。丧失自己并不是寻找知音和寻找理解的必然结果。

李星：我们往往把作家不能充分发挥自我生命的创造性的原因归结为集权政治，其实根本原因还在于作家自己。向集体和环境认同，也可以说是"逃避自由"。这是一方面。另一方面中国作家又有一种类似于陈胜吴广式的帝王思想，想当"草头王"。没有名前可以受胯下之辱，可以自贬之辈。稍有名声，就搞个圈子，占山为王，排斥异己，哥们弟兄，不在发展自己、丰富自己、塑造自己方面下工夫，而用大量的时间和精力搞人际关系，建立扩大自己的地盘，靠创作以外的力量来巩固自己的文学地位。这似乎也是一种文化传统。

杨争光：两种障碍，一种是传统的压力，一种是骨子里的对传统的认同，克服不了这两种东西，所谓独立的人格和艺术自由就是一句空话。

李星：在反省民族文化传统和文化心理的同时，也反省自己。"众人皆醉，唯我独醒"，而实际上往往是自己比别人睡得还死。作家只有把自己作为民族中的一员来反省，他才有可能是真诚的，有出息的。没有这一种反省意识，技巧上尽管可能红火一时，但是没有根。我感到一些作家是极富天赋的，甚至是一个天生的现代派，但我又感到他们没根。他们的作品总和民族精神隔了一层东西，虽然写的是中国的事情，可是和中国又没什么关系。这类作品可能有其形式上的价值，但我认为其生命力是极其有限的。所以，与其说寻根，还不如说作家必须有根。根这东西，不是靠读书或者什么修养后就能有的。

杨争光：有根用不着寻，没根想寻也寻不到。我感到，从两种反思到对个体生命体验的关注，中国文学在思维方式上来了一个大转弯。思维方式和文化背景以及文化心态是紧密联系在一起的。比如政治反思的那一批作家，作为受害者，他们对中国封建政治对人性的摧残具有别人所不及的独到体验。他们对人道主义的呼唤和对封建集权统治的控诉是交织在一起的，甚至带有某种地主式的复仇心理。张贤亮也许是那一批作家中最出色的一位，至于现代派，就我看，真正的中国现代派文学还没有出现。现在有一些先锋作家的思维方式发生了变化，但从思维方式到文化心态，从观念到行动还有很大的距离。中国现代派文学要靠中国的现代派作家来写，而彻底的现代派作家到底有几个？我看大多数还属于嘴上的功夫。所以，还是那句老话，作家首先是人，一种新型的人（从思维方式到文化心态）出现的时候，新型的文学才是可能的。在这之前，模仿和被动地接受，吊在别人的裤带上的状况仍是一种必然。

李星：打倒帝王思想，草莽英雄，打倒人身依附，中国才会有真正自由的文学。现实主义的独裁不行，所谓的现代主义独裁也不行，必须在世界文化背景中找我们的出路。

1988年4月20日

作者致谢

感谢尹昌龙先生。因为他的美意，使我终于有了出版文集并以此检视我三十多年文字生命的勇气和动力。

感谢海天出版社。我很悦意把我的文集交给它，除了信任，还因为，它是深圳的出版社。"深圳的"，在我的情感世界里，就是"自家的"。自家人亲自家人，自家人进自家门，这也是一种"自然"。

感谢海天出版社第一编辑室。蒋鸿雁先生的专业素质，比之我的"自我检视"，要来得更为严肃——我拒绝了几家出版社的好意，没有匆忙地出版文集，就是想有一次严肃的检视，而不是印一套书，放在书架上，以它的"厚"和"多"显示"成果"，讨好自己。

感谢涂俏。她是出色的编辑，更是一位优秀的作家，由她做责编，我的欣喜和不安都是由衷的。

我当然希望，她为这套文集付出的劳动是"劳"有所值的。

感谢陕西师范大学的马聪敏老师。没有她的帮助，文集中的《回答卷》和《交谈卷》不但要延期交稿，还要杂乱无章的。事实上，文集中的诸多作品都有过她无私的帮助。

感谢霍鑫，是他把文集中没有电子文本的作品搜集整理成了电子文本。参与这一繁琐事务的，还有：李生普、肖磊、马宪刚、张琰、孙柯诸同学。对他们无私的付出，我满怀感激。

我信赖李松樟先生智慧的劳动。我甚至相信，他会使文集的每一页都有一个经久耐看的面相——它实在是"书"的重要的组成部分，尤其是在越来越讲究"眼缘"的当下。

我至今不会使用电脑。写作之于我，依然是在纸上"爬格子"。三十多年了，没有诸多朋友的支持和援助，没有读者朋友的偏爱，那么多小小的"格子"我是"爬"不过来的，所以，我的感谢不能少了他们。包括我现在工作的单位——深圳市文联和文联的同事们、朋友们。

　　王京生先生有一句话：深圳是一座爱书的城市。我深受触动，也感同身受。我爱这座爱书的城市，也是她的一个"分子"。文集中有一半的文字，是我成为深圳人之后写出来的。我愿把我的这套文集，首先献给她，也愿意接受她的检视。

　　但愿这套文集能有好的运气。

杨争光

2012年6月26日